# 대야망 3

# 대야망 3

## 제국의 탄생

이원호 지음

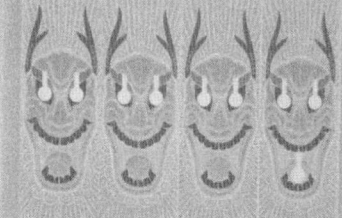

한결미디어

차례

# 1장
## 이전파(李田波)

잔칫날 아침.

청명한 날씨다.

진시(오전 8시)부터 장이현 현청 거리는 사람들이 모이기 시작했는데 대부분이 군사다.

그것도 각양각색의 복색을 했다.

17개 '의협단' 두목들이 제각기 군사를 이끌고 왔기 때문이다.

대부분 어제 도착해서 현청 외곽에 주둔하는 바람에 주민보다 군사가 많다.

모두 1만 명 가깝게 된다.

안덕진은 5천여 명 군사를 이끌고 왔다.

"엄청나군."

17명 수괴 중의 하나인 부연파 두목 부연이 감탄했다.

부연은 수하 1백여 명만을 데리고 왔는데 소굴에는 1천 명 가까운 무리가 있다.

이곳에서 1백여 리(50킬로)쯤 떨어진 강가 마을이 본거지인 것이다. 부연은 황허(黃河) 지류를 따라 노략질을 하는 해적이다.

속력이 빠른 쾌선 20여 척을 이끌고 강을 장악하고 있다.

"나도 언제 이런 생일잔치를 해보나?"

거리를 둘러보면서 부연이 부장(副將) 진남옥에게 말을 이었다.

"내 생일이 다음 달이다."

"예, 배에다 잔칫상을 차리지요."

건성으로 대답한 진남옥이 부연을 보았다.

"마을 이장과 유지들을 부르겠습니다."

부연이 외면했을 때 사람들을 헤치고 일단의 기마군이 다가왔다.

안덕진의 기마군이다.

기마군은 위세 당당하게 현청으로 달려가고 있다.

그때 부연이 입맛을 다셨다.

"나도 기마군을 모아야겠다."

진남옥이 고개를 들었으나 입을 열지는 않았다.

기가 막혔기 때문이다.

안덕진은 현청에서 5리(2.5킬로)쯤 떨어진 작은 마을에 묵고 있었는데 어제 오후 늦게 도착했다.

생일잔치는 오늘 신시(오후 4시)부터 밤늦게까지 계속될 것이기 때문이다.

"준비는 다 되었습니다."

오시(낮 12시)가 되었을 때 부장(副將) 위정이 말했다.

"17개 의협단 대장들이 모두 도착했습니다."

"그런가?"

안덕진이 넓은 얼굴을 펴고 웃었다.

"장이현을 우리 제국의 도성으로 삼으면 좋으련만. 아쉽다."

"평시(平時)에 어울리는 위치지요."

옆에 앉아있던 차명이 입을 열었다.

"전시(戰時)에는 맞지 않습니다. 나중에 옮겨 오시지요."

"그래야지."

"각 대장들에게 좌석 배치도를 나눠주었습니다."

고개를 든 차명이 안덕진을 보았다.

"대장들이 선물을 보내왔습니다. 목록을 보시겠습니까?"

"그러지. 그런데 황도수도 보내왔나?"

"예, 금화 5백 냥을 보냈습니다. 17개 대장 중 가장 많습니다."

"허. 이런."

안덕진이 얼굴을 활짝 펴고 웃었다.

"황도수가 이제 제 분수를 아는구나."

강균이 요삼에게 물었다.

"그럼 내가 안덕진의 오른쪽 두 번째 자리인가?"

"예, 장군. 오른쪽 첫 번째가 현령이니까 장군께서는 서열이 오른쪽에서 가장 높은 셈입니다."

"원탁이니까 정면의 자리도 서열이 높은 거 아냐?"

"아닙니다. 주인하고 가까운 자리가 서열이 높은 자리올시다."

"하긴 그렇군."

만족한 표정이 된 강균이 고개를 끄덕였다.

그러더니 곧 머리를 기울이고 요삼을 보았다.

"그런데 선물을 받고 나서 왜 답례가 없지? 고맙다는 전갈도 없지 않나?"

"아직 안덕진이 받아보지 않았는지도 모릅니다. 17개 파에서 모두 선물을 보냈을 테니까요."

"엄청 걷었겠군."

"이번 연회에 안덕진 쪽에서도 거금을 썼다고 합니다. 장이현은 이런 연회를 감당 못 하거든요."

"우리가 낸 선물이 적지 않을까?"

다시 강균이 물었기 때문에 요삼이 심호흡을 했다.

강균파는 선물로 금화 150냥과 비단 10필을 보냈다.

창고에 금화가 2천 냥이 넘게 쌓였지만 강균은 인색한 성품이다.

소를 잡아도 고기를 아끼는 바람에 썩어서 버린 적도 있다.

요삼이 고개를 저었다.

"아닙니다. 분수에 맞게 내면 됩니다."

"옳지."

강균이 고개를 끄덕였다.

"많이 내면 나중에 그 이상을 바라는 법이야. 있는 척하면 안 돼."

미시(오후 2시)가 되어가고 있다.

이번 행사의 진행 책임자는 안덕진파에서 오호 대장군 중 하나인 함준이다.

함준은 안덕진의 외가 쪽 친척이기도 해서 가장 신임받는 부하다.

"재인(才人)들이 몇 명이야?"

함준이 청 앞마당에 서서 도위 국안에게 물었다.

마당은 오가는 하인, 재인(才人), 악사, 기녀로 혼잡했다.

재인(才人)은 광대, 무용수, 재담꾼, 곡예사 등이다.

국안이 대답했다.

"1백 명이 좀 넘을 겁니다. 저 사람들 끌어모으느라고 내가 애를 먹었습니다."

"으음."

함준이 앞을 지나는 광대 둘을 훑어보면서 감탄했다.

울긋불긋한 옷을 입고 얼굴에 회칠을 한 광대들은 건장한 체격이다.

"고생했구만."

국안의 앞을 지난 이전과 백돌이 청의 모퉁이를 꺾어 들어갔다.

"저놈이 경비책임자 함준입니다. 제가 맡지요."

백돌이 이전에게 말했다.

"이제 다 진입했습니다."

청 밖에는 검문소가 설치되었다.

입장하는 17개 파 대장까지 무기를 보관시키고 수행원은 제한할 것이었다.

그러나 이미 이전과 기습대는 재인(才人), 하인, 악공으로 위장하여 다 들어와 있다.

신시(오후 4시)가 되었을 때 청에서 풍악이 울렸다.

북을 치고 피리를 불었는데 식이 시작된다는 신호다.

그때 이미 현청 입구에 모인 17개 파 수장들이 입장하기 시작했다. 입장도 순서가 정해져 있다.

예의상 먼 곳에서 온 대장들이 먼저 입장하게 정해졌다.

청사 밖은 구름 같은 인파가 모여 있었는데 구경꾼인 주민들이다.

대장들의 군사는 모두 현청 거리 밖에 주둔시켰다.

청사에 들어오는 수행원은 10명 정도로 한정되었다.

그리고 연회장에 입장하는 수행원은 3명 이내다.

그래서 연회장 안에는 100명 정도의 인원이 들어오는 셈이다.

나머지 수행원들은 청 밖에서 잔칫상을 받는다.

그러나 안덕진파의 경호대 3백여 명이 청을 둘러싸고 있었기 때문에 경호는 철통같다.

그리고 현 밖에도 5천 가까운 병력이 대기 중인 것이다.

강균은 4번째로 입장했다.

그러고는 배정된 자리로 다가가 앉는다.

아직 현령과 안덕진은 입장하지 않았다.

"여기 앉으시지요."

앞장서서 간 요삼이 앞쪽 자리를 가리키며 말했다.

수행원 좌석은 뒤쪽이다.

뒤로 2보쯤 거리에서 따로 상을 받는 것이다.

요삼은 두목 범천과 함께 뒷자리에 앉았다.

범천은 요삼의 심복이다.

신시(오후 4시)가 되었을 때 뒤쪽 악공들의 풍악이 더 요란해졌다.

주인공의 등장이 임박했다는 표시다.

그때는 앞쪽 두 자리가 비어 있었는데 현령과 안덕진의 자리다.

이윽고 뒤쪽 출입구에서 현령 유창이 들어섰다.

관복에 관모를 썼기 때문에 주인공처럼 보였다.

17명의 두목과 수행원들은 모두 자리에서 일어서 있다.

유창의 뒤로 화려한 색깔의 예복을 입은 딸 하린이 따른다.

붉은색, 노란색, 청색이 섞인 예복은 허리가 잘록해서 몸매가 다 드러났다.

모두의 시선이 하린에게 쏠렸다.

하린의 옆에는 관리 복장의 사내가 따르고 있다.

현의 관리 같다.

그때 풍악 소리가 더 요란해지면서 안덕진이 들어섰다.

보라.

안덕진은 머리에 금관을 썼다.

옷은 금박을 입힌 곤룡포다.

붉은색 바탕에 금실로 용을 자수한 곤룡포는 홍일점처럼 두드러졌다.

안덕진은 만면에 웃음을 띠고 있었는데 어깨를 쩍 편 자세다.

뒤를 군사(軍師) 차명과 위사장 동진이 따른다.

자리로 다가간 안덕진이 보료에 앉자 모두 자리에 앉는다.

마치 황제의 입장 같다.

무대는 한복판이다.

지름이 30자(9미터)쯤 되는 원형 무대다.

무대 위에서는 탈춤이 시작되고 있다.

탈을 쓴 재인(才人)들이 풍악에 맞춰 뛰고 기고 넘어지기도 해서 웃음을 자아내고 있다.

잔치가 시작된 지 한 식경이 되었다.

안덕진이 인사말을 마치고 나서 술판이 벌어졌다.

먹고 마시고 제각기 술잔을 들어 올리면서 이야기를 주고받는다.

그러나 이제는 질서가 잡힌 셈이다.

안덕진을 중심으로 17개 도적단이 연계된 형세다.

모두 안덕진에게 생일선물을 바쳤으며 장이현 현청에 모여 인연을 맺게 되었다.

연회장은 점점 더 활기를 띠기 시작했다.

하린은 앞을 지나는 하인을 보고는 숨을 들이켰다.

흰색 두건을 쓴 하인은 손에 삶은 돼지 다리가 담긴 커다란 쟁반을 들었다.
바로 이전이다.
이전이 앞을 지나 천성파 두목 임채 앞에다 쟁반을 내려놓았다.
그러더니 쟁반에 놓인 칼로 다리의 살을 먹기 좋은 크기로 자르기 시작했다.
하린과는 10보쯤 떨어진 거리다.

소란하다.
지금은 탈춤이 끝나가는 시기다.
탈춤이 끝나면 곡예사들의 공연이 있어서 뒤쪽 문에 10여 명의 곡예사가 기다리고 서 있다.
탈춤 무대를 치우려고 하인들이 준비하고 있다.
노름꾼 출신의 안남파 두목 양우직이 고개를 저었다.
술꾼이기도 해서 양우직은 벌써 술을 10병쯤 마셨다.
"탈춤이 좀 서툴구나."
양우직이 옆쪽에 앉은 부연파의 부연에게 말했다.
"저기, 관운장 탈을 쓴 놈은 밥버러지 같은 놈이오. 청룡도만 흔들고 있어."
"그런가요?"
지나는 기녀에게 정신이 팔린 부연이 건성으로 대답했을 때다.
"펑!"
연회장 어디선가 폭죽 터지는 소리가 났다.
그렇지만 놀라는 사람은 없다.
악공들의 악기 소리도 시끄러웠기 때문이다.
그때 하린이 이전을 보았다.
이전은 다리를 다 썰고 나서 허리를 편 참이다.

폭죽 터지는 소리와 함께 이전이 몸을 틀더니 이쪽으로 달려왔다.

손에 쟁반과 다른 손에는 칼을 쥐었다.

돼지 다리를 썰던 칼이다.

이전과 안덕진과의 거리는 다섯 보에서 금세 2보로 줄어들었다.

그때는 안덕진이 고개를 들고 이전을 보았다.

그 순간이다.

이전이 펄쩍 뛰어오르면서 안덕진을 덮쳤다.

"악!"

놀란 안덕진이 소리쳤지만 이전이 쥔 칼이 목에 깊게 박혔다.

피가 뿜어졌다.

그때 이전이 몸을 비틀면서 쟁반을 내던졌고 그 손으로 안덕진의 머리칼을 움켜쥐었다.

그러고는 칼로 목을 썰었다.

안덕진의 머리가 떼어졌다.

"와앗!"

함성이 이곳저곳에서 울렸다.

"으악!"

비명과 외침도 함께 울렸다.

악기 소리가 뚝 그쳤다.

악공들이 놀라 망연자실해서 앉아 있기 때문이다.

"끼아악!"

기녀들의 비명이 터졌다.

차명은 눈앞에서 안덕진의 머리가 떼어지는 것을 보면서 뒤로 물러섰다.

함께 온 위사장 동진은 옆에 엎어져 있다.

차명의 심복 탁춘이 뒤에서 철퇴를 내려쳐 머리통을 부쉈기 때문이다.

폭죽 소리가 울렸을 때 술잔을 들고 있던 강균이 얼떨떨한 표정을 짓고 고개를 들었다.
다음 순간.
강균은 입을 쩍 벌렸다.
뒤에 앉아있던 범천이 비수로 등판을 깊게 찔렀기 때문이다.
비수는 심장에 깊게 박히는 바람에 숨과 함께 입에서 피가 뿜어졌다.
관운장 탈을 벗어 던진 왕청이 들고 있던 언월도를 내려쳐 두목 하나를 베었다.
언월도는 나무로 만든 것처럼 흰색 칠을 했지만 진검(眞劍)이다.
두목의 머리가 몸통에서 떼어졌다.
왕청은 지금 두목을 세 명째 베어 죽였다.
고개를 든 왕청은 팔에 흰색 헝겊을 매고 있는 두목이 7명인 것을 보았다.
팔에 흰 헝겊을 맨 채 채명이 밖으로 뛰어나갔다.
옆쪽 문으로 강균의 두령 요삼이 뛰어나온다.

"아버지, 내실로 가시지요."
하린이 유창의 팔을 잡아끌었다.
유창이 넋이 나간 표정으로 그 자리에 앉아만 있었기 때문이다.
그때 세 명째 두목을 베어 죽인 이전이 유창에게 소리쳤다.
하린에게 소리친 셈이다.
"내실로 들어가시오!"

바깥 경비를 맡고 있던 함준은 안에서 폭죽 소리가 울렸을 때 건성으로 넘겼다.

온갖 소음이 울려왔기 때문이다.

폭죽도 그중 하나로 섞여 들렸다.

그때 함준은 옆으로 다가선 도위 국안과 하인 하나를 보았다.

함준이 고개를 돌렸을 때다.

하인의 손이 번뜩이더니 목에 화끈한 느낌이 왔다.

놀란 함준이 입을 쩍 벌렸지만 성대가 잘린 후다.

머리통을 숙인 함준은 털썩 무릎을 꿇었다.

한 식경 정도밖에 안 걸렸다.

연회장 안에는 1백여 명 중에서 20명 정도만 살아남았다.

나머지는 시체로 쓰러져 있다.

밖은 아직 혼란 상태지만 진정되어가는 상황이다.

그때 이전이 소리쳤다.

"자, 나가서 수습하시오!"

미리 계획되어 있는 것이다.

그래서 차명과 요삼은 먼저 뛰어나갔다.

안덕진파의 오호 대장군 중 둘이 이번 행사에 따라왔는데 둘은 부장(副將) 위정이 처리했다.

차명이 위정도 포섭해놓은 것이다. 함준까지 처리해놓은 터라 이제 본거지에는 대장군 하나가 남았다.

이 사건의 발단이 된 오호 대장군 중 하나인 방혁은 살해되었기 때문이다.

위사장 동진까지 처리해서 안덕진파 지휘부는 거의 전멸상태다.

황도수는 용천과 함께 뒤로 물러나 대학살을 구경했다.
둘 다 재빠르게 팔에 흰 헝겊을 매었기 때문에 기습대는 그냥 지나갔다.
학살에서 제외된 두목은 17명 중 7명이다.
그동안 7명이 포섭된 것이다.
학살이 끝났을 때 황도수는 용천과 함께 청을 나왔다.
그때는 안덕진의 군사(軍師) 차명과 위정이 수습하는 중이었다.
"모두 진으로 돌아간다!"
위정의 외침이 들렸다.
청 밖에도 시신이 널려 있었기 때문에 살벌한 분위기다.
그때 뒤를 따라 나온 용천과 두목 용천이 소리쳤다.
"나중에 봅시다!"
먼저 부대로 돌아가려는 것이다.

"여기 명단이 있소."
아율무치가 차명에게 이름이 적힌 종이를 내밀었다.
"이놈들의 부하들은 혼란 상태가 되겠지만 곧 산채로 흩어지겠지요."
명단을 받아든 차명이 고개를 끄덕였다.
청 안에서 학살한 10명의 두목 이름이다.
아율무치가 말을 이었다.
"우리가 나중에 졸개들을 포섭하는 일만 남았소."
"먼저 우창산에 돌아가 수습을 하지요."
차명은 결연한 표정이다.

위정이 이미 안덕진이 이끌고 온 군사들을 수습해놓은 것이다.

현 밖의 각 도적단 진영은 난리가 났다.
물론 두목이 피살당한 10개의 도적단을 말한다.
머리를 잃은 뱀처럼 꿈틀거리던 도적단은 예상했던 대로 사방으로 흩어졌다. 안덕진파가 금세 진용을 갖추고 본거지로 돌아간 것이 영향을 준 것이다.
그러나 이전파(李田派) 2천여 명은 반대로 장이현청 근처의 수암산에 집결해있다.
술시(오후 8시) 무렵.
수암산으로 돌아온 이전에게 아율무치가 말했다.
"곧 차명한테서 연락이 올 것입니다."
아율무치가 말을 이었다.
"황도수파, 용천파, 그리고 강균파를 접수한 요삼은 내일 복속해 올 것이고, 나머지 파들도 차례로 오겠지요."
그리고 두목을 잃은 10개 파벌은 와해되거나 새 두목이 투항해 올 것이다.

아바가이가 산시성에서 보낸 이전의 보고를 받은 것은 그로부터 20일쯤이 지난 후다.
이전이 전령을 보낸 것이다.
전령이 가져온 보고서를 아바가이 앞에서 읽었다.
봉천성의 청 안이다.
다 듣고 난 아바가이가 웃음 띤 얼굴로 전령에게 물었다.
"그래서 주변의 도적단을 다 평정했단 말이냐?"
"예, 장이현을 중심으로 사방 150리는 후금(後金)의 영역이나 같습니다."

"안덕진파 등 군사를 모두 흡수해서 병력이 2만 5천이 되었다고?"

"예, 폐하."

고개를 든 아바가이가 옆쪽에 선 이산을 보았다.

"이전(李田)이 마침내 기반을 굳혔군요."

"아직 멀었습니다."

이산이 말을 이었다.

"산시성 동북방에는 10여만 군사를 거느린 곽천이 있습니다. 곽천은 이미 20여 개의 현을 장악하고 평왕(平王)이라고 불리고 있습니다."

그때 병부상서 아무라디가 입을 열었다.

"그뿐만이 아닙니다. 옆쪽 산시성에는 이복기가 20만 대군을 거느리고 자금성을 노리는 중입니다. 10여만 명 이상의 군사를 거느린 도적단이 10개가 넘습니다."

산 넘어 산이다.

고개를 끄덕인 아바가이가 전령을 보았다.

"그러나 이번에 이전(李田)이 큰 공을 세웠다. 이전(李田)에게 정서장군(征西將軍)을 봉하고 어검(御劍)을 내리겠다."

차명은 아율무치와 함께 이전의 군사(軍師)로 임명되었다.

안덕진의 부장(副將)이었던 위정은 왕청, 장춘, 백돌, 황도수와 함께 이전군(李田軍)의 장군이다.

군소 무리의 대장군, 두령 등으로 불리던 도적단에 질서가 잡혔다.

이전이 후금 황제 아바가이로부터 정서장군(征西將軍) 칭호와 함께 어검까지 하사받았기 때문이다.

이제는 이전파가 후금국(後金國)의 분국(分國) 행세를 할 수 있게 된 것이다.

이전이 조직을 만들고 임면권을 행사할 수 있다.

"서두르지 마십시오."

차명이 불쑥 말했을 때는 장이현으로 가던 중이었다.

마상에서 이전에게 말한 것이다.

사시(오전 10시) 무렵.

7월 초순의 흐린 날씨다.

뒤를 30여 기의 기마대가 따르고 있다.

이전의 시선을 받은 차명이 말을 이었다.

"이제 장군의 명성이 조금씩 퍼지고 있습니다. 더구나 우리 영역으로 이주해오는 백성들이 부쩍 늘어나고 있습니다."

"현령들은 그것이 골치가 아픈 모양이던데."

"세금은 안 내고 도둑만 늘어난다고 하지만 단견(短見)입니다. 장군은 모두 후금(後金)을 위해 덕(德)을 쌓고 계신 겁니다."

"그런가?"

"백성들은 모두 장군께서 후금의 대리인이신 것을 압니다."

"북쪽의 곽천이 우리를 견제하고 있다는 소문이 있어."

"실제로 첩자들을 많이 내려보냈을 것입니다."

차명이 말을 이었다.

"우리도 곽천의 영역에 첩자들을 보냈으니 곧 내막을 더 자세히 알게 되겠지요."

이전이 고개를 끄덕였다.

이제는 군사 2만 5천을 거느린 군벌이다.

수백, 수천 명 단위의 도적단일 때 보이지 않던 것이 보이는 것이다.

이전(李田)의 거사가 성공한 후로 장이현은 이전파(李田派)의 중심이 되었다.

현령 유창은 그대로 관직을 유지하고 있었지만 이전과 상부상조하는 관계다.

이제는 이전의 세력이 5개 현을 장악한 상황이다.

현령들은 낮에는 명의 관리였다가 밤에는 후금(後金)의 신하 노릇을 했다.

"어서 오십시오."

청으로 들어선 이전을 유창이 맞는다.

유창의 옆에는 딸 하린이 서 있다.

인사를 마친 이전과 유창은 자리에 앉았다.

둘 옆에는 각각 차명과 하린이 배석했다.

시녀가 다가와 찻잔을 놓고 돌아갔을 때 이전이 입을 열었다.

"현령께서 선양 태수가 되시는 게 어떻습니까?"

유창이 고개를 들었다.

무슨 말인지 알아듣지 못한 것 같다.

그러나 하린은 금세 알아듣고 눈을 크게 떴다.

숨을 고른 유창이 물었다.

"무슨 말씀이신지?"

"지금 선양 태수는 장진이라는 위인 아닙니까?"

"그렇습니다."

유창이 다시 심호흡을 했다.

선양은 서쪽으로 250리 거리의 성(城)이다.

선양에는 산시성 서쪽의 22개 현을 관리하는 태수가 있는 것이다.

장이현도 선양 태수의 통제를 받는다.

그때 유창이 물었다.

"그런데 왜 그러십니까?"

"현령께서 선양 태수가 되시면 22개 현을 관리하게 되시지 않습니까? 물론 형식적이지만 말이지요."

말을 그친 이전이 차명을 보았다.

이전의 시선을 받은 차명이 말을 잇는다.

"22개 현령을 장악하면 우리가 영역을 늘리는 데 도움이 될 것입니다."

"아니. 그렇다고 내가 어떻게……."

"우리가 손을 쓰겠습니다."

차명이 정색하고 유창을 보았다.

"먼저 선양 태수 장진을 죽이지요. 그러면 태수가 공석이 되겠지요."

"……."

"자금성에서는 공석이 된 태수 자리에 누구를 보낼까 궁리하겠지요. 하지만 이제는 환관에게 뇌물을 주고 태수로 올 위인이 없을 것입니다."

차명의 얼굴에 쓴웃음이 번졌다.

"누가 죽을 자리에 오겠습니까? 뇌물까지 주고 말입니다."

"……."

"우리가 환관에게 뇌물을 쓰지요. 현령께서 태수가 되도록 말입니다."

유창이 고개를 돌려 하린을 보았다.

하린은 눈만 반짝일 뿐 입을 열지 않는다.


"장군, 드릴 말씀이 있소."

뒤에서 부르는 소리에 이전이 멈춰 섰다.

청을 나와 차명과 함께 말에 오르려는 참이다.

유창이 다가오고 있다.

다가선 유창이 잠시 주저하는 것 같더니 입을 떼었다.

"장군, 내 딸을 데려가시지요."

이전은 시선만 주었고 유창이 말을 이었다.

"내 딸은 병법과 행정에도 익숙합니다. 장군께 도움이 될 것입니다."

이전이 옆에 선 차명을 보았다.

당혹한 표정이다.

그때 유창이 말을 이었다.

"더구나 내가 태수를 맡는다면 내 딸이 장군 측과 가교 역할을 할 수 있을 것입니다."

이전은 숨만 쉬었을 때 차명이 말했다.

"장군, 현령 말씀이 옳습니다. 받아들이시지요."

이전이 유창을 보았다.

"현령도 알고 계시지만 난 처가 있소."

"내 딸도 알고 있습니다."

유창이 고개를 끄덕였다.

"내 딸은 장군을 흠모하고 있습니다. 장군께서 받아주시기만 하면 소실도 좋다고 했습니다."

돌아오는 마상에서 차명이 이전에게 말했다.

"장군, 받아들이시지요."

차명이 조심스럽게 말을 이었다.

"제가 마님께 말씀을 드리겠습니다."

"아니, 그럴 필요 없네. 나는 하린을 소실로 받아들이지 않을 테다."

고개를 든 이전이 차명을 보았다.

"선양 태수가 될 유창의 연락관으로 옆에 두겠어."

선양 태수 장진은 48세.
황주 태수로 있다가 선양 태수로 옮겨온 지 3년째다.
사방에서 도적 떼가 창궐하여 관(官)의 통제가 실낱처럼 허약해진 시기였지만 선양은 그중 나았다.
선양성은 거성(巨城)이다.
주위가 30여 리(15킬로)에 성안 주민이 10만여 명.
성 밖 주민까지 35만 가까운 대도(大都)다.
선양 태수 휘하에 방면군이 있는데 상장군 주호기가 지휘하고 있다.
병력은 4만 5천.
성 안팎의 치안과 근처의 요지를 감당할 수는 있는 병력이다.
그래서 선양성 주위의 50여 리는 태평한 편이다.

주호기가 성안 방면군 청사에서 손님을 맞는다.
손님은 태수가 보낸 요문성.
별감 벼슬이다.
"무슨 일인가?"
주호기가 묻자 요문성이 다가앉았다.
사람을 물리쳐 달라고 해서 청에는 둘만 앉아있다.
"장군, 이번에 보낼 세비는 모두 금으로 바꿨습니다. 그렇지만 마차 5대는 가져가야 합니다."
"마차로?"
주호기가 이맛살을 찌푸렸다.

세비 운반은 주호기의 책임인 것이다.

주호기가 고개를 저었다.

"도적 떼가 들끓는 세상을 금을 실은 마차로 지나다니. 도적 떼가 시체에 꼬이는 파리 떼처럼 붙겠구만."

주호기가 말을 이었다.

"내가 생각해보겠네."


"장진은 요즘 세상에 드문 관리입니다. 부패하지 않고 청렴합니다."

차명이 말했다.

"주민들한테는 은인이지만 우리에게는 가장 힘든 상대지요."

"그렇군."

이전의 얼굴에 쓴웃음이 번졌다.

"장진을 죽이지 않고 데려올 수 없을까?"

"불가능합니다."

차명이 고개를 저었다.

"장진은 환관들도 함부로 건드리지 못합니다. 뇌물을 받지 않는 유일한 태수가 될 겁니다."

"……."

"그래서 방면군 사령관 주호기도 심복하고 있습니다."

차명의 얼굴에도 쓴웃음이 떠올랐다.

"하지만 약점이 없는 인간은 없습니다."


하린이 우창산 본거지에 왔을 때는 유시(오후 6시) 무렵이다.

하린은 시종 셋을 데리고 왔는데 모두 남장을 했다.

"어서 오시오."

하린을 장춘이 맞는다.

장춘은 이전의 장군 중 하나다.

장춘이 앞장서서 하린의 숙소로 안내했다.

숙소는 10칸짜리 주택으로 장군급 대우를 했다.

"곧 정서장군께서 오실 겁니다."

장춘이 몸을 돌리면서 말했다.

"술시(오후 8시)쯤 오실 테니 쉬시지요."

하린은 관(官)과 연락관 역할로 파견되었다.

장이현령 유창의 딸이지만 남자 못지않은 담력에다 재치가 뛰어났고 행정 능력이 출중했다.

그것이 여러 번 입증되었다.

시종으로 데려온 셋이 집안을 정리하는 동안 하린은 얼굴을 씻고 기다렸다.

먼 길을 왔기 때문이다.

이전이 소실로 받아들이지 않고 연락관 대접을 하는 것에 실망하지 않았다.

오히려 능력을 인정받은 느낌이다.


이전이 방으로 들어서자 하린은 자리에서 일어섰다.

"어서 오세요."

하린의 인사를 받은 이전이 방을 둘러보는 시늉을 했다.

"집이 누추하지만 조금만 견디시오."

"이만하면 됐습니다."

하린이 웃음 띤 얼굴로 이전을 보았다.

"저를 인정해주셔서 고맙습니다."

"당신은 후금(後金)에 필요한 인재요. 내 주변에 당신만큼 행정 능력을 갖춘 사람이 없소."

"과분한 말씀입니다."

"부친이 선양 태수가 되었을 때 당신의 역할이 더 중요하게 될 것이오."

이전이 말을 이었다.

"그런데 선양 태수 장진이 덕(德)을 갖춘 인물이라 당신의 의견을 듣고 싶소."

방에는 둘뿐이었지만 이전이 목소리를 낮췄다.

"회유해서 끌어들일 수도 없는 인물이라고 하니 어떻게 할까, 궁리 중이오."

"저도 들었습니다."

고개를 든 하린이 이전을 보았다.

"제 부친하고도 많이 다른 분이시거든요."

곽천은 유주부의 도사 출신으로 45세.

잔인한 성품이었지만 지모가 뛰어났다.

그래서 12년 만에 군벌로 등장했다.

경륜이 있다 보니 명의 관리들을 포섭하여 조직을 갖췄고 군(軍)도 체제가 정비된 편이다.

전력(戰力)은 10만 5천.

기마군 2만에 나머지는 보군이다.

산시성 북방 지역의 안북성의 청 안.

곽천의 본거지다.

곽천은 거구에 피부가 검고 목소리는 칼로 바위를 긁는 소리를 낸다.

목소리만 들어도 기를 죽인다.

곽천이 앞에 앉은 대장군 서귀에게 물었다.

"후금(後金)의 분국(分國)이란 말인가?"

"예, 전하."

고개를 든 서귀가 곽천을 보았다.

곽천은 평왕(平王)으로 불린다.

평천국(平天國)의 평왕이다.

"이전이 분국의 정서장군(征西將軍)으로 임명되었습니다."

"이전이 직접 안덕진을 베었단 말인가?"

"예, 연회 중에 기습했다고 합니다."

"담대한 놈이다."

"이전이 안덕진파는 완전히 흡수했고 산시성 서남부를 장악한 셈입니다."

"군사력은 얼마나 되는가?"

"2만 5, 6천 정도입니다."

"애송이가 많이 컸군."

쓴웃음을 지은 곽천이 보료에 등을 기댔다.

술시(오후 8시) 무렵.

대황초를 이곳저곳에 켜놓은 청 안은 환하다.

곽천이 서귀를 보았다.

"그놈이 더 크기 전에 잘라야겠다."

"그래야 할 것 같습니다."

서귀는 곽천의 심복이다.

곽천과 함께 마적질부터 시작했기 때문에 서로를 잘 알고 손발이 맞는다.

곽천이 큰 틀을 만들면 서귀는 치밀하게 집행해온 것이다.

그만큼 서로를 신임하고 있다.

곽천이 고개를 끄덕였다.

"네가 계획을 세워라."

저택 사랑채에 든 손님은 여섯.
허난(河南)성에서 온 비단 구입상이다.
그래서 차림새도 멀쩡하고, 셋은 주인 일행이며 셋은 하인 행색의 경호원이다.
시장 근처의 객주다.
일행을 위해 사랑채를 내주는 객주여서 비싸다.
마구간에 말 6필을 넣고 먹여주는 값까지 포함해서 하루에 금 1냥을 받는다.

이곳, 선양성에 온 지 사흘째 되는 날, 술시(오후 8시) 무렵이다.
방에는 이전과 하린, 차명까지 셋이 둘러앉아 있다.
이전이 입을 열었다.
"내가 대륙의 여러 성을 거쳐 왔지만 선양처럼 잘 정비된 성은 처음이야. 주민의 생활도 안정이 되었고 관리들의 행동도 규율이 잡혀 있어."
"태수가 관리를 잘하기 때문입니다."
차명이 말했을 때 하린이 이었다.
"관민(官民)이 태수를 존경하는 것이 드러납니다. 선정을 베풀고 있는 것이지요."
"그러다 보니까 태수 휘하의 방면군도 규율이 잡혀 있습니다."
차명이 말을 받는다.
고개를 끄덕인 이전이 둘을 번갈아 보았다.
"태수를 어떻게 하는 것이 낫겠나?"
그때 하린이 말했다.

"곧 태수가 선양에서 걷은 조세를 보낸다고 합니다. 방면군 사령관이 책임을 지고 호송한다는군요."

이전의 시선을 받은 하린이 말을 이었다.

"이 조세를 탈취하면 방면군 사령관 주호기의 처지가 난감하게 될 것입니다. 이때 태수와 사령관 사이에 틈이 벌어질 가능성이 있습니다."

"과연."

감탄한 차명이 크게 고개를 끄덕였다.

"좋은 생각이오."

하린이 조세를 가져간다는 정보를 가져온 것이다.

차명이 이전을 보았다.

"장군, 어떻게 할까요?"

"그대가 돌아가서 아율무치와 상의하고 기습대를 이끌고 처리하는 것이 낫겠다."

"기마군 2천 기로 길목에 잠복했다가 기습하겠습니다."

차명이 고개를 숙이고는 자리에서 일어섰다.

"그럼 지금 출발하겠습니다."

술시(오후 8시)가 넘은 시간이다.


밤.

서둘러 차명이 호위병 한 명만을 데리고 숙소를 떠났다.

침소로 들어선 이전의 뒤를 송백이 따라왔다.

송백은 한인으로 이전의 측근 위사다.

장춘이 추천해서 이번에 이전을 호위하는 임무를 맡은 것이다.

자시(밤 12시)가 가깝게 되었다.

"장군, 늦은 시간이지만 차명 님이 떠나신 마당에 이 객사도 옮기시는 것이 나을 것 같습니다."

송백이 말을 이었다.

"제가 남문 근처의 민가를 찾았는데 독채인 데다 관(官)의 기찰을 받지 않는 무허가 객사입니다. 더구나 주인이 저하고 고향이 같아서 믿을 만합니다."

"그럼 그곳으로 옮기도록 하지."

이전이 선선히 고개를 끄덕였다.

이곳 객사는 가끔 관의 기찰을 받는다는 것이다.

허난(河南)성에서 온 비단장수 행세를 했지만 위조한 증표를 내밀기에는 위험하다.

그래서 송백이 더 안전한 거처를 물색했다.

성안은 밤에도 통행인이 많아서 일행 넷은 3리(1.5킬로) 거리인 남문 근처의 민가로 옮겼다.

산둥(山東)성 태생의 주인은 반색하고 비단장수 일행을 맞는다.

방 3개짜리 별채가 이전의 숙소다.

그때 주인이 방을 안내하면서 말했다.

"안쪽 방을 아씨와 함께 쓰시는 것이 낫겠습니다. 아씨하고 오신 걸 알았다면 방 2개짜리 별채도 준비할 수 있었는데요."

하린은 남장을 했지만 주인에게는 그것이 위장한 것으로 보이지 않은 것 같다.

이전과 하린은 태연했지만 송백이 당황했다.

그때 이전이 하린에게 말했다.

"안쪽 방으로 가지."

먼저 방에 들어선 이전이 안쪽 침상으로 다가갔다.

방은 컸지만 침상은 하나뿐이다.

옷을 벗고 침상에 누우면서 이전이 말했다.

"침상이 넓으니까 같이 누워도 되겠어."

하린이 잠자코 방의 불을 껐다.

그러고는 침구를 가져와 이전의 몸을 덮고는 옆쪽에 누웠다.

부스럭거리는 소리가 들렸다가 곧 그쳤다.

아침상도 이번에는 하인이 방으로 밥상을 가져왔다.

차명이 있을 때는 셋이 밥상을 받았던 것이다.

젓가락을 든 이전이 하린을 보았다.

"하린, 난 그대의 능력을 택한 것이지 육욕 상대를 원한 것이 아니오."

하린이 시선을 내렸고 이전의 말이 이어졌다.

"나는 내 부친과 반란을 일으켜서 일가가 몰사한 후에는 가능하면 인연을 맺지 않으려고 하오."

"……"

"지금 내 부인은 내 집안의 하녀였는데 수만 리를 걸어 나를 찾아왔소. 그래서 인연을 맺었소."

"……"

"보답해야만 했으니까."

그때 하린이 고개를 들었다.

의외로 얼굴에 웃음이 떠올라 있다.

"저한테도 보답을 해주실 날이 있겠지요."

"대륙에 7개 조를 파견했는데 정서장군(征西將軍)의 조가 가장 성공했습니다."

후금국의 군사(軍師) 요중이 황제 아바가이에게 보고했다.

황궁의 내성 접견실 안.

내성 접견실은 황제가 제국의 기밀 대사(大事)를 처리하는 장소다.

외성의 청에서는 수십 명의 대신을 모아 공무를 처리하지만, 이곳 접견실에서는 기밀 사항만 다룬다.

그래서 오늘도 황제를 중심으로 대여섯 명만 둘러앉아 있다.

요중이 말을 이었다.

"7개 조 중에서 4개 조는 와해되었고 2개 조는 겨우 수십 명, 수백 명으로 명맥을 유지하고 있습니다. 하지만 정서장군 이전의 조는 분국(分國)으로 불릴 정도로 성장했습니다."

"우리가 더 힘을 실어줘야 합니다."

그때 병부상서 아무라디가 말했다.

"1만인장급 장수와 5천인장급 장수들을 보강해줘야 합니다."

"아니, 그대로 두는 게 낫네."

이제는 황제의 자문관이 된 이산이 고개를 저었다.

"이전에게 장군을 임명할 수 있는 권한을 주면 돼."

"그렇게 하도록."

아바가이가 바로 지시했다.

"정서장군 이전에게 대장군까지 임명할 수 있는 권한을 준다."

유시(오후 6시) 무렵이어서 마장(馬場)에는 어둠이 덮였다.

그러나 어둠 속에 정연하게 늘어선 기마군 대열은 활기에 차 있다.

주호기가 다가가자 한광이 말했다.

"준비되었습니다. 지금 출발하겠습니다."

"자금성까지는 20일 예정인가?"

"예, 장군."

"태수가 먼저 자금성에 전령을 보냈어."

주호기가 말을 이었다.

"황궁의 징세관 양진한테 가게."

"알겠습니다."

한광은 주호기가 아끼는 장수다.

중랑장으로 몽골 접경지에서 수많은 전투를 치렀고 공을 세웠다.

한광은 기마군 7백을 이끌고 자금성으로 출발하는 것이다.

기마군은 예비마 1,200필을 끌고 가는데 그중 1백 필에 조세로 걷은 황금이 실려 있다.

어둠 속으로 기마대가 사라졌을 때 주호기의 옆에 서 있던 요문성이 입을 열었다.

"도적단은 문제없겠지요?"

"기마군 7백을 감당할 도적단은 경로상에 10여 개나 되지만 모두 피해가야지."

"길을 돌아가겠군요."

"그래서 20일이 걸리는 것이네."

"태수께서 금화 3만 5천 냥이면 주민 10만을 1년 동안 먹인다고 하셨습니다."

"군사 5만을 1년 동안 양성할 군량도 되지."

"저 금화가 모두 환관들의 주머니로 들어가게 되겠지요."

"그걸 내가 아나?"

"후베이(湖北)의 우한 태수는 조세를 해적들에게 강탈당해서 조정에서 금군을 보내 잡아갔답니다."

"그런 일이 어디 한두 번인가?"

주호기가 말고삐를 채어 몸을 돌렸다.

하린은 반준과 함께 마장 건너편의 민가 담장 안에서 기마군이 빠져나가는 것을 보았다.

"예비마가 1천 필이 넘습니다."

반준이 예비마를 헤아리고 나서 말했다.

"세비를 말에 실었습니다."

"그렇군."

고개를 끄덕인 하린이 발을 떼었다.

선양에서 세비가 출발했다.

하린의 보고를 받은 이전이 고개를 끄덕였다.

차명이 떠난 지 닷새째가 되는 날이다.

"차명이 기마대를 잡아야 되는데."

고개를 든 이전이 하린을 보았다.

세비 탈취는 하린의 정보에 의해서 시작된 것이다.

"곧 본진에서 사람이 올 것입니다."

차명이 바로 보좌역을 보내기로 한 것이다.

그날 밤에 숙소로 일단의 사내들이 찾아왔다.

왕청과 백돌이 5십여 명을 이끌고 온 것이다.

본거지는 아율무치에게 맡긴 셈이다.

"닷새 전에 군사(軍師)가 황도수와 함께 기마군 2천을 이끌고 출발했습니다."

왕청이 보고했다.

오늘 밤 선양성의 기마군이 떠났다는 말을 들은 왕청이 말을 이었다.

"기마군이 오늘 밤 떠났다면 군사(軍師)가 맞을 시간은 충분히 있을 것입니다."

"수고했어."

이전이 길게 숨을 뱉었다.

이제 시작이다.


다음 날 오전.

방면군 사령관 주호기가 동근의 보고를 받는다.

"성안에 도적단이 잠입했다는 정보원의 보고가 있습니다."

동근은 방면군의 참모로 정보 담당이다.

주호기는 군(軍)을 철저히 관리했다.

특히 도적단의 동향에 대해서 적극적으로 정보를 수입했다.

동근이 말을 이었다.

"객주에 투숙하고 있다는 정보가 있습니다. 그래서 조사 중입니다."

"도적단이 하나둘이어야지."

"전에는 하나둘씩 주막에 하루 이틀 묵다가 사라졌는데 지금은 대여섯씩 장기 투숙하고 있다는 것입니다."

"찾아라."

주호기가 결단을 내렸다.

"내가 병력을 다 내주겠다."

왕청과 수행원들이 대거 도착한 후에 이전은 바로 거처를 옮겼다.

민가를 여러 채 매입해서 입주한 것이다.

집주인과 소리 소문 없이 현물을 주고 매입했기 때문에 갑자기 연기처럼 사라진 꼴이다.

민가 안채의 방 안.

이곳은 서민들의 주택가여서 이웃과 담장을 나눠 쓰는 구조다.

그래서 이웃집 아이의 울음소리, 심지어 방사(房事)하는 소음까지 다 들린다.

자시(밤 12시)가 넘었다.

침대에 누워있던 이전이 불쑥 물었다.

"우리가 선양을 탈취하고 나면 어떻게 다스려야 될 것 같소?"

"당분간은 태수를 뒤에서 조종하면서 배후세력을 키워야겠지요."

하린이 금세 대답했기 때문에 이전이 고개를 돌려 시선을 주었다.

방의 불을 껐지만 반쯤 열린 창으로 별빛이 들어와 있다.

어둠에 익숙해진 눈에 하린의 옆얼굴이 선명하게 드러났다.

하린은 반듯이 누워있다.

바로 지척이다.

1자(30센티) 거리밖에 안 된다.

잘 때는 숨소리도 들린다.

그때 이전이 다시 물었다.

"그다음은?"

"유적, 도적단들을 하나씩 끌어모아 군사력을 키우는 것입니다."

"어느 시기까지 그렇게 해야 할까?"

"곽천을 정벌하여 그 수하를 흡수해야겠지요."

"그것으로 끝내고 전면에 나설까?"

"부족합니다. 최소한 옆쪽 산시성의 이복기까지 깨뜨려서 장악해야 될 것입니다."

이전이 숨을 들이켰다.

이복기는 20만 대군을 거느린 군왕(君王)이다.

곽천은 10만을 거느리고도 평왕(平王)을 칭하고 있다.

이복기는 황제급인 것이다.

그때 하린이 고개를 돌려 이전을 보았다.

눈동자가 반짝이고 있다.

이전이 숨을 들이켰다.

유천현의 마등산 계곡은 평탄한 데다 계곡의 물줄기가 흘러내려서 숙영지로 적당했다.

한광이 이끄는 기마군 7백 기가 이곳에 닿았을 때는 술시(오후 8시) 무렵이다.

선양을 출발한 지 사흘째 되는 날이다.

오늘도 4백여 리(200킬로)를 주파했기 때문에 모두 지친 상태다.

"경계 철저히 하도록."

한광이 부장(副將) 지충선에게 지시했다.

사흘 동안 1천 리(500킬로)가 넘는 거리를 달려온 것이다.

"이곳은 동산파 도적단 구역이지만 방심하면 안 돼."

"예, 장군."

지충선이 고개를 숙여 보이고는 진막을 나갔다.

"장군이 예민해져 있군."

진막 밖에서 별장 오감을 만난 지충선이 함께 발을 떼면서 말했다.

"동산파라야 3백도 안 되는 도적단이야. 그놈들이 우리 기척을 알았다면 숨었을 것이라고."

"접전을 피하자는 생각이시지요. 몇십 명이라도 걸리면 시간이 늦춰지니까요."

"어쨌든 외곽 경계병을 좀 멀리 세우도록."

지시한 지충선이 제 막사로 들어갔다.

"말이 많군."

아래쪽 말 떼를 내려다본 차명이 말했다.

"조세로 실었던 금괴는 말에서 내려놓았을 것이다."

"왼쪽 막사입니다."

눈이 밝은 1백인장 양준이 손으로 왼쪽을 가리켰다.

2백 보쯤 아래쪽, 말 떼가 모인 왼쪽의 막사 3곳에 경비병이 둘러서 있다.

10여 명이다.

다른 막사와는 표시가 난다.

"그렇군."

차명이 고개를 끄덕였다.

금괴를 경비하는 것이다.

해시(오후 10시) 무렵.

한동안 수선거렸던 아래쪽 기마군은 차츰 조용해지고 있다.

술시(오후 8시)쯤 도착해서 늦은 저녁을 지어 먹고 곧 쉴 것이다.

잠이 들었던 한광은 소음에 눈을 떴다.

작은 소음이다. 낮은 신음.

그리고 뭔가 넘어지는 소리.

어수선하다.

군사들이 짐 정리를 하는 것 같기도 하다.

다시 눈을 감았던 한광은 숨을 들이켰다.

신음 소리가 들린 것이다.

가깝다.

한광은 자리를 차고 일어섰다.

갑옷만 벗은 채 누워있던 한광이다.

머리맡에 놓인 장검을 집어들었을 때다.

진막 문을 젖히면서 두 사내가 뛰어들었다.

갑자기 피비린내가 확 풍겨왔다.

"누구냐!"

버럭 소리치면서 한광이 칼을 빼들었다.

"기습이다!"

밖에서 외침이 울렸다.

칼 부딪치는 소리에 이어서 비명도 들렸다.

그때 사내 하나가 와락 달려들었다.


전멸이다.

차명이 이끈 이전군(李田軍) 2천이 마등산 계곡에서 선양 방면군의 조세 호송대 7백을 전멸시켰다.

한 시진(2시간)쯤이 지난 축시(오전 2시) 무렵.

마등산 계곡은 다시 적막으로 덮였다.

다친 말 몇 마리가 서 있었고 가끔 낮은 신음이 울리기도 한다.

그러나 진막은 모두 가라앉았고 성한 말 떼는 모두 금괴와 함께 강탈당했다.

선양 태수 장진이 그 사실을 안 것은 사흘이 지난 후다.
우천 현령이 급보를 띄웠기 때문이다.
근처 주민의 신고를 받고 현장을 둘러본 현령이 보낸 것이다.
장진이 방면군 사령관 주호기에게 묻는다.
"누구의 소행인가?"
"내막을 잘 알고 있는 놈 같습니다."
"도적단인가?"
"그렇지요."
"군사 7백을 전멸시킬 정도면 대도적단 아닌가?"
"마등파가 군사 3천여 명을 이끌고 있지만 그럴 정도는 안 됩니다."
"그럼 곽천 일당인가?"
"너무 멉니다."
그때 장진이 손바닥으로 팔걸이를 내려쳤다.
"이 책임을 누가 질 것인가?"
주호기가 외면했다.
책임은 주호기에게 있는 것이다.
다시 장진이 소리쳤다.
"이 일을 어떻게 수습한단 말인가?"
그때 주호기가 번들거리는 눈으로 장진을 보았다.
"도적단이 선양성에 대거 진출했다는 정보를 받았습니다. 곧 밝혀내겠습니다."

이전이 앞에 앉은 1백인장 양준을 보았다.

방 안에는 왕청과 백돌 등 선양에 온 장수들이 둘러앉아 있다.

"잘했다. 소문은 내지 말라고 해라."

"예, 장군."

양준이 두 손으로 방바닥을 짚었다.

"군사는 성(城)으로 돌아가셨을 것입니다."

양준은 마등산 계곡의 기습에 참가한 후에 차명의 지시를 받고 곧장 이곳으로 온 것이다.

"금화가 3만 5천 냥이면 2년분 군량은 되겠다."

쓴웃음을 지은 이전이 말을 이었다.

"그것도 백성의 혈세 아니냐? 환관들의 손에 들어가느니 우리가 빼앗아서 백성들에게 돌려주는 셈으로 친다."


별장 동근이 마당에 꿇어앉은 사내를 보았다.

사내는 객사 주인 왕준하다.

"여섯이라고 했느냐?"

"예, 허난(河南)성에서 온 비단장수라고 했습니다."

왕준하가 고분고분 대답했다.

"그런데 밤중에 떠난 것 외에는 수상한 점이 없습니다."

"어디로 간다고 했느냐?"

"허난성으로 돌아갔겠지요."

"비단장수가 아무리 돈이 많다고 해도 하루 금 1냥씩 주면서 독채를 빌려 써?"

"말 6필 먹이는 값까지 포함되었습니다."

"수상하다는 생각은 안 들더냐?"

"안 들었습니다."

"네 하인들은 그렇게 생각하지 않던데."

"도대체 어떤 놈이 그럽니까?"

"이놈이 누구 앞에서 눈을 치켜뜨느냐?"

"잘못되었습니다."

왕준하가 고개를 치켜든 채 말을 이었다.

"허나 소인이 도적단을 손님으로 받았다는 것처럼 말씀하시니 태수께 상소하게 해줍시오. 억울해서 그럽니다."

"이런."

욕을 참은 동근이 어깨를 부풀렸다가 내렸다.

태수 장진은 왕준하 편을 들어줄 것이 뻔했기 때문이다.

장진은 주민들이 받드는 우상이다.

아직 증거도 없는데 소문만 듣고 왕준하를 추궁하기에는 부담이 된다.

방면군 사령부를 나온 왕준하를 집사 용평이 문 앞에서 맞았다.

"주인, 매를 맞지 않으셨소?"

"내가 왜 맞느냐?"

버럭 성을 낸 왕준하가 주위를 둘러보았다.

"도대체 어떤 놈이 내 손님들 신상을 밀고했단 말인가?"

그러나 하인이 20명이나 된다.

20개의 입을 일일이 조사할 수는 없다.

그때 용평이 옆을 따르면서 말했다.

"주인, 그 손님들이 어디로 갔는지 압니다."

왕준하가 걸음을 멈췄다.

다가선 용평이 말을 이었다.

"남문 근처의 무허가 객주지요. 산둥성에서 온 반씨라는 놈이 주인입니다."

"어떻게 알았느냐?"

"제가 마당발 아닙니까? 그쪽에 갔다가 들었습니다."

"……."

"일행이 수십 명 늘어났다고 합니다. 아무래도 비단장수로 보이지가 않는데요?"

"나도 눈이 달렸어, 이 자식아."

다시 발을 떼면서 왕준하가 말을 이었다.

"그 젊은 주인이 남장한 여자를 데리고 있었다."

"그렇습니까?"

"점잖고 귀인 태가 났다."

"전 잘 못 봤습니다."

"너."

고개를 돌린 왕준하가 용평을 노려보았다.

"입 다물고 있어. 비단장수 이야기는 꿈속에서도 꺼내지 말란 말이다."

"예, 주인."

"네 처자식을 몰사시키지 않으려면 모른 척하란 말이다. 알았어?"

"예, 알겠습니다."

용평이 어깨를 늘어뜨렸다.

해시(오후 10시) 무렵이 되었을 때, 송백이 방 밖 기척을 듣고 물었다.

"누구야?"

"나야."

주인 홍석이다.

일어선 송백이 문을 열었더니 홍석이 밖으로 나오라고 손짓을 했다.

어두운 마당 구석의 담장 앞에 둘이 마주 보고 섰다.

송백이 눈을 가늘게 뜨고 물었다.

"무슨 일이야?"

"자네가 묵었던 객주 집사 놈이 여기를 알고 갔어."

홍석이 말을 이었다.

"그놈이 친구 찾아서 이 동네에 왔다가 소문을 듣고 여기를 살펴보고 간 모양이야."

"이런, 언제인데?"

"오늘 미시(오후 2시)쯤 되었어. 나도 조금 전에야 들었어."

"그럼 우린 피할 테니까 자네가 잘 수습하게."

"그건 걱정 말고. 미안하네."

"내가 고맙지."

송백이 서둘러 몸을 돌렸다.

입을 다물겠다고 왕준하에게 약속했지만 용평은 욕심을 내었다.

도적을 밀고하면 금 5냥을 받을 수 있기 때문이다.

밀고한 것을 비밀로 하면 왕준하도 모를 것이었다.

금 5냥은 처자식에게 유용하게 쓰일 테고 왕준하에게 해를 입히지도 않는다.

그렇게 생각하자 마음이 급해졌다.

"그놈들이 남문 근처 무허가 객사에 있다고?"

동근이 확인하듯 묻자 용평이 고개를 끄덕였다.

"제가 두 눈으로 보았습니다. 거기에다 일행이 수십 명 늘어나 있었습니다."

"옳지."

동근의 두 눈이 번들거렸다.

"네 주인 왕준하는 모른다고 했다. 그놈들하고 한통속인가?"

"절대로 그렇지 않습니다. 주인은 그놈들이 어디로 갔는지도 모릅니다."

"그렇다면."

동근이 자리를 차고 일어섰다.

축시(오전 2시) 무렵이다.

인시(오전 4시) 무렵이 되었을 때, 무허가 객주 주인 홍석이 별장 동근에게 문초를 당하고 있다.

홍석은 왕준하와는 달리 포박되어 마당에 엎어져 있다.

주위에는 동근이 데려온 군사들로 어수선한 분위기다.

동근이 다시 소리쳐 묻는다.

"다 어디 갔느냐?"

"내가 압니까?"

이미 몇 차례 얻어맞은 홍석이 맞받아 소리쳤다.

"도대체 왜 이러시는 거요?"

"네가 도적단을 이곳에 숨겨주었다는 신고가 들어왔다."

"그 증거를 대시오! 그렇지 않으면 태수께 탄원하겠소!"

"이놈들이, 태수가 네 아버지냐?"

화가 난 동근이 발을 굴렀다.

"저놈을 쳐라! 자백할 때까지 그치지 말라!"

다음 날 오전.
위사장 송백이 이전에게 말했다.
"객사 주인 홍석이 방면군 별장한테 맞아 죽었습니다."
이전이 고개를 들었다.
놀란 얼굴이다.
옆에 앉아있던 왕청과 백돌, 하린도 모두 숨을 죽였다.
모두 홍석의 도움으로 이곳에 피신한 것이다.
이곳은 성에서 20여 리(10킬로) 떨어진 산 중턱이다.
민가가 3채밖에 없는 외진 위치다.
"우리 때문에 죽었군."
이전이 말을 이었다.
"곧 복수를 해주지."
그때 하린이 말했다.
"방면군에서는 조세를 탈취당한 책임을 조금이라도 벗으려고 할 것입니다."
고개를 든 하린이 이전을 보았다.
"곧 태수와 방면군 사령관의 알력이 일어나게 되겠지요. 책임을 져야만 하니까요."
이전의 얼굴에 웃음이 떠올랐다.
"그것을 조장해야겠군."
하린의 몫이다.

태수 장진은 명관(名官)이지만 이번 조세 탈취 사건은 치명적인 과오였다.

방면군 사령관 주호기에게 수송을 맡겼지만 책임은 장진에게 있는 것이다.

청에서 내실로 돌아온 장진이 심복인 도사 우경주에게 말했다.

"주호기가 책임 회피를 하고 있어. 어제는 객사 주인을 때려죽였는데 무허가 객주를 허가해준 나 때문에 도적단이 횡행하고 있다는 것이야."

자리에 앉은 장진이 길게 숨을 뱉었다.

"곧 황실에서 추궁이 올 거다. 조세를 못 받았으니 일단 내 책임이지."

"대감, 주호기가 황실의 태사에게 사유서를 써서 보냈다고 합니다. 밀사가 어제 떠났다는데요."

"뭐? 사유서?"

장진이 눈을 가늘게 떴다.

"무슨 사유서?"

"예, 실제로는 금 3만 5천 냥이 아니라 은과 동을 상자에 담아서 금괴로 보이게 하고 도적단을 시켜서 탈취하도록 했다는 것입니다."

"무슨 말이냐?"

"태수께서 금을 차지하시고 도적단에 빼앗긴 것으로 넘긴다는 말이지요."

"그게 말이 되나?"

"도적단이 은과 동이 든 금괴를 빼앗았다고 소문을 내겠습니까?"

"그런 쓸데없는 소리는 말아라."

"소문이 그렇게 났습니다, 대감."

"내가 금괴를 차지했다고?"

"그래서 도적단에게 금괴 수송 정보를 흘려주었다는 것입니다."

"……"

"그러고 나서 책임을 주호기에게 넘기려고 한다는 것이지요."

"……"

"그렇게 밀서에다 썼다는 것입니다."

그때 장진이 쓴웃음을 지었다.

"이건 누가 나하고 주호기 사이를 이간질하는 것이다."

하린의 계략이다.

소문을 낸 것이다.

부하들을 시켜 태수가 가짜 돈을 가져가도록 주호기를 시켰다는 소문을 냈다.

방면군 사령관 주호기는 피해자다.

그래서 자금성의 환관에게 밀고했다는 것이다.

"민심이 흉흉합니다."

성에서 돌아온 왕청이 이전에게 보고했다.

왕청은 사흘 동안 성에 머물면서 민심을 탐지하고 돌아왔다.

"곧 징세관이 사유를 들으려고 선양에 온다고 합니다."

환관이 보낸 징세관이다.

그때 이전이 고개를 돌려 하린을 보았다.

"계획대로 되어가고 있군."

하린은 시선만 내렸다.

군사(軍師) 차명이 도착했을 때는 징세관이 선양에 도착한 다음 날이었다.

차명이 보고했다.

"장군, 분국(分國)의 본진은 정비가 다 되었습니다. 장이현을 중심으로 각 산채를 진(陣)으로 개명하고 14개 진(陣)을 벌려놓았으며 각 진장(陣將)과 진군(陣軍) 체제가 되었습니다."

이전이 고개를 끄덕였다.

후금분국(後金分國) 체제가 형성되어 간다.

자신은 관직 임면권도 갖춘 정서장군(征西將軍)인 것이다.

차명이 말을 이었다.

"군사는 3만 3천이 되었고 장이현에는 주력군 2만이 배치되었습니다."

"지금부터 시작이야."

이전이 말했다.

"선양으로 분국의 도읍을 옮겨야 돼."

그러면 산시성 서남부를 장악한 세력 중의 하나가 된다.


징세관 주현은 환관으로 친위군 2백을 거느리고 선양에 도착했다.

모두 기마군으로 주현도 말을 탔기 때문에 빨리 도착한 셈이다.

주현은 45세.

환관이 된 지 30년이 넘었으니 조정은 물론 변방 수령의 사정도 다 안다.

장진이 산시성 서쪽 주민의 민심을 얻고 있다는 것도 알고 있다.

청에서 마주 보고 앉았을 때 주현이 물었다.

"조세 3만 5천 냥이 강탈당한 것은 사실입니까?"

"그렇습니다."

장진이 말을 이었다.

"도적 떼들이 호송대를 전멸시키고 말까지 빼앗아갔습니다."

"그런데 그 조세가 동전 1만 5천 냥 정도라는 소문이 있습니다. 도적 떼는 동전을 강탈해간 것이라는군요."

"그것은 모함입니다!"

쓴웃음을 지은 장진이 주현을 보았다.

"조세를 실은 관리 10여 명을 증인으로 보여드릴 수도 있습니다."

"모두 태수의 휘하 관리들 아닙니까?"

"도대체 내가 그 금화 3만 5천 냥을 무엇에 쓰려고 그따위 짓을 했단 말입니까?"

마침내 장진이 언성을 높였을 때 주현은 쓴웃음을 지었다.

"모르지요. 태수께서 주민들의 신망이 워낙 높으시니 황실보다 주민을 더 생각하고 그러셨을지도."

"말씀 삼가시오!"

장진이 소리치자 주현이 정색했다.

"태수, 나는 황명을 받은 징세관이오. 조사해서 태수를 징벌할 수 있는 권한이 있소!"

주현이 자리에서 일어섰다.

서슬이 푸르다.


"징세관은 영빈관에 들어가 있습니다."

동근이 말하자 주호기가 이맛살을 찌푸렸다.

"이 소문의 근원은 어디인 것 같으냐?"

"음모가 있습니다."

동근이 목소리를 낮췄다.

"이것은 태수와 장군 사이를 이간질하려는 음모입니다."

주호기가 흐려진 눈으로 동근을 보았다.

"글쎄, 그것이 누구야?"

"이번에 금괴를 약탈한 놈들입니다."

그때 주호기가 고개를 들었다.

"교활한 놈들이다. 곽천이 이런 짓을 했다면 그놈들은 지략까지 갖춘 집단이다."

"성안에 징세관과 태수가 대판 싸웠다는 소문이 퍼져 있습니다."
성에서 돌아온 양준서가 말했다.
양준서는 이전의 정보 책임자다.
양준서가 말을 이었다.
"징세관은 금괴를 모으고 실은 관리 20여 명을 골라 차례로 심문을 하고 있습니다. 금괴가 실제로 탈취당했는지를 확인하는 것이지요."
"장진을 의심하고 있는 것이군."
이전이 말하자 양준서가 고개를 끄덕였다.
"예, 관리들을 매질하면서 대답을 주저하면 바로 공모했지 않으냐고 추궁합니다. 그러니 장진의 심사가 편할 리가 있습니까?"
그때 이전 옆에 앉아있던 차명이 물었다.
"방면군 사령관 주호기 동향은 어떠냐?"
"그쪽 소문을 들었습니다만."
정색한 양준서가 말을 이었다.
"사태가 다른 방향으로 돌아가자 안심하면서도 불안한 것 같습니다. 어쨌든 조세를 탈취당한 것은 주호기의 방면군이니까요."
이전이 고개를 끄덕였다.
"양심이 있는 놈이면 죄책감을 느껴야 정상이지."

그날 밤.
이전의 침소에 셋이 모였다.

민가를 숙소로 삼고 있는 터라 침소가 내실의 청 역할을 한다.

이전을 중심으로 앉은 둘은 차명과 하린이다.

해시(오후 10시) 무렵.

그때 하린이 입을 열었다.

"시기가 되었습니다."

둘의 시선을 받은 하린이 말을 이었다.

"이때 징세관 주현을 암살하면 장진은 진퇴양난의 어려움에 빠질 것입니다."

숨만 들이켠 둘을 향해 하린이 말을 이었다.

"장진은 본인이 결백하다고 해도 황제의 의심을 피할 수 없을 것입니다."

"묘안입니다."

먼저 차명이 커다랗게 고개를 끄덕였다.

차명이 번들거리는 눈으로 하린을 보았다.

선양 태수 장진에 대한 작전은 처음부터 하린이 주도해온 것이다.

밤.

새 거처로 옮기면서 이전과 하린은 다른 숙소를 사용하고 있다.

방문이 열리면서 백돌이 술상을 든 시종과 함께 들어섰다.

백돌은 조선인으로 이전과 함께 대륙으로 파견된 원조(元祖) 측근이다.

술상을 내려놓은 시종이 물러가고 방에는 이전과 백돌 둘이 마주 앉았다.

백돌이 이전의 잔에 술을 따르면서 말했다.

"장군, 장이현에 계신 부인께서 옷을 만들어 보내셨습니다. 시종에게 건네주었습니다."

이전이 고개를 끄덕였다.

복금은 헌신적이다. 눈빛만 보아도 이전을 향한 진심이 드러난다.

일가(一家)가 몰살당한 후에 시종이었던 복금은 청지기 장석과 함께 수만 리 길을 걸어 이곳까지 찾아온 것이다.

그때 백돌이 고개를 들어 이전을 보았다.

"장군, 하린 님을 따로 두시는 것이 오히려 더 어색합니다. 이곳으로 모시는 것이 나을 것 같습니다."

술잔을 든 이전이 백돌을 보았다.

시선을 받은 백돌이 두 손을 방바닥에 짚고 고개를 숙였다.

"제가 군사(軍師), 왕 장군 등의 부탁을 받고 말씀드리는 것입니다."

"내가 하린한테 이미 말했어. 하린도 이해했고."

"장군께 필요한 분이십니다."

"내가 알아서 할 테니까 언급하지 마라."

"예, 장군."

한 모금에 술을 삼킨 이전이 소리 없이 웃었다.

"그렇다고 하린에게 상처를 주지는 않겠다."

새 나라에는 양반, 상놈이 따로 없고 모두가 평등하다.

역적의 자손 이전의 가슴속에 사무친 생각이다.

그리고 신의(信義)를 배신하지 않겠다.

수만 리 타국 땅을 헤매어 주인을 찾아온 복금에게 상처를 주는 것은 배신하는 것이나 같다.

하린의 지모와 술수는 대가를 받을 것이다.

그것을 남녀의 인연으로 이어갈 필요는 없는 것이다.


대장군 서귀는 곽천의 심복으로 지금까지 고락을 함께해 온 동료다. 그러나 분수를 아는 인물이다.

공(功)은 곽천에게 돌리고 책임은 자신이 졌기 때문에 신임을 받았다.

이곳은 평천국(平天國)의 본거지인 안북성의 청 안.

곽천과 서귀가 주위를 물리치고 독대하고 있다.

서귀가 말을 이었다.

"선양이 심상치 않습니다. 태수와 방면군사령관 사이에 갈등이 일어났고 징세관이 태수를 추궁하려고 와 있다는 것입니다."

곽천이 눈을 가늘게 떴다.

"이 기회에 선양을 먹으면 평천국의 세력은 2배로 늘어날 것이다. 그렇지 않으냐?"

"그렇습니다."

"그런데 그 아래쪽 후금국(後金國)의 동향은 어떤가?"

"장이현에 근거지를 둔 채 기반을 굳히고 있는 상황입니다."

서귀가 말을 이었다.

"장이현에서 선양까지는 600리(300킬로) 거리입니다. 거리가 좀 멉니다."

"이곳에서 선양까지도 600리(300킬로)야."

곽천의 쇠 긁는 목소리가 이어졌다.

"그놈이 선양이 흔들린다는 것을 알고 수작을 부릴지도 모른다."

"알겠습니다."

서귀가 고개를 끄덕였다.

"선양에 문제가 생기면 우리가 접수해야지요. 기회를 놓치지 않겠습니다."

징세관 주현이 술잔을 들고 말했다.

"어쨌든 조세 3만 5천 냥이 탈취된 것은 사실이야. 그것을 해결해야 자금성으로 돌아간다."

해시(오후 10시) 무렵.

영빈관의 접견실에서 주현과 수행해 온 황궁의 도위 곽진, 별장 후성이 술을 마시고 있다.

주현이 말을 이었다.

"관리들을 추궁했더니 반반이야. 절반은 금자를 못 봤다고 하고 절반은 금을 보았다는데 책임자인 도사 놈이 죽을 작정을 하고 3만 5천 냥이 맞다면서 고집을 부리는군."

"태수가 금을 감춰두고 도적단을 시켜 증거를 인멸했다는 말이 믿을 만합니다."

곽진이 말했다.

"아마 조세로 3만 5천 냥을 다 걷지 못했을지도 모릅니다. 나머지는 동전으로 채우고 상자에 넣었다가 도적에게 탈취당한 것으로 만든 것이지요. 도적이 우리가 얼마 가져갔다, 하고 소문을 낼 리가 없으니까요."

"방면군만 억울하게 된 것이지요."

후성이 거들었다.

"태수가 도적단과 공모했을 가능성도 있습니다."

"설마 그렇게까지 했겠느냐?"

주현이 쓴웃음을 지으면서 말했다.

"어쨌든 조세는 다시 받아가야 한다."

다시 한 모금 술을 삼킨 주현이 주위를 둘러보았다.

"내가 환관이라고 접대에 여자를 보내지 않는군. 태수가 답답한 인간인 것은 맞다."

그때 방문이 열렸기 때문에 셋은 고개를 들었다.

영빈관 경비 군관 셋이 들어섰다.

셋이 곧장 다가왔기 때문에 후성이 물었다.

"무슨 일이냐?"

그때다.

셋이 일제히 허리에 찬 칼을 빼들더니 한걸음에 다가왔다.

"아앗!"

주현이 소리쳤지만 이미 늦었다.

앞장선 군관이 내려친 칼이 머리통에 맞아 이마가 절반쯤 쪼개졌다.

"으악!"

이어서 후성의 비명이 울렸다.

도망치려고 몸을 돌렸다가 어깨에서 반대쪽 허리까지 비스듬히 잘린 것이다.

곽진은 칼날이 목을 베었기 때문에 소리도 뱉지 못했다.


"무엇이!"

버럭 소리친 장진이 앞에 선 별장 호진을 보았다.

자시(밤 12시) 무렵.

호진이 가쁜 숨을 몰아쉬며 말을 이었다.

"징세관과 도위 곽진, 별장 후성이 접견실에서 피살되었습니다. 범인은 경비 군관으로 위장했는데 셋을 살해하고 종적을 감췄습니다."

아연한 장진이 입을 다물었다.

침실에서 나온 장진은 잠옷 차림이다.

그때 호진이 장진을 보았다.

"대감, 문제가 있습니다."

"무어냐?"

"징세관을 따라온 도사 유홍이 징세관을 죽인 것은 대감이라면서 방면군사령관에게 체포하라고 소동을 부리고 있습니다."

"……."

"사령관은 난감한 상황이지만 유홍이 황궁에 그렇게 상주하면 명령이 내려올 수도 있습니다."

"말 같지도 않은 소리. 내가 왜 징세관을 죽인단 말인가? 유홍도 놀라서 정신이 산만해졌기 때문일 것이다."

"아닙니다."

호진이 정색하고 장진을 보았다.

"징세관이 대감에게 죄를 물으려고 관리들을 고문까지 하고 있었지 않습니까? 유홍의 말이 신빙성 있게 들립니다."

"도대체 어느 놈이."

마침내 장진이 울분을 터뜨렸다.

"어느 놈의 소행이란 말인가?"

점점 깊은 구덩이 속으로 빨려드는 느낌을 받은 장진이 소리쳤다.

"내 결백은 밝혀질 것이야!"


사시(오전 10시) 무렵.

주호기가 손님을 맞는다.

바로 징세관을 수행한 도사 유홍이다.

유홍은 42세.

자금성 황궁 황실 소속의 도사다.

정5품 관직으로 정3품 방면군사령관인 주호기보다 하위직이다.

그러나 실제로는 그 반대다.

황실의 정5품의 관리가 변방의 정3품 무장을 턱 끝으로 부린다.

"장군, 태수를 구금해주시오."

유홍이 턱을 치켜들고 눈을 내리깐 자세로 말했다.

아랫사람을 보는 자세다.

방면군 사령부의 청 안.

청에서도 유홍은 상석으로 모셔졌다.

주호기와 휘하 장수들은 앞쪽에 나란히 앉아있다.

유홍이 말을 이었다.

"황실에 급보를 띄웠으니 곧 지시가 올 것이오. 하지만 태수가 도주할 염려가 있소. 그렇게 되면 장군도 책임을 지셔야 할 것이오."

그때 주호기가 말했다.

"먼저 도사께서 안전한 처소로 옮기셔야 할 것 같소. 다시 암살대가 출몰할지도 모르니 말씀이오."

주호기도 자신의 역량을 아는 인물이다.


"무엇이? 유홍이 주호기에게 나를 구금시키라고 했어?"

버럭 소리친 장진이 우경주를 보았다.

내실의 마루방 안.

어깨를 부풀렸던 장진이 한숨과 함께 쓴웃음을 지었다.

"함정에 빠졌군."

신시(오후 4시) 무렵.

마루방에는 둘뿐이다.

우경주가 말씀드릴 것이 있다면서 이곳으로 안내해온 것이다.

그러고는 유홍이 주호기를 만난 이야기를 해준 참이다.

그때 장진이 고개를 들고 우경주를 보았다.

"이젠 함정에서 벗어날 길이 없구나."

"대감, 억울합니다."

"이 함정을 만든 것은 주호기야. 이놈이 나에게 덮어씌운 거야."

"대감, 이대로 당할 수만은 없습니다."

바짝 다가선 우경주가 목소리를 낮추고 말했다.

"우선 눈앞에 닥친 위기를 피하셔야 합니다. 곧 체포조가 올 것 같습니다."

그때 장진이 쓴웃음을 지었다.

"내가 어디로 피하란 말이냐?"

사시(오전 10시)가 되었을 때 방면군 사령부로 피신해있던 도사 유홍에게 별장 동근이 서둘러 다가왔다.

"도사, 말씀드릴 것이 있습니다."

유홍의 시선을 받은 동근이 말을 이었다.

"태수가 청에 나오지 않았습니다."

"무슨 말이오?"

"내실에서도 보이지 않는다고 합니다."

"그렇다면?"

"어젯밤에 어디로 간 것 같습니다."

"도망쳤단 말인가?"

유홍의 목소리가 높아졌다.

"글쎄, 속단할 수는 없지만 아무래도……."

"옳지!"

벌떡 일어선 유홍이 동근을 노려보았다.

"내가 뭐라고 했소? 태수를 체포하라고 하지 않았소?"

"증거가 명확하지 못했으니 할 수 없었지요."

고개를 든 동근이 유홍을 보았다.

"그런데 이제는 사실인 것 같소."

"당장 추적해서 잡으시오!"

"그래서 말씀드리는 거요."

몸을 돌린 동근이 뱉듯이 말했다.

"이곳이 어딘가?"

장진이 묻자 우경주가 고개를 들었다.

"성에서 북방으로 30리(15킬로)쯤 떨어진 마치산 골짜기입니다."

"민가는 이곳 한 채뿐인가?"

"예, 본래 사씨라는 부자가 골짜기에다 말을 키우려고 지은 집인데 망해서 폐가가 된 집입니다."

우경주가 말을 이었다.

"오늘은 이곳에서 쉬시고 내일 밤에 출발하시지요."

장진이 고개만 끄덕였다.

우경주가 이곳까지 안내해온 것이다.

장진은 우경주와 함께 아래쪽 후베이(湖北)성으로 피신할 예정이다.

후베이성 상산에는 처자식이 있는 것이다.

청렴한 장진은 친족들의 민폐를 방지하려고 고향에서 가족을 데려오지 않았다.

그래서 선양 태수 관저에 혼자 살고 있었다.

우경주가 자리에서 일어섰다.

"식사 준비를 하겠습니다."

밤에 급하게 나왔기 때문에 옷가지 몇 벌과 노자 몇 냥만 들고 왔을 뿐이다.

말 두 필만 빼내어서 성을 나온 것이다.

몸 하나만 빠져나왔다고 해도 과언이 아니다.

이것이 장진의 성품이다.

내실 서랍에 금화가 100냥 정도 있었으나 공금(公金)이라면서 그대로 두고 나왔다.

"수배령을 내렸소."

주호기가 유홍에게 말했다.

"마을마다 방을 붙이라고 했으니 곧 잡힐 거요."

"징세관을 죽인 데다 조세 3만 5천 냥까지 탈취한 범인이오."

유홍이 격앙된 목소리로 말을 잇는다.

"대역 죄인이니 일가친척도 잡아야 되지 않겠소?"

"곧 조정에서 태수의 고향 후베이성으로도 통보하겠지요."

"장진의 일당들이 있을 텐데 잡지 않습니까?"

"도사 우경주가 보이지 않아서 그자도 수배했소."

주호기가 외면한 채 말했다.

유홍에게 일일이 말해주는 것이 귀찮은 눈치다.

선양성 남문 안의 식당은 항상 소란스럽지만 오늘은 더하다.

오시(낮 12시)가 조금 지난 시간.

식사를 하던 손님 하나가 앞에 앉은 친구에게 말했다.

"이건 음모야. 태수를 죽이려는 음모인 거야. 세상 사람들이 다 안다."

"맞다. 방면군사령관의 음모다. 제가 살려고 황실에 밀고하고 징세관을 죽인 거야. 그것을 태수에게 덮어씌운 것이라고."

앞에 앉은 사내가 말을 받는다.

그때 옆쪽 식탁의 사내가 소리쳤다.

"태수에게 수배령을 내렸는데 이미 태수를 죽였는지도 모른다. 그러고는 입을 막은 거야!"

"징세관도 주호기가 죽인 거야!"

구석 쪽 손님이 소리쳤다.

"그래서 태수에게 덮어씌운 거다!"

"이놈의 세상. 이젠 선양도 살 곳이 못 되는구나!"

이쪽저쪽에서 외침이 터져 나왔는데 모두 흥분했다.

태수를 옹호하고 있다.

식당을 나온 왕청의 옆을 따라붙으면서 위견이 말했다.

"이것이 민심입니다."

"그렇구나."

고개를 끄덕인 왕청이 발을 떼면서 웃었다.

"장진의 명성을 확인했다."

왕청은 민심을 확인하려고 선양성에 온 것이다.

앞쪽 길가에 사람들이 몰려 있었는데 벽 높은 곳에 장진에 대한 '수배령'이 붙어 있다.

장진의 초상화도 옆에 붙었는데 어느새 반쯤 찢겨 나갔다.

한낮인데도 누가 찢은 것이다.

방면군 중랑장 아황은 이번 소동에 휘둘리지 않았다.

몽골과의 국경 수비대에서 근무하다가 선양의 서부 방면군으로 배속된 지 한 달밖에 안 되었기 때문이다.

그리고 방면군사령관 주호기하고도 좋은 관계가 아니었다.

주호기와는 15년 전에 산해관 수비대에서 같은 도위 벼슬로 근무한 인연이 있다.

그때도 서먹한 사이였는데 이제 주호기 휘하의 중랑장으로 부임해온 것이다. 중랑장은 정4품 고위직이다.

주호기 다음 서열인데도 아황은 성 밖 마장(馬場)의 관리자로 배속되었다.

정5품 도사가 맡는 직책이지만 어쩔 수 없다.

오늘도 마장의 울타리 앞에서 말 떼를 쳐다보던 아황은 이쪽으로 다가오는 2명의 기마인을 보았다.

둘 다 두건을 썼고 깨끗한 장삼 차림에 허리에는 칼을 찼다.

요즘은 장사꾼도 무장한 채 다니는 세상이다.

그때 다가온 사내 하나가 물었다.

"중랑장이시오?"

"그런데, 누군가?"

아황이 맞받아 물었다.

그때 사내가 빙그레 웃었다.

"요즘 세상을 말세라고 하셨다고 들었소. 그래서 승진을 못 하신 것으로 압니다."

그때 말고삐를 챈 아황이 사내들과 정면으로 마주 보고 섰다.

1백 보쯤 뒤쪽이 마장(馬場) 막사여서 군사들이 오가는 중이다.

소리만 치면 순식간에 달려올 것이다.

아황이 눈을 치켜떴다.

"웬 놈들이냐?"

"나는 전(前)에 자금성 북부군 수비대장이었던 황도수네. 그때 그대가 서부군 수비대장이었지. 기억나시는가?"

순간 아황이 눈을 가늘게 떴다.

흐려진 눈으로 사내를 보던 아황의 눈에 초점이 잡혔다.

"기억나는군. 그때가 12년 전 아닌가?"

"우리가 30대 중반이었을 때지."

"그대는 산둥(山東)성으로 갔지 않나?"

"맞아."

황도수가 이를 드러내고 웃었다.

"거기서 관복을 벗었네."

"그런데 여긴 웬일인가?"

"그대가 선양 방면군 중랑장으로 와서 마구간지기가 되었다는 소문을 들었다네."

말을 몰아 다가선 황도수가 말을 이었다.

"그대하고 인연이 닿는 사람이 나여서 기쁘기 한량없네."

"무슨 일 때문인가?"

이제는 아황이 부드럽게 묻는다.

밤.

밖에서 인기척이 났으므로 장진이 물었다.

"우 도사인가?"

"예, 대감."

술시(오후 8시)쯤 되었다.

저녁으로 떡 두 개와 더운물을 마시고 나서 떠날 준비를 하던 참이다. 준비라야 옷만 입고 왔기 때문에 허리띠만 단단히 매면 되었다.

그때 방문이 열렸기 때문에 장진이 고개를 들었다.

기름등의 불꽃이 바깥바람에 흔들렸다.

그 순간 장진이 눈을 크게 떴다.

우경주의 뒤를 사내들이 따라 들어서고 있다.

하나, 둘, 셋이다.

"누구냐?"

장진이 물었지만 차분한 목소리다.

눈동자도 흔들리지 않는다.

이전이 숨을 들이켰다.

그러고는 발을 떼어 장진의 앞에 섰다.

"나는 남쪽 장이현에 기반을 둔 후금분국(後金分國)의 정서장군(征西將軍) 이전이오."

이전이 말을 이었다.

"당신, 선양 태수 장진을 만나러 온 것이오."

장진이 숨을 들이켰다가 천천히 뱉었다.

장진과 마주 앉은 셋은 이전과 차명, 왕청이다.

선양에 침투한 고위층은 다 모인 셈이다.

이 모든 작전을 기획한 하린은 장진과의 만남을 사양하고 본진에서 기다리고 있다.

뒤쪽에 앉은 우경주는 침묵했고 셋의 소개를 받은 장진이 턱을 들고 쓴웃음을 지었다.

"이제 알겠군."

장진이 정면에 앉은 이전을 흐린 눈으로 보았다.

"이것이 모두 당신들의 계략이었소?"

"그렇소."

이전이 바로 고개를 끄덕였다.

"당신이 필요했기 때문이오. 당신을 후금(後金)의 태수로 모시고 새 세상을 세울 작정이오."

장진이 숨을 골랐을 때 차명이 말을 이었다.

"우리는 태수 같은 분이 필요합니다. 우리는 나라를 세울 테니 태수는 주민을 위해 일해 주십시오."

이전이 말을 받는다.

"산시성뿐만이 아니오. 허난(河南), 허베이(河北), 산시(山西), 산둥(山東)을 모두 다스려주시오."

그때 장진의 시선이 뒤쪽에 앉은 우경주에게 옮겨졌다.

"우 도사, 너는 언제부터 이분들을 알았나?"

"얼마 안 됩니다."

우경주가 방바닥에 두 손을 짚고 엎드렸다.

"용서해주십시오."

"이해한다, 허나."

고개를 든 장진이 다시 이전을 보았다.

"장군, 나는 급합니다. 후베이(湖北)성에 있는 내 가족들을 명(明)의 군사들이 데려갈 것이오."

"그것은."

이제는 왕청이 어깨를 펴고 장진을 보았다.

"우리가 진즉 사람을 보냈습니다. 지금 모시고 오는 중입니다."

주호기는 방면군 사령부 안에 유홍이 기거하게 되면서 자주 만났다. 어떤 날은 하루에 세 번이나 만날 때도 있다.
환관 주제에 여자를 밝히는 유홍은 밤마다 여자를 옆에 두고 술을 마셨다.
유홍이 가져온 금자를 유흥비로 쓰는 터라 방면군에 폐를 끼치지는 않지만 가만있을 수는 없는 노릇이다.
두 번에 한 번 꼴로 주호기도 접대를 했는데 이제는 둘이 죽이 맞았다.

오늘은 태수가 도주한 지 엿새째가 되는 날이다.
지금쯤 자금성에 기별이 갔을 것이고 '황제의 명령'을 들고 오려면 보름(15일)은 걸릴 것이라고 유홍은 예상하고 있다.
"자, 듭시다."
유홍이 술잔을 들고 말했다.
거세한 몸이어서 피부는 여자처럼 반질거렸고 수염은 없다.
목소리도 가늘어져서 소리칠 때는 비단 찢는 소리가 난다.
오늘은 주호기가 내는 날이다.
태수 장진이 내성에 기녀를 들이지 않았기 때문에 주호기는 유곽의 기녀들을 데려왔다.
8명.
하룻밤 봉사료로 은 10냥씩을 주었다.
방면군은 자금이 없었기 때문이다.
태수부 재무관한테서 지금까지 은 8백 냥을 차용했다.
태수 장진이 도망치고 선양은 방면군사령관 주호기가 대리 통치하고 있다.

그래서 가능한 일이다.

더구나 징세관 대리 유홍이 묵인하고 있다.

"사령관."

유홍이 기녀의 허리를 한 손으로 감아 안고 주호기를 불렀다.

"내가 그동안 알아보았더니 선양성 안, 근처에 부자 지주들이 20여 명이나 있더구만. 알고 계시오?"

"대충은 압니다."

술잔을 든 유홍이 붉어진 얼굴로 주호기를 보았다.

"모두 장진을 보고 이곳저곳에서 몰려온 놈들이야. 장진이 장사를 마음대로 하도록 해주었거든. 세금도 쥐꼬리만큼 받고 말이오."

"……"

"지주 한 놈한테서 황금 1만 냥씩은 충분히 걷을 수가 있을 거요. 그러면 최소한 20만 냥이야."

"……"

"내가 황실에 밀사를 보냈어요. 나한테 산시성 서쪽을 맡겨주면 반년 만에 황금 30만 냥을 보낸다고 말이오."

유홍이 이를 드러내고 소리 없이 웃었다.

"아마 태감께서 나한테 총독 직임을 주실 거요. 그러면 내가 선양 태수쯤은 내 손으로 임면할 수 있지."

"……"

"그럼 사령관을 내가 선양 태수로 임명할 수 있소. 무슨 말인지 아시겠소?"

"압니다."

주호기가 어느덧 자리를 고쳐 앉고 유홍을 보았다.

눈동자도 흔들리지 않는다.

"그렇게 된다면 충성을 다하지요."

"글쎄, 선양 주변에서만 황금 몇십만 냥 가져오는 건 일도 아니라니까."

한 모금에 술을 삼킨 유홍이 고개를 끄덕였다.

"좋소. 위기가 기회라고 했어. 이번 일로 사령관이나 나도 기회를 잡아봅시다."

# 2장
# 후금분국정서장군(後金分國征西將軍)

"중랑장께서 오셨습니까?"

군례를 한 교위가 아황을 보았다.

술시(오후 8시) 무렵.

방면군 사령부 정문이다.

"사령관께서 부르셨다."

아황이 말하자 교위가 옆으로 비켜섰다.

"예, 문을 열겠습니다."

교위가 손짓을 하자 육중한 대문이 열렸다.

넓이가 30자(9미터)나 되는 대문이 열리자 아황을 선두로 기마군이 사령부 안으로 들어갔다.

문 옆으로 비켜선 교위는 끝없이 이어지는 기마군 대열을 보면서 사령관이 안에 기마군을 주둔시킬 모양이라는 생각을 했다.

주호기로부터 충성 맹세를 받은 유홍은 기고만장했다.

"자, 한 잔 합시다."

술잔을 든 유홍이 여자 목소리로 소리쳤다.

"우리가 다시 시작하는 거요."

"잘 모시겠습니다."

주호기가 화답했을 때다.

밖이 소란스러워졌기 때문에 주호기가 이맛살을 찌푸렸다.

"무슨 일이냐?"

뛰는 발소리, 낮은 외침, 이어서 비명까지 들린다.

그때 주호기가 벌떡 일어섰다.

그 순간이다.

문이 활짝 열리면서 군사들이 쏟아져 들어왔다.

앞장선 황도수가 장검을 치켜들었다.

"죽여라!"

황도수의 목소리가 쩌렁쩌렁 울렸다.

"와앗!"

군사들이 함성을 지르더니 칼을 휘두르기 시작했다.

"으아악!"

비명이 방 안에 덮였다.

주호기는 칼을 빼들었지만 눈이 흐려졌다.

살육이 시작되고 있다.

50평쯤 되는 연회장 안에는 주호기와 방면군 간부 10여 명, 그리고 징세관의 수행 도사 유홍과 일행 4, 5명이 둘러앉아 있다.

기녀, 악공, 무희들은 웅크리고만 있다.

"으아악!"

먼저 유홍이 처절한 비명을 지르면서 쓰러졌다.

덤벼든 군사 하나가 칼로 어깨를 내려쳤기 때문이다.

왼쪽 팔이 어깨에서부터 떨어졌다.

"에익!"

주호기도 무장이다.

앞에서 덤벼든 군사 하나를 겨누고 칼로 후려쳤지만 빗나갔다.

그때 옆으로 달려든 군사가 칼로 주호기의 가슴을 찔렀다.

"악!"

신음을 뱉은 주호기가 가슴에 박힌 칼을 내려다보았을 때다.

다른 군사 하나가 주호기의 목을 내려쳤다.

사시(오전 10시) 무렵.

이전이 왕청의 보고를 받는다.

이곳은 선양성 서쪽의 다금산 기슭으로 옮긴 본진 안.

본진 안에는 장수들도 모두 둘러서 있다.

왕청은 방금 선양성에서 돌아온 것이다.

"선양성은 중랑장 아황이 장악했습니다. 방면군사령관 주호기와 징세관의 도사 유홍의 머리는 성안 사거리에 걸려 있습니다."

왕청이 말을 이었다.

"황 장군이 거느린 위장군 1천이 이미 내성을 장악했고 아황은 방면군을 통제하고 있습니다."

이전이 고개를 끄덕였다.

황 장군은 황도수다.

전(前) 자금성 북부군 수비대장 출신으로 후금분국(後金分國)의 진장이다.

그 황도수를 끌어 올려 이번 작전에 참가시킨 것이다.

후금국군이 방면군으로 위장하고 아황과 함께 선양으로 진입한 것이다.

주호기와 유홍을 참살한 것도 후금국군이다.

이윽고 이전이 입을 열었다.

"오늘 밤에 선양으로 진입한다."

고개를 든 이전이 차명을 보았다.

"태수를 모시고 가도록."

태수 장진이 다시 선양으로 돌아간다.

선양에 다시 태수 장진이 돌아왔다.

방면군사령관 주호기가 처형되었다.

이유는 조세를 탈취당했으면서 태수에게 뒤집어씌웠다는 혐의다.

주민들은 당연하게 받아들였다.

방면군은 중랑장 아황이 장악했고 태수 장진에 대한 충성을 맹세했다.

하룻밤에 정세가 원상으로 돌아온 것이다.

징세관 주현에 이어서 유홍과 수행원까지 몰사당한 것이 꺼림칙하지만 이곳에서 자금성은 멀다.

그리고 주민들은 징세관을 거머리로 보는 상황이다.

아무런 애착도 없고 관심도 없다.

그러나 북쪽의 평천왕(平天王) 곽천은 예외다.

대장군 서귀로부터 선양성 사태를 보고받은 곽천은 펄쩍 뛰었다.

"그렇다면 이전이 선양으로 진출한 것이 아니냐?"

"아직 표면에 나타나지는 않았지만, 선양이 후금분국(後金分國)의 영역이 된 것은 확실합니다."

서귀가 말을 이었다.

"선양 태수 장진이 이전의 수하가 된 것 같습니다."

"이런."

곽천이 어금니를 물었다가 풀었다.

"지금까지 선양을 중간지대로 놓고 떨어져 있다가 마주 보게 되었다."

그때 서귀가 고개를 들었다.

"전하, 서둘러야겠습니다."

곽천이 심호흡을 했다.

"이전 그놈은 애송이가 아니다."

"그렇습니다."

서귀가 번들거리는 눈으로 곽천을 보았다.

"강적입니다. 전하께서 그렇게 보시니 승산이 있습니다."

곽천의 시선을 받은 서귀가 얼굴을 펴고 웃었다.

곽천은 과격한 성품이지만 치밀하고 교활했다.

지금까지 상대한 어떤 적과도 패하지 않은 전력이 있다.

그래서 대륙 서북방의 패자 중 하나가 되어 있지 않은가?


열흘 후에 아바가이와 이산이 보고를 받는다.

선양에서 달려온 밀사는 왕청.

한인으로 선양 작전에 참여했기 때문에 이전이 보낸 것이다.

후금(後金) 황성인 봉천성은 이제 기반이 굳어졌다.

사방 1천5백 리(750킬로) 지역을 장악한 터라 요동 서쪽 대부분이 영토다.

황궁의 청 안.

대신, 장군들이 즐비하게 도열한 중심에서 왕청이 선양 획득의 전말을 보고했다.

보고가 끝났을 때, 황제 아바가이가 말했다.

홍타이지 황제다.

"장하다. 후금분국의 세(勢)가 배가(倍加)되었다. 이전은 정서장군(征西將軍)

의 기반을 굳히고 나아가 후금의 왼쪽 팔 역할을 하고 있다."

후금이 동서로 나누어진 모양새가 되어가고 있다.

청 안이 술렁거렸다.

아바가이가 왕청을 보았다.

"수고했다. 너희들이 영웅이다."

엄청난 치하다.

내궁의 청 안이다.

아바가이와 이산, 병부상서 아무라디, 셋이 둘러앉아 있다.

아무라디는 타이론의 조카로 아바가이의 최측근이 되어 있다.

아직 30세지만 학문이 뛰어났고 대국(大局)을 본다.

이산이 추천해서 병부상서를 맡고 있다.

그때 아무라디가 고개를 들고 아바가이를 보았다.

"폐하, 선양에서 위쪽의 곽천만 무찌르면 이전은 산시(陝西)를 평정하게 됩니다."

아무라디가 말을 이었다.

"그쪽은 인구가 많아서 군사도 대규모가 됩니다. 폐하께서 적극적으로 지원해주셔야 합니다."

아바가이가 이산을 보았다.

지금까지는 정서장군(征西將軍) 이전에게 일임해놓고 보고만 들어온 상황이다.

정서장군으로 임명한 지도 얼마 되지 않았다.

아무라디의 말은 분국(分國)을 황궁이 직접 관리하라는 뜻이다.

그때 이산이 말했다.

"이곳은 안정되었으니 내가 선양에 가는 것이 낫겠습니다."

그 순간 놀란 아바가이가 숨을 죽였고 아무라디는 몸까지 돌덩이처럼 굳혔다.

상상도 해보지 못했던 방법이다.

"아니, 아버님."

둘이 있을 때만 그것도 가끔 아버지라고 부르던 아바가이가 이산을 불렀다.

"그곳은 전장(戰場)입니다. 가시려면 군사와 참모를 데리고 가셔야……."

"아니오."

이산이 고개를 저었다.

"이제 폐하께서 기반을 굳히셨으니 내가 이곳에서 할 일이 없습니다. 나는 이제 이전과 함께 대륙에서 기반을 굳히지요."

그러고는 덧붙였다.

"꼭 필요한 수행원만 데리고 밀행하겠습니다."

아바가이의 시선을 받은 이산이 얼굴을 펴고 웃었다.

"내 마지막 과업이오."

이산이 물러갔을 때 아무라디가 아바가이를 침실까지 수행해가면서 밀했다.

"섭정께서 선양에 가 계시면 그보다 더 바랄 것이 없습니다. 정서장군(征西將軍)도 든든하게 생각할 것입니다."

아바가이는 발을 떼면서 대답하지 않았다.

따라 걸으면서 아무라디가 말을 이었다.

"섭정 전하 휘하에 군사(軍師)와 장군들을 추려 보내도록 하겠습니다."

그때 걸음을 멈춘 아바가이가 아무라디를 보았다.

"아버님 연세가 이제 63세야. 나는 아버님 생전에 대륙을 통일하고 싶다."

"예, 폐하."

"아버님을 위험한 곳에 보내고 싶지가 않아."

그러나 이산의 고집을 꺾기는 어렵다.

그때 아무라디가 말했다.

"폐하, 하늘은 후금(後金)의 편이올시다."


"곽천의 군사가 미광현 입구까지 내려와 있습니다. 약 4만 5천 병력입니다."

장춘이 보고했다.

미광현은 선양 태수의 행정구역 최북단이다.

선양에서 3백 리(150킬로) 거리인 것이다.

장춘이 말을 이었다.

"지금까지 곽천군(軍)은 미광현 북방 50리(25킬로) 지점에 약 3천 정도의 군사만 주둔시켜 놓고 있었습니다."

노골적인 후금국에 대한 도전이다.

대군을 남하시킬 수도 있다는 위협인 것이다.

그때 군사 아율무치가 이전을 보았다.

"장군, 군사를 배치하겠습니다. 남침 예상 통로에 진을 세우고 대비하겠습니다."

이전이 고개를 끄덕였다.

이제 후금군은 보기(步騎) 7만의 군세다.

곽천의 평천국 군세보다는 병력이 적지만 사기는 더 높다.

특히 선양의 서부 방면군 3만 8천이 후금군(軍)에 편입된 것이다.


선양성의 청에서 이전과 장진이 참모들과 둘러앉았다.

곽천군의 남침에 대비하는 회의다.

장진이 먼저 입을 열었다.

"저는 가능하면 전쟁을 피하고 싶소. 전쟁이 일어나면 가장 피해를 보는 것이 죄 없는 주민입니다."

고개를 든 장진이 이전을 보았다.

"지금은 적과 아군밖에 보이지 않지만 이럴 때일수록 민심을 얻어야 합니다. 당장 눈앞의 승리에 어두워서 대국을 보지 못할 수 있습니다."

"어떻게 해야 되겠소?"

이전이 묻자 장진이 대답했다.

"시간을 끄시지요. 제가 곽천에게 사신을 보내 시간을 끌겠습니다."

이전이 고개를 돌려 옆에 앉은 아율무치, 차명을 둘러보았다.

그때 선임인 아율무치가 말했다.

"태수께서 그렇게 해주신다면 받으시지요. 시간을 벌면 우리도 이득입니다."

이전이 고개를 끄덕였다.


이전의 숙소는 성안의 영빈관이다.

영빈관에는 하린도 묵고 있었는데 이전의 배려다.

하린의 직책은 이전의 보좌역이었다가 자문관으로 승진했다.

자문관은 군사(軍師)와 동격이었으니 고위직이다.

그러나 하린의 자문관 역을 모두 당연하게 받아들이고 있다.

'선양 공략'은 하린의 공적이었기 때문이다.

후금분국의 지휘부는 모두가 아는 사실이다.

술시(오후 8시)가 되었을 때 영빈관의 접견실에서 이전과 하린이 마주 보고 앉아있다.

이전은 방금 태수 장진과 만난 이야기를 해준 참이다.

하린이 고개를 끄덕이며 말했다.

"태수 말씀이 맞습니다. 민심(民心)이 천심(天心)입니다."

이전을 응시한 하린의 눈이 반짝였다.

"곽천을 누르는 방법은 민심을 이용하는 것입니다."

"그대의 말도 모호하군. 알기 쉽게 말해보시오."

장진한테는 이렇게 묻지 못했다.

그래서 하린에게 온 것이다.

이제는 하린에게 부담 없이 물을 수 있다.

그때 하린이 웃음 띤 얼굴로 이전을 보았다.

"시간을 끌면 곽천 구역의 주민들이 이쪽으로 넘어오게 될 것입니다. 우리가 그렇게 만들자는 것이지요."

숨을 죽인 이전을 향해 하린이 말을 이었다.

"태수가 주민을 위한 선정을 베풀 것입니다. 장군께서도 태수를 적극 협조하시되 스스로도 계책을 만들어 주민들을 끌어들이시지요."

"그대가 도와줘야겠어."

"그러려고 장군께 온 것이니까요."

고개를 든 이전과 하린의 시선이 마주쳤다.

밤.

하린은 문밖 기척에 눈을 떴다.

문에는 고리가 없기 때문에 밀면 열린다.

그때 문이 열리면서 바깥쪽의 불빛이 안으로 들어왔다.

빛을 등지고 서 있는 사내, 이전이다.

이전의 앞모습은 보이지 않지만 빛을 등진 큰 체구가 뚜렷하게 드러났다.

곧 문이 닫히면서 이전이 다가왔다.

그때는 하린도 침상에서 일어나 있다.

방의 불을 꺼놓아서 어둡지만 윤곽은 다 드러났다.

이전이 물었다.

"괜찮겠소?"

그때 하린이 잠자코 침상 옆쪽으로 비켜 앉았다.

자리를 만들어준 것이다.

방 안은 더운 열기로 덮여 있다.

비린 냄새도 맡아졌다.

거친 숨소리가 낮아지면서 부스럭거리던 소리도 잦아졌다.

이전이 아직도 가슴에 안겨 있는 하린을 보았다.

이제는 얼굴 윤곽이 선명하게 드러났다.

지금까지 둘은 대화도 나누지 않았다.

하린의 숨결이 이전의 가슴 위로 훑고 지나갔다.

"내가 조선에서 그대를 만났더라면."

하린의 시선을 받은 이전이 씁쓸하게 웃었다.

"내 아버지가 그렇게 가시지는 않았을 텐데."

숨을 죽였던 하린이 두 손으로 이전의 허리를 감싸 안았다.

이전의 내력을 아는 것이다.

신중한 하린은 입을 열지 않았다.

"뭐? 세금이 없어?"

우선기가 소리치듯 묻자 조황이 고개를 끄덕였다.

조황은 우선기의 집사다.

"확실합니다. 3년간 세금이 없다는 겁니다. 3년 후에는 수입의 1할만 내게 된답니다."

"윽, 1할. 정말이냐?"

우선기가 비명까지 질렀다.

현재 조세는 장사꾼은 5할, 농민은 수확량의 6할을 내는 것이다.

그것뿐인가?

온갖 명칭을 붙여 뜯어가는 세금이 3할이 넘는다.

오히려 소득보다 조세가 많을 때가 있어서 주민이 가족과 함께 야반도주하는 상황이다.

고개를 든 우선기가 번들거리는 눈으로 조황을 보았다.

우선기는 하장현에 사는 거간상이다.

하장현에 14개의 분소를 두고 3백여 명의 고용인을 두었으니 거상(巨商)이다.

그 식구까지 합하면 수천 명이 될 것이다.

이윽고 우선기가 입을 열었다.

"떠나야겠다."


하린이 이전에게 말했다.

"세작을 보내 평천국(平天國)의 주민들에게 선양의 조세를 선전했습니다. 그 효과가 나타나고 있습니다."

선양성 안.

영빈관을 숙소로 삼고 있는 이전의 숙소에서 둘이 앉아 있다.

술시(오후 8시) 무렵이다.

하린이 말을 이었다.

"국경을 넘어서 하루에 수천 명씩 넘어오는데 평천국(平天國) 군사들이 당황하고 있습니다. 아직 무력으로 저지하지는 못합니다."

이전이 고개를 끄덕였다.

만일 무력으로 저지한다면 평천국(平天國)의 위상은 순식간에 추락할 것이었다.

이것도 모두 하린의 작전이다.

하린이 수백 명의 세작을 보내고 있다.

복금이 아직 장이헌 본진에 남아 있었기 때문에 하린과 이전은 자연스럽게 동침하고 있다.

차명과 수하 장수들도 모두 하린을 부인으로 대우한다.

밤.

이전의 품에 안긴 하린이 입을 열었다.

"이 왕 전하께서 곧 오실 테니까 이 기회에 왕국(王國)의 골격을 만들어야 할 것입니다."

"무슨 말이오?"

"평천국(平天國)과 대응할 수 있도록 6부(部) 체제를 갖추고 장군들을 8기군(八旗軍)으로 배속시킬 준비를 해놓아야 합니다."

이전이 고개만 끄덕였을 때 하린이 말을 이었다.

"제가 골격을 짜놓았으니 군사(軍師) 두 분과 상의하셔서 장군과 각료를 골라 놓으시고 왕 전하께 보여드리지요."

"그렇군."

이전이 고개를 끄덕였다.

하린은 군사(軍師)보다 더 치밀하게 이전의 모사 노릇을 한다.

이전의 모자란 부분, 잊었던 부분을 채워주는 역할이다.

섭정 이산이 곧 이곳으로 밀행해 올 예정이다.

이전이 하린의 허리를 감아 안았다.

하린이 최측근 역할을 한다.

"막아라."

곽천이 잇새로 말했다.

사시(오전 10시) 무렵.

안북성의 청 안이다.

방금 곽천은 대장군 서귀로부터 아래쪽 선양을 향해 이주민이 쏟아지고 있다는 보고를 받은 것이다.

곽천이 목소리를 높였다.

"시범으로 몇 명을 베어 죽여라."

"전하."

서귀가 곽천을 보았다.

청 안에 모인 수십 명의 대신, 장군들은 숨을 죽이고 있다.

서귀가 말을 이었다.

"몇 명이라고 하셨지만 흥분한 군사들이 수십 명, 수백 명을 살육하게 될 것입니다."

"그럼 어떠냐?"

"그러면 민심(民心)이 이반할 가능성이 있습니다."

"민심?"

곽천이 고개를 들고 헛웃음을 지었다.

"그래, 내가 민심을 잡으려고 그런다."

곽천이 말을 이었다.

"이전은 조세를 탕감해서 민심을 얻을 작정이지만 난 다르다."

어깨를 부풀린 곽천의 목소리가 높아졌다.

"난세(亂世)다. 모르느냐? 우매한 백성들은 칼로 다뤄야 한다. 그리고 지금까지 그렇게 해왔지 않으냐?"

서귀가 고개를 숙였다.

맞다.

그렇게 해서 평천국(平天國)을 이룩했다.

철혈 통치다.

민심을 얻어서 세력을 키운다는 전략은 꿈같은 소리다.

이산이 선양에 도착했을 때는 봉천성을 떠난 지 20일 만이었다.

이산 일행은 3백여 명이었는데 모두 변복을 했다.

이산은 상인으로, 때로는 관인(官人)으로 변장했는데 수행원들은 10명씩 조를 짜서 호위했다.

호위대 총책은 1만인장으로 대장군인 시로이다.

시로이는 이산의 위사장이었던 곤도의 아들이다.

대를 이어서 이산의 호위대장이 되었다.

이산은 또한 한인 관리, 여진인 1천인장급 이상의 장수 30여 명을 대동했다.

이전의 분국(分國) 기반을 굳혀주려는 의도다.

선양성 영빈관 안.

이전과 대신, 장수들의 인사를 받은 이산이 얼굴을 펴고 웃었다.

"정서장군(征西將軍), 그대가 자랑스럽다. 내가 황제 폐하를 대신해서 그대를 도와주려고 온 것이다."

"황공합니다."

얼굴이 상기된 이전이 엎드려 절을 했다.

"모두 군사(軍師), 장군, 장졸들의 공입니다."

"내가 그대의 분국(分國)을 도우려고 각 부(部)의 유능한 관리, 장수들을 데려왔다. 분국에 알맞은 체제를 갖추도록 하겠다."

"황공합니다."

"그대는 분국 왕(分國王)이다."

순간 청 안이 순식간에 조용해졌다. 분국 왕 칭호를 들은 것이다.

그때 이산이 말을 이었다.

"폐하의 지시다. 그대는 지금부터 분국 왕으로 대륙 서부를 장악한다."

이전이 흐린 눈으로 이산을 보았다.

문득 죽은 아버지가 떠올랐다.

아버지는 죽기 전에 자신을 대륙으로 보냈다.

"음, 훌륭하다."

이전이 내놓은 분국의 조직표를 보면서 이산이 고개를 끄덕였다.

"조직이 단단해야 한다. 그대도 대비하고 있었구나."

"예, 전하. 군사(軍師)들이 도와주고 있습니다."

이산이 고개를 끄덕였다.

내실의 접견실 안이다.

회의를 마친 이산과 이전, 그리고 아율무치와 차명 등 핵심 측근들만 둘러앉아 있다.

이산 옆에 앉은 사내는 한인 보좌역 양무성이다.

그때 이산이 이전에게 물었다.

"선양 태수 장진을 포섭한 것이 가장 잘한 작전이다. 장진을 분국의 6부를 총괄하는 '대상서'로 임명하고 행정을 총괄시켜라."

"예, 전하."

"너는 분국 왕으로 군(軍)과 감찰만 맡으면 된다."

"그렇게 하겠습니다."

이전의 측근은 군사(軍師)부터 모두 군(軍) 소속인 것이다.

이제 분국 왕 이전의 기반이 굳혀졌다.

저녁 식사를 마치고 이산과 이전이 독대했다.

이제는 둘이다.

접견실의 창문을 열어놓고 어두워진 창밖을 함께 보면서 이산이 입을 열었다.

"네 측근에 지모가 뛰어난 책사가 있다고 들었다. 맞느냐?"

"예, 전하."

"장이현령의 딸입니다."

그때 이산이 고개를 돌려 이전을 보았다.

"주민들을 끌어들이는 방법으로 평천국(平天國)을 무력화시키겠다는 전략도 그 책사가 만들었느냐?"

"예, 전하."

이산이 고개를 끄덕였다.

"너에게는 그런 측근이 필요하다."

고개만 숙인 이전을 향해 이산이 말을 이었다.

"그러나 네 처는 버리지 말도록 해라."

"제 처는 제 뿌리나 같습니다. 뿌리 없는 인간이 되지 않을 것입니다."

이전의 표정을 본 이산의 얼굴에 웃음이 떠올랐다.

우선기는 천신만고 끝에 국경을 넘었다.

그러나 함께 이동했던 분소원 중 4개 분소의 가족 30여 명이 군사들에게 피살되었다.

나머지는 산산이 흩어져서 아직 생사(生死)를 모른다.

"이런 개 같은 놈들."

우선기 가족은 다행히 피해를 입지 않았다.

이곳은 선양에서 150리(75킬로)쯤 떨어진 산비탈 밑이다.

이제 후금분국의 영내로 진입한 것이다.

"주인, 양식이 다 떨어져서 어디에서 구해야겠습니다."

집사 조황이 말했다.

"개울을 건너다가 다 빠뜨렸습니다."

추적군을 피해 도망치다가 양식 자루를 잃은 것이다.

우선기가 고개를 들었다.

뒤쪽 나무 그늘 밑에 80여 명의 가족이 흩어져 있다.

우선기와 분소장들의 살아남은 가족이다.

미시(오후 2시) 무렵.

그때다.

옆쪽에서 누군가 소리쳤다.

"군사들이다! 기마군이다!"

놀란 우선기가 고개를 들었다.

과연 기마군이 이쪽으로 달려오고 있다.

1백 기 가깝게 된다.

이쪽을 본 모양으로 곧장 다가오고 있다.

우선기가 어깨를 늘어뜨렸다.

아이들의 울음소리가 들렸다.

다가온 기마군 대장이 소리쳤다.

"피난민인가?"

정신을 차린 우선기가 눈을 깜빡여 초점을 잡았다.

기마군 복장으로 피아를 구별하려는 것이다.

그러나 알 수가 없다.

평천국군(平天國軍)이나 후금분국군의 복장이 비슷했기 때문이다.

그때 기마군 대장이 다시 소리쳤다.

"우리는 후금분국군이다! 두려워할 것 없네!"

그 말을 들은 여자들이 울음을 터뜨렸고 우선기가 한 걸음 다가섰다.

처음으로 후금분국군을 만난 것이다.

"국경에서 식구들이 살상당했소!"

우선기가 소리쳐 말했다.

"수십 명이 죽었고 수십 명은 생사를 알 수가 없소! 국경에 군사들을 배치해 도와주시오!"

"그렇게 하겠네."

고개를 끄덕인 대장이 우선기에게 물었다.

"도와줄 일이 있는가?"

"양곡 자루를 떨어뜨려서 굶게 되었소."

"우리 군량을 주겠네."

바로 대답한 대장이 뒤쪽에 대고 소리친 후에 우선기를 보았다.

"우리는 지금 부대로 귀대하는 중이니까 남은 군량은 다 내려놓고 가겠네."

"이런, 고맙소."

갑자기 목이 메어 우선기가 말을 잇지 못했다.

50 평생에 처음 겪는 일이다.

세상에 이런 군대도 있었던가?

그 시간에 이산은 선양 태수 장진과 마주 보고 앉아있다.

성의 청 안이다.

이산 옆에는 이전이, 장진 옆에는 방면군 지휘관이 된 아황이 앉아있다.

그때 이산이 말했다.

"태수, 이제는 그대가 분국의 대상서를 맡아 영토와 주민을 다스리도록 해라."

장진은 예상했기 때문에 고개를 숙이며 말했다.

"제 남은 인생을 바쳐 주민을 위해 일하겠습니다."

"그대는 후금분국이 본국과 통일되었을 때 대국(大國)의 재상이 될 것이다."

"과분한 말씀입니다."

장진의 얼굴이 상기되었다.

그때 고개를 돌린 이산이 아황을 보았다.

"아황, 그대는 방면군을 후금분국군에 통합시키도록 하라. 그리고 그대를 백기장(白旗將) 대장군에 임명한다."

"예, 전하."

아황이 두 손을 청 바닥에 짚었다.

"영광이옵니다."

이렇게 후금분국의 기반이 형성되었다.

고개를 돌린 이산이 이전의 뒤쪽을 보았다.
지금 이산과 이전 일행은 말을 타고 선양성 밖 마을로 향하는 중이다.
이산과 하린의 시선이 마주쳤다.
하린은 남장을 했지만 해사한 얼굴이 눈에 띈다.
"네가 보좌역 맞느냐?"
불쑥 이산이 묻자 당황한 하린이 고개부터 숙이고 대답했다.
"예, 전하."
이산이 고개를 끄덕였다.
"지금 이주민이 얼마나 들어오느냐?"
"현재까지 25만 정도가 평천국(平天國)에서 넘어왔습니다. 지금도 하루에 2, 3만 정도로 늘어났는데 국경에 군사를 배치해서 받아들이고 있습니다."
하린이 조리 있게 보고하자 이산의 얼굴에 웃음이 떠올랐다.
"평천국은 이주민을 베어 죽이고 있다면서?"
"예, 그러자 이주민이 더 폭증하는 실정입니다. 멀리 우회하거나 다른 지역을 거쳐서 입국하는 경우가 많습니다."
"곽천이 악수(惡手)를 두었구나."
"예, 국경에서 베어 죽인다는 소문이 난 후로 이주민이 폭증했습니다."
"그것이 언제까지 갈 것 같으냐?"
"이 상황이 보고되었을 테니 곽천은 곧 군사를 남침시킬 것 같습니다."
"그렇지."
고개를 끄덕인 이산이 다시 물었다.
"그럼 어떻게 해야 되겠는가?"

"그전에 평천국의 도성을 기습해야 합니다."

이산이 고개를 돌리더니 말에 박차를 넣었다.

이전의 시선을 받은 하린의 얼굴이 상기되었다.

이산은 성 밖의 한주령 분지에 주둔한 후금분국의 본진에 머물렀다. 본진에는 3개 기군(旗軍), 3만여 명이 주둔하고 있다.

본진으로 돌아온 이산이 보좌역 양무성에게 말했다.

"이제는 분국군(分國軍)을 재정비해야겠다. 총사령은 당연히 분국 왕(分國王)인 이전이 맡도록 하고 10명의 기장(旗將) 겸 대장군, 상장군(上將軍) 2명을 선정하도록 해라."

"예, 전하."

고개를 숙였던 양무성이 이산을 보았다.

"체제를 정비하자마자 곽천과 전쟁을 하게 되었습니다."

"내가 와 있어서 다행이다."

이산이 얼굴을 펴고 웃었다.

"이것이 이전의 복(福)이 될 것이다."

그러더니 덧붙였다.

"이전이 여복(女福)도 있어."

이복기는 산시(陝西)성 동북쪽의 산시(山西)성의 군주다.

이미 착실하게 기반을 굳힌 도적단 수괴로 곽천보다 먼저 제왕을 칭했다.

이른바 대원(大元)이다.

대원(大元)은 신장성에 도읍을 정하고 62개 현을 장악하여 20만 군사를 이끌었다.

명 제국은 15개 성(省), 159개의 부(附), 234개의 주(州), 1,172개의 현(縣)으로 나뉘어 있다.

이복기는 그중 20분의 1의 영토를 장악한 셈이었다.

신장성의 청 안.

대원(大元) 황제 이복기가 용상에 앉아 대장군 윤청의 보고를 듣고 있다.

"곽천은 남쪽으로 몰려가는 주민들을 국경에서 학살하고 있습니다. 그래서 평천국(平天國)의 민심은 극도로 흉흉해진 상황입니다."

윤청이 말을 이었다.

"군사를 시켜 막으니까 오히려 피난민이 몇 배로 늘어났습니다. 멀리 돌아서 쓰촨(四川)성을 거쳐 후금분국으로 넘어가고 있습니다."

"곽천이 좀 멍청한 놈이야."

쓴웃음을 지은 이복기가 말을 이었다.

"그놈 밑에서 대장군을 오래 하는 놈은 서귀 하나뿐이지?"

"예, 폐하."

윤청의 얼굴에도 웃음이 떠올랐다.

"대장군뿐만 아니라 대신들도 그렇습니다. 의심하는 통에 반년이 못 가 처형을 당하거나 도망치는 바람에 장군으로 승진하기를 기피한다고 합니다."

"하지만 후금국의 군사력으로는 아직 대적하기가 어렵지 않겠느냐?"

"군사력은 후금의 2배 정도지만 사기 면에서는 평천국이 떨어집니다."

"전쟁은 사기가 높다고 이기는 것도 아니다."

눈을 가늘게 뜬 이복기가 윤청을 보았다.

이복기는 52세.

30년간 몽골과의 국경지역 사령관을 지낸 장수 출신이다.

이복기가 말을 이었다.

"교활한 늑대와 어린 표범의 싸움이다. 싸우면 늑대가 이긴다."

하린은 여러 번 사양했지만, 이산이 불러 지시를 하는 바람에 마침내 승복했다.

하린이 후금분국의 호부상서를 맡은 것이다.

여(女) 상서다.

명 제국은 물론 고금을 통틀어 처음으로 여 상서가 등용되었다.

호부상서는 주민의 의식주와 조세를 관리하는 기관의 수장이다.

나라의 재정을 책임지는 것이다.

하린이 고개를 들고 대상서 장진을 보았다.

선양성의 청 안이다.

장진이 입을 열었다.

"현재까지 입국한 피난민은 얼마나 되는가?"

"33만 2천7백20명입니다. 어제까지의 숫자입니다."

"허어."

장진의 얼굴에 웃음이 떠올랐다.

"끝자리 숫자까지 세었구나."

"모두 등록시켰기 때문이기도 합니다. 등록하지 못한 난민도 있어서 숫자는 더 늘어날 것입니다."

"그렇구만."

"현재 3개 현에 분산 수용하고 있으나 곧 정착시켜야 합니다."

"그래야지."

정색한 장진이 하린을 보았다.

"호부상서는 묘안이 없는가?"

"후금국 영지 안에는 황실의 토지, 조정 대신, 환관의 소유지가 많습니다. 그곳을 압류해서 이주민에게 분배해주도록 하겠습니다."

"오, 그렇지. 토지 조사는 했는가?"

"일부 끝난 곳부터 분배해주겠습니다."

"잘했군."

"토지 경작 대금으로 식구 수에 따라 조금씩 나눠줘서 경작하고 추수할 때까지 견디도록 해야 합니다."

"과연."

장진이 상기된 얼굴로 하린을 보았다.

"그대가 명상서네. 과연 명불허전이군."

곽천이 4만 군사를 동원하여 후금분국의 국경을 넘은 것은 그로부터 닷새 후다.

예상하고 있었기 때문에 후금군은 즉각 대응했다.

역시 4만 군사를 출동시켰는데 서둘지 않았다.

선양성과의 거리가 4백여 리(200킬로)나 되는 데다가 요로에 수비군이 있었기 때문이다.

"곽천은 보군 위주로 군사를 편성했습니다. 그것은 천천히 영토를 빼앗아가면서 남진(南進)하겠다는 것입니다."

아율무치가 말했고 차명도 동의했다.

"보급로가 길어지면 고립되기 쉬우니 평정하면서 지구전으로 가겠다는 것이지요."

그때 이산이 고개를 들고 이전을 보았다.

선양성의 청 안이다.

주위는 장수들이 둘러서 있다.

"왕께서는 어떻게 하시겠는가?"

모두의 시선이 이전에게 쏠렸다.

전시(戰時)다.

청 안에는 황제의 후견인인 섭정 이산과 분국 왕 이전, 대상서 장진, 각부 상서, 상장군, 각 기장(旗將)과 대장군들까지 모두 모여 있다.

이 어전회의의 주인은 분국 왕 이전이다.

그때 이전이 입을 열었다.

"곽천이 침공한 이유는 우리가 주민을 흡수하기 때문입니다. 따라서 전쟁이 장기전이 되면 곽천이 의도한 대로 주민이 고통받게 될 것입니다."

이전이 말을 이었다.

"곽천의 의도를 깨뜨려야 됩니다."

그러고는 더 이상 입을 열지 않았다.

이산과 이전, 그리고 아율무치, 차명, 아황 등 군 고위층만 모였을 때다.

이전이 다시 이산에게 말했다.

"암살대를 편성해서 안북성의 곽천을 제거하는 것이 가장 빠른 방법입니다."

그때 이산이 빙그레 웃었다.

이전이 돌아가고 이산과 보좌역 양무성, 위사장 시로이만 남았을 때다.

이산이 웃음 띤 얼굴로 둘을 번갈아 보았다.

"이전이 갑자기 지모까지 출중해진 것 같지 않으냐?"

시로이는 시선만 주었으나 양무성이 고개를 끄덕였다.

"예, 전하. 복(福)이 많으신 분입니다."

"군주(君主)가 되려면 복이 있어야 돼."

이산이 그렇게만 말했다.

숙소로 돌아온 이전이 방에서 기다리는 하린에게 말했다.

"그대 덕분에 왕 전하께 체면을 세울 수가 있었어."

"제 덕분이라니요? 저는 도와드린 것 없습니다."

정색한 하린이 말했지만 다가간 이전이 하린의 손을 쥐었다.

"고맙소."

하린이 웃음 띤 얼굴로 손을 빼내었다.

같이 지내는 동안 하린이 앞으로의 정세와 군주(君主)의 자세, 그리고 이번 곽천의 침공 이유와 대비하는 방법까지 말해준 것이다.

하린은 공부를 많이 한 영재다.

이전은 하린한테서 빨아들이듯이 지식을 습득해왔다.

이산이 말한 복(福)이 바로 이것이다.

곽천의 침공군 사령관은 대장군 서귀다.

서귀는 하루에 10리(5킬로) 정도로 남하하면서 영토 기반을 굳히고 있다.

서귀가 거느린 군사는 4만 2천.

보군 3만 8천에 기마군 4천이다.

그래서 기마군은 중군(中軍)에 배치했다.

사령관의 호위와 정찰, 기습전에 대비시킬 목적으로만 사용하고 있다.

이곳은 본래의 국경선에서 30리(15킬로) 남진한 호탄강 강변이다.

술시(오후 8시)가 되었을 때 진막 주변에 불이 환하게 밝혀졌다.

강가에 대도시가 생겨난 것 같다.

"용마성을 함락하고 내려가야 합니다."

장군 하경보가 건의했다.

"놔두었다가는 보급로가 끊기는 것은 물론 협공을 당하게 됩니다."

당연한 말이다.

서귀가 고개를 끄덕였다.

용마성에는 후금군 1만 명 정도가 주둔하고 있다.

용마성에서 선양까지는 200여 리(100킬로) 정도여서 보군으로는 닷새 거리다.

"용마성을 함락시키지 못하면 최소한 1만 5천 정도의 병력은 남겨놓아야 할 테니 우리로서는 전력(戰力)이 부족하다."

후금군은 대략 7만 정도다.

서귀의 4만 2천 병력으로는 벅차다.

그때 장군 반척이 나섰다.

"대장군, 저한테 1만 군사만 주시면 용마성을 함락시키겠습니다."

반척은 평천국(平天國)의 소문난 용장이다.

지금까지 수많은 공을 세워 곽천의 칭찬을 받았다.

수염이 웅장해서 평천국의 관운장이라고 불린다.

서귀가 반척에게 물었다.

"어떻게 함락시킨다는 것이냐?"

"용마성은 아직 성문을 열어놓고 있습니다. 주민으로 위장해서 성안으로 들어가 내란을 일으키고 성문을 안에서 여는 것입니다."

반척이 바로 대답했다.

"제가 1천 명만 데리고 성안으로 들어가겠습니다."

이곳은 용마성에서 150리(75킬로)쯤 떨어진 황무지다.

그때 장군 하경보가 말했다.

"숨어 들어가기만 하면 가능성이 있습니다. 제가 밖에서 기다리다가 반 장군이 문을 열면 공격하겠습니다."

"그렇다면 1만 5천을 내줄 테니 그대 둘이 안과 밖에서 협공해라."

마침내 서귀가 결심했다.

"하지만 성안으로 침투하지 못했을 때는 공격은 중지한다. 명심하도록."

서귀는 요행을 믿는 장수가 아니다.

서귀의 평천군이 남하하는 것과 엇갈려서 후금의 기습대 2천이 북상했다.

멀리 산시(山西)성으로 우회한 다음에 다시 산시(陝西)성으로 꺾어져 들어왔지만 기마대다.

하루에 5백여 리씩 주파했기 때문에 열흘도 안 되어서 평천국(平天國)의 도성인 안북성에서 30리(15킬로) 거리의 골짜기에 모였다.

모두 10기, 20기씩 장사꾼, 전령, 각 부(部)의 관리 등으로 위장하고 이곳까지 왔다.

기습대는 황도수, 왕청이 지휘한다.

황도수는 자금성 북부군 수비대장 출신의 화적단 괴수였다가 이번에 장진 휘하의 방면군을 포섭하는 대공을 세웠다.

45세.

병법과 담력, 지휘력을 인정받아 다시 중임을 맡았다.

왕청은 아바가이가 이전의 보좌역으로 임명한 3천인장급 장수였으니 말할 것도 없다.

둘 다 한인 출신 장수였다는 공통점이 있다.

진막 안에서 황도수, 왕청이 장수들과 둘러앉아 있다.

술시(오후 8시) 무렵.

황도수가 먼저 입을 열었다.

"내일부터 성안으로 침투해서 성안 지리를 익힌 후에 사흘째 되는 날 밤에 곽천을 베어 죽이는 것으로 합시다."

"사흘 후, 술시(오후 8시)가 좋소."

왕청이 시간을 분명하게 했다.

"그동안 성안 기찰에 잡히지 않도록 해야 합니다."

진막 바닥에 펼쳐놓은 지도를 내려다보면서 왕청이 말을 이었다.

"모두 지도를 머릿속에 박아놓도록. 각 대의 진로와 할 일을 다시 한번 대원들에게 알려주도록 하라."

둘러앉은 장수들은 모두 1백인장급이다.

이산과 이전은 기습대를 몽골식 군사 조직인 10인장, 100인장 체제로 구성했다.

황도수, 왕청은 1천인장 역할이다.

지도를 내려다보는 1백인장은 20명.

그들은 10인장 10명을 지휘하고 있다.

미리 선양을 떠나기 전에 안북성의 지도를 구해놓고 기습 계획을 만들어놓은 것이다.

안북성은 평지에 세워진 대성(大城)으로 성벽의 높이가 30자(9미터), 길이는 20리(10킬로)에 이르렀다.

성안 주민은 20만.

대륙의 중심부에 있는 데다 양면에 강줄기가 뻗어있다.

교통의 요지여서 상업이 발달했고 앞쪽의 기름진 평야에서는 곡식 생산량이 풍부하다.

곽천은 안북성이 마치 제사상 음식처럼 보인다고 평했다.

그래서 이곳을 평천국(平天國)의 도읍으로 정하고 3년째 제왕으로 군림하는 중이다.

곽천은 잔인하고 끈질긴 성품으로 인색했다.

의심이 많아서 대장군 서귀 외에는 믿지 않았다.

서귀는 곽천과 동향으로 먼 친척이기도 하다.

또한 곽천은 자제력이 강해서 기다릴 줄도 안다.

그러나 절제하지 못하는 것이 하나 있다. 바로 여색(女色)이다.

곽천은 내궁에 잡아둔 소실이 22명이나 된다.

눈에 띄는 미녀는 처녀건 유부녀건 다 끌고 왔다.

정벌한 화적단 수괴의 처첩은 말할 것도 없다.

그래서 지금까지 곽천은 수십 명의 자식을 생산했다.

본인도 몇 명인지 모르는 정도다.

내궁(內宮)의 별당 안.

오늘도 곽천은 주연을 벌이고 있다.

해시(오후 10시) 무렵.

유시(오후 6시)부터 시작된 주연이 지금은 절정에 이르고 있다.

주지육림의 술상 주위에는 여자들이 대여섯 명 둘러 앉아있다.

그 중심에 남자는 하나, 곽천뿐이다.

대부분 곽천 혼자서 이런 주연을 즐기는 것이다.

앞쪽에는 악사 다섯 명이 풍악을 연주했고 조금 전에 무희 둘이 춤을 추다가 물러갔다.

곽천 주위에 둘러앉은 여자는 소실 2명, 위사장이 잡아 온 여자 셋이다.

시중드는 시녀도 가끔 곽천에게 잡혀 옆에 앉았다가 간다.

곽천은 술도 과음하지 않기 때문에 말짱한 정신으로 즐긴다.

"너, 옷을 벗어라."

불쑥 곽천이 말했을 때 지나던 시녀가 놀라 멈춰 섰다.

곽천이 손으로 옆을 가리켰다.

"실오라기 하나 걸치지 말고."

순간 주위는 조용해졌다.

악공도 연주를 뚝 그쳤기 때문에 별당 안은 숨소리도 나지 않는다. 몇 달 전에 부끄러워서 옷을 벗지 않았던 여자 하나가 곽천이 던진 칼에 맞아 죽었던 적도 있다.

그때 시녀가 옷을 벗기 시작했다.

소실의 손짓을 받은 악공들이 다시 음악을 연주하기 시작했고 다른 시녀들은 발을 떼었다.

이야기 소리도 들리는 사이에 시녀는 옷을 다 벗었다.


"오늘은 전하께서 주연을 일찍 끝내실 것 같군."

문틈 사이로 별당 안을 훔쳐본 위사장 배경태가 말했다.

"여자 옷을 벗기면 그 여자를 데리고 갈 테니까."

"어디로 가십니까?"

별장 안황이 묻자 배경태가 턱으로 안쪽을 가리켰다.

"전하의 침실로 데려가실 거다."

배경태는 곽천의 외사촌 동생이다.

노름꾼으로 지내다가 곽천이 데려와 위사장을 시켰기 때문에 충성을 바치고 있다.

그때 배경태가 예상한 대로 곽천이 일어나고 있다.

"내궁 밖 감시병은 1백여 명 정도인데 안은 얼마인지 알 수 없습니다."

다가온 첨병이 소리 죽여 말했다.

자시(밤 12시) 무렵.

흐린 날씨여서 별도 없는 밤이다.

황도수가 옆에 선 1백인장 위찬을 돌아보았다.

"불화살이 올라오기를 기다려라."

불화살이 신호다.

내궁은 외성 안의 평천국왕(平天國王) 곽천의 거처다.

내궁 성벽의 높이는 20자(6미터) 높이였기 때문에 사다리를 준비하고 있다.

성벽 길이는 2리(1킬로) 정도여서 안에는 수천 명이 거주하고 있다.

건물은 24개 동. 왼쪽 중심부의 건물이 곽천의 거처다.

내궁 주위에는 이미 황도수와 왕청이 지휘한 20개의 1백인대(隊)가 포진하고 있다.

성안의 기찰대가 지나는 위치까지 알고 있기 때문에 기습대는 숨을 죽이고 대기하는 중이다.

왕청이 고개를 들고 하늘을 보았다.

이제 불화살이 올라올 때가 되었다.

안북성의 수비대장은 윤무형.

곽천의 외사촌으로 현의 아전을 지내다가 대장군이 된 인물이다.

그러나 충성심이 높고 성실한 성품이다.

휘하에 1만여 명의 친위군을 거느리고 성을 방비하고 있다.

늦은 시간이었지만 윤무형이 순시를 마치고 친위대 본부로 돌아와 말했다.

"오늘부터 성문 하나만 열고 출입을 통제해야겠다."

앞에 선 부장 성균이 고개를 끄덕였다.

"예, 그럴 때가 되었습니다."

"동문이 낫겠다. 좌군(左軍) 2개 부대를 파견해서 검문을 강화하도록."

지시한 윤무형이 몸을 돌렸다.

그때 윤무형의 뒷모습을 보던 성균이 문득 고개를 들었다.

밤하늘에서 불이 번쩍였기 때문이다.

불덩이 하나가 솟아오르고 있다.

이맛살을 찌푸렸던 성균이 입을 벌렸다가 닫았다.

청 안으로 들어선 윤무형은 보지도 못했다.


"올랐다!"

낮게 소리친 1백인장 채병우가 앞장서서 달려갔다.

뒤를 사다리를 든 부하들이 소리 없이 내달렸다.

내성의 벽은 바로 눈앞이다.

사다리를 걸친 기습대가 재빠르게 벽 위로 올라가 안으로 사라졌다.

내성의 문은 2개다.

정문은 넓이가 30자(9미터)나 되었기 때문에 경비병이 밖에 다섯이 서 있다.

화톳불 옆에 서 있던 수문장 반진은 하늘로 솟아오르는 불덩이를 보았다.

어두운 하늘에서 불덩이는 선명하게 보였다.

"저게 뭐냐?"

심상치 않은 느낌을 받은 반진이 주위에다 물었을 때다.

"으악!"

옆에 서 있던 군사가 가슴을 움켜쥐고 비명을 질렀다.

다음 순간 목에 살이 박힌 반진이 화살 끝을 쥐고 소리쳤다.

그러나 성대를 꿰뚫었기 때문에 입만 딱 벌렸을 뿐이다.

빗발처럼 쏟아진 화살에 맞은 경비병들은 모두 쓰러졌다.

다음 순간 어둠 속에서 기습군들이 쏟아져 나왔다.

1백여 명이다.

정문은 안에서 빗장이 걸려 있지만 쪽문은 열린다.

기습군들은 쪽문 안으로 밀려들었다.

황도수는 서쪽 담장을 넘어 들어갔다.

1백인장 지휘하에 1백인대 20개가 쏟아져 들어가고 있다.

황도수는 어둠 속에 잠긴 듯 펼쳐진 건물들을 보았다.

왼쪽의 건물.

그곳이 목표다.

시녀를 끼고 잠이 들었던 곽천이 눈을 떴다.

소음 때문이다.

벌떡 몸을 일으킨 곽천이 머리부터 흔들었다.

술이 덜 깨었기 때문이다.

그때 소음이 더 심해졌다.

비명도 들린다.

"누구 없느냐!"

곽천이 버럭 소리쳤지만 대답이 없다.

이불을 차고 일어선 곽천이 머리맡을 더듬어 장검을 쥐었다.

기습이다.

잘 준비된 기습이 거의 무방비 상태의 경비군을 쓸어버린 것은 당연한 일이다.

순식간에 건물을 휩쓸고 다가온 기습군이 침전으로 진입했다.

그 선두는 기습군 우측대장 왕청이다.

왕청은 장검을 치켜들고 선두에 섰다.

곽천이 옷을 걸치고 장검을 고쳐 쥐었을 때는 경비병 대여섯 명이 모여 있었다.

내궁 경비대장은 보이지 않는다.

그때는 사방이 비명과 기합, 칼 부딪치는 소리, 외침으로 가득 차 있다.

"친위대를 불러라!"

곽천이 소리쳤다.

"경비대장은 어디 있느냐!"

그때 청으로 한 무리의 기습군이 쏟아져 들어왔다.

"네가 곽천이냐!"

앞에서 버럭 외침이 들렸기 때문에 곽천이 눈을 부릅떴다.

"네 이놈! 누구냐!"

그때까지 곽천은 기습군이 반란군인지 후금군인지 아직 구별하지 못한 상태다.

"이놈, 우선 머리부터 내놓아라!"

앞장선 사내가 달려들면서 소리쳤다.

"나는 후금국의 대장군 왕청이다!"

후금군이다.

곽천이 손잡이가 금인 장검을 치켜들었지만 갑자기 무겁게 느껴졌다.

"와앗!"

함성을 지르면서 기습군이 덤벼들었고 앞장선 장수의 기세는 사납다.

청의 불을 켜놓아서 치켜뜬 눈, 악문 입까지 다 보였다.

그 순간 옆에 서 있던 경비병들이 동시에 몸을 돌렸다.

도망치는 것이다.

"아!"

곽천이 입을 열어 뭔가 소리치려고 했지만 말이 터지지 않았다.

그 순간이다.

장수가 덮쳐왔다.

두 발짝 앞으로 다가온 장수가 펄쩍 뛰어오르면서 치켜든 장검을 내려쳤다.

그 순간 눈앞이 아득해졌지만 곽천은 장검을 가로로 펼쳐 검을 막았다.

다음 순간이다.

"에익!"

장수가 기합을 지르면서 들어 올렸던 장검을 내려치지 않고 비스듬히 옆으로 후려쳤다.

칼날이 날면서 빛을 받아 번쩍였다.

"턱!"

칼에 닿는 순간 그런 소리가 들리면서 둔중한 충격이 느껴졌다.

벤 것이다.

왕청은 발이 청 바닥에 닿는 순간 몸의 균형을 잡았다.

그때 곽천의 머리가 아래로 꺾여지더니 베어진 목에서 피가 한 자(30센티)나 솟아올랐다.

곽천의 머리를 떼어낸 것이다.

"머리통을 주워라!"

그 순간 떨어진 머리통을 보면서 왕청이 소리쳤다.

그러나 아직 곽천의 머리 없는 몸은 비틀거리며 서 있다.

손에 쥔 장검만 떨어뜨렸을 뿐이다.

"호각을 불어라!"

왕청이 소리쳤다.

퇴군 신호다.

윤무형의 친위군이 내성으로 쏟아져 들어왔을 때는 기습군이 다 철수한 후다.

기습군은 모두 내성 후문으로 빠져나간 것이다.

왕의 침전으로 곧장 달려간 윤무형은 청 바닥에 누워있는 시신을 보았다.

머리 없는 시신이다.

그래서 그것이 곽천의 몸인지 처음에는 구별하지 못했다.

그러나 내성 경비병이 겨우 말했다.

"전하이십니다."

"이놈아! 머리는?"

윤무형이 버럭 소리쳐 묻자 경비병이 더듬거렸다.

"떼어갔습니다."

옆쪽 건물의 불길이 거세어졌기 때문에 윤무형이 비켜서면서 소리쳤다.

"시신을 들어내라!"

내성 경비대장도 죽었는지 보이지 않는다.

내성은 이미 불길이 번져가기 시작했고 시신으로 덮여 지옥이나 다름없다.

후문을 통해 외성 북문으로 빠져나온 기습대는 집결지인 아둔산 골짜기에 모였다.

인시(오전 4시)였으니 두 시진(4시간)이 조금 넘었을 뿐이다.

고개를 든 왕청이 1백인장 하나를 보고 물었다.

"황 장군은?"

1백인장은 황도수 휘하였다.

"뒤에 오십니다."

1백인장이 말했을 때 어둠 속에서 다른 1백인장이 나타났다.

"황 장군께서 친위병을 만나 접전 중에 전사하셨습니다."

소리쳐 말한 1백인장이 가쁜 숨을 뱉으면서 말을 이었다.

"맨 뒤에서 오시다가 당하셨소."

왕청이 어금니를 물었다.

곽천의 머리통을 쥐고 있었지만 아군도 대장 하나를 잃었다.

기습대 2천 중 2백여 명의 전상자를 내고 1,800명이 돌아간다.

대승이다.

적의 심장부인 도성의 내궁을 기습해서 평천국(平天國)의 평천왕(平天王) 곽천의 머리통을 떼어 들고 귀환하는 것이나.

그러나 후금군도 황도수라는 용장 하나를 잃었다.

왕청은 날이 밝아오는 동녘을 옆으로 끼고 귀환하고 있다.

평천국(平天國) 대장군 서귀가 도성의 참변을 보고받았을 때는 다음 날 묘시(오전 6시) 무렵이다.

밤을 새워 서귀에게 달려온 전령은 친위대장 윤무형이 보낸 장군 현포다.

숨을 헐떡이면서 곽천의 '유고'를 보고한 현포가 눈물을 쏟았다.

보고가 끝날 때까지 이를 악문 채 듣기만 하던 서귀가 마침내 입을 열었다.

"지금 도성은 윤무형이 지키고 있느냐?"

"예, 대장군."

"기습군은 빠져나갔고?"

"예, 향방을 알 수가 없습니다."

겨우 진정한 현포가 눈의 초점을 잡았다.

"대장군, 어떻게 합니까? 지시를 내려주시지요."

서귀의 눈이 흐려졌다.

곽천은 후계자가 있다.

12살짜리 세자 곽한이다.

아직 철부지다.

그때 서귀가 고개를 끄덕였다.

"알겠다. 성문을 굳게 닫고 지키라고 해라. 절대 나가지 말고."

"예, 대장군."

"나도 곧 돌아가겠다."

전령을 돌려보낸 서귀가 한 행동은 바로 반척과 하경보에게 전령을 보낸 일이었다.

지금 두 장군은 1만 5천 병력을 이끌고 용마성으로 가는 중이다.

둘에게 회군령을 내린 것이다.

"망(亡)했군."

전령을 보내놓고 서귀가 한 말이다.

"운(運)이 끝난 거다."

진막 안에는 서귀와 부장(副將) 강윤, 둘이 남아 있다.

강윤의 시선을 받은 서귀가 물었다.

"후금이 한발 빨랐다."

"예, 대장군."

"그대가 후금의 군사(軍師)였다면 다음에 어떻게 할 것 같으냐?"

강윤이 눈만 껌뻑였을 때 서귀가 쓴웃음을 지었다.

"곧 연락이 올 것이다."

서귀의 예상이 맞았다.

다음 날 미시(오후 2시) 무렵이 되었을 때 후금국의 사자가 도착했다.

사자(使者)는 후금국의 대장군이 되어있는 아황이다.

아황은 선양의 방면군 중랑장이었기 때문에 서귀도 명성을 들어서 안다.

아황은 호위병 둘만 데리고 왔다.

"허어, 중랑장께서 후금의 대장군이 되셨구려."

서귀가 웃음 띤 얼굴로 아황을 맞았다.

"대장군을 뵙습니다."

아황이 정중하게 인사를 했다.

이곳은 대장군 서귀의 진막 안이다.

서귀는 측근 부장 둘만을 배석시키고 아황을 맞았다.

자리 잡고 앉았을 때 아황이 서귀를 보았다.

"평천왕(平天王) 전하의 사고에 조의를 표합니다."

"고맙소."

서귀가 흐린 눈으로 아황을 보았다.

"조문 사절이 빠르게 왔군요."

"예, 소식을 듣자마자 왕 전하께서 저를 보내셨습니다."

"급하게 서두시는 것 같은데, 그 이유가 있습니까?"

"평천국(平天國)과 후금(後金)을 통합하면 백성들이 환호할 것입니다."

"그것 때문이군."

서귀가 시큰둥한 표정으로 말을 이었다.

"후금 왕께서는 휘하 장군 목숨을 벌레로 취급하시는군. 대장군은 살아서 돌아갈 수 있을 것 같소?"

"제가 자원해서 왔습니다."

쓴웃음을 지은 아황이 말을 이었다.

"목숨을 내놓고 온 것이지요."

"우리 왕 전하를 기습해서 살해하고 통합을 제의한단 말인가?"

"전쟁 아닙니까? 그럴 수도 있는 일이지요."

고개를 든 아황이 똑바로 서귀를 보았다.

"대장군께서도 우리 용마성을 기습하시려다가 이번 사건으로 포기하셨지요?"

"전하의 머리가 없어졌어. 누가 가져간 거요?"

"우리가 모시고 있습니다."

"전하의 장례를 치르도록 머리를 돌려주시오."

"바로 보내드리지요."

그때 서귀가 고개를 들었다.

"통합의 조건은?"

서귀의 눈이 흐려졌다.

시선을 받은 아황이 숨부터 들이켰다.


안북성의 기습사건으로 평천왕 곽천이 어이없게 살해되자 가장 충격을 받은 곳이 대원(大元) 측이다.

대원의 황제로 칭하던 이복기는 놀라 한동안 말을 잃었다.

"놀랍군."

이복기가 대장군 윤청에게 말했다.

"순식간에 평천왕(平天王)이 사라져버린 셈인가?"

"예, 전하."

"대장군 서귀가 4만 군사를 이끌고 남침한 상황이지만 이젠 허겁지겁 돌아와야 할 것입니다."

"서귀가 왕이 될까?"

"곽천의 아들이 있습니다만 아직 어립니다."

"아들을 내세울 리는 없어."

고개를 든 이복기가 흐려진 눈으로 윤청을 보았다.

"후금이 서귀를 설득해서 흡수할 것이다. 이제 후금과 우리가 마주 보게 되었다."

지금까지는 대원(大元)과 평천국(平天國)이 마주 보던 상황이었다.

대원의 세력이 더 컸지만 두 세력은 마찰을 피하고 공존하려는 입장을 취해왔다.

그때 윤청이 말했다.

"전하, 평천국이 혼란에 빠져있을 때 우리가 북쪽 지역을 선점하는 것이 이롭지 않겠습니까? 후금이 흡수하기 전에 말씀입니다."

윤청은 대원의 지장(智將)이다.


반척과 하경보가 진막 안으로 들어서자 서귀가 맞았다.

"오, 왔는가?"

"대장군께 드릴 말씀이 있습니다."

다가선 반척이 말하더니 주위를 둘러보았다.

진막 안에는 수십 명의 장군들이 모여 있는 것이다.

"주위를 물리쳐 주시지요."

장군들 중에는 반척, 하경보와 동급 서열도 있었기 때문에 금방 불만이 터졌다.

"무슨 말이오?"

직접 항의하는 장군도 있고 불만을 투덜거리는 장군도 서넛이다.

그때 서귀가 조정했다.

"장군급은 남아라."

그러자 장군 세 명이 남고 모두 진막을 나갔다.

그때 반척이 고개를 들고 서귀를 보았다.

"대장군, 평천국 후사는 어떻게 됩니까?"

하경보가 말을 잇는다.

"12살짜리 곽한을 옹립해야 합니까? 대장군께서 평천국(平天國)을 맡으시지요."

순간 서귀가 몸을 굳혔고 장군들도 숨을 죽였다.

반척이 한 걸음 다가섰다.

"대장군, 저하고 하 장군은 이미 마음을 굳혔습니다. 이대로 회군해서 안북성으로 가시지요."

그때 장군 중 하나인 안천이 말했다.

"저도 대장군을 모시겠습니다. 평천국(平天國)의 왕위에 오르시지요."

"저도 충성을 바치겠습니다."

장군 왕선이 말을 받았을 때 또 한 명의 장군 황상연이 나섰다.

"왕위에 오르시지요."

"오, 네가 웬일이냐?"
이복기가 눈을 크게 뜨고 앞에 선 사내를 보았다.
신장성의 청 안.
앞에 후줄근한 농민 복색의 사내가 서 있다.
그러나 장신.
눈빛이 강하다.
그때 사내가 무릎을 꿇고 절을 했다.
"저도 일하게 해주십시오."
"허, 이런."
쓴웃음을 지은 이복기가 자리에서 일어섰다.
청 안에 모인 수십 명의 대신, 장군들이 긴장한 채 몸을 굳히고 있다.
그때 이복기가 사내에게 말했다.
"날 따라 오너라."
잠시 후에 위사도 물리친 채 별관에서 대원(大元) 황제 이복기와 사내가 마주 보고 앉아있다.
그때 이복기가 물었다.
"허베이(河北)성에서 역졸을 다니고 있었다면서?"
"예, 폐하."
사내가 엎드린 채 고개를 들었다.
"역졸을 그만두고 왔습니다."
"네 아비는 잘 있느냐?"
"병으로 죽은 지 3년이 되었습니다."

"그럼 넌 뭘 하고 지냈느냐?"

"역졸 그만두고 해진파라는 유적단에 들어갔지요."

"그런 유적단이 있었던가?"

눈을 가늘게 떴던 이복기가 쓴웃음을 지었다.

"왜 나한테 오지 않았느냐?"

"제가 유적단 두목이 되고 싶었지요."

"가소로운 놈 같으니. 그래서?"

"부두목까지 올랐지만, 관군의 기습을 받아 유적단이 몰살당했습니다."

사내가 이마를 방바닥에 붙였다가 떼었다.

"제가 이제 폐하께 충성하겠습니다."

사내의 시선을 받은 이복기가 입술 끝을 비틀고 웃었다.

"잘 왔다."

사내는 바로 이복기의 친척인 이자성이다.


서귀가 장군들에게 말했다.

"잘 들어. 그대들이 나를 왕으로 추대한다니까 하는 말이야."

본진의 진막 안.

밤이다.

서귀가 다섯 장군들을 다시 불러놓고 술을 마시고 있다.

황제가 살해당한 지 닷새째가 되는 날이다.

고개를 든 서귀가 장군들을 둘러보았다.

"평천국은 이미 망했어. 나는 망국(亡國)의 왕이 되느니 대륙을 제패할 제국의 공신이 되겠네."

"……."

"어떤가? 그대들도 나하고 같이 공신(功臣)이 되어서 함께 명예를 찾지 않겠는가?"

그때 반척과 하경보가 동시에 말했다.

"따르지요."

"저희도 미련 없습니다. 따르겠습니다."

나머지 장군들이 나섰다.

만장일치다.

이틀 후.

선양성 서북방 매동 벌판으로 진출한 후금군 본진이다.

후금의 섭정 이산과 분국 왕 이전이 서귀 일행을 맞는다.

화창한 날씨다.

해가 중천에 뜬 오시(낮 12시) 무렵.

서귀를 중심으로 6명의 평천국 장군들이 다가오더니 이산과 이전 앞에서 무릎을 꿇었다.

"왕 전하를 뵙습니다."

서귀가 소리쳐 말했을 때 이산과 이전이 다가와 서귀와 나머지 장군들을 부축해 일으켰다.

"진막 안으로 들게."

이산이 먼저 서귀의 손을 잡고 이끌었다.

둘러선 후금 장수들의 환대를 받으면서 서귀 일행은 진막 안으로 들어섰다.

대장군 서귀가 인솔한 평천국군은 모두 후금분국에 귀순했다.

"무엇이? 투항해?"

버럭 소리친 윤무형이 앞에 선 군관을 보았다.

"전군(全軍)을 인솔하고?"

"예, 저는 몸만 빠져나왔습니다. 치중대에 간다는 핑계를 대었지요."

군관이 말을 이었다.

"사흘 밤낮을 달려왔습니다."

"이런."

당황한 윤무형이 주위를 둘러보았지만 시선을 마주치는 장수가 없다.

이곳은 안북성의 청 안.

아직 세자 곽한의 즉위식도 치르지 않았다.

대장군 서귀가 돌아오면 치르려고 했던 즉위식이다.

그때 윤무형이 소리쳤다.

"장군들을 모아라! 즉시 모이도록 해라!"

한 시진(2시간)쯤이 지난 유시(오후 6시) 무렵이 되었을 때다.

청에 장군들이 모였다.

안북성 주위의 장군들은 다 모인 셈이다.

모두 10여 명.

친위대장이며 곽천의 외사촌인 대장군 윤무형이 어느덧 지휘자가 되어있다.

윤무형이 점검하듯 장군들을 하나씩 둘러보았다.

"서귀가 후금에 투항했으니 우리가 전면전을 치러야 하지 않겠소?"

윤무형의 눈에 핏발이 섰고 목소리도 떨렸다.

"우리 황제를 기습해서 시해한 놈들에게 투항하다니, 역적을 치는 것이오."

모두 침묵했기 때문에 윤무형이 목소리를 높였다.

"결사의 각오로 놈들을 분쇄합시다. 폐하의 원한을 갚아야 하지 않겠소?"

"옳습니다."

장군 하나가 마침내 소리쳐 동의했고 서넛이 따랐다.

그때 윤무형이 말했다.

"내일 오전에 전군(全軍)을 소집하여 출정 준비를 합시다. 모두 준비하시오!"

이렇게 결정되었다.

장군들이 흩어졌을 때다.

윤무형이 부장 성균에게 물었다.

"모두 따를까?"

청 안에는 둘뿐이었지만 성균이 바짝 다가섰다.

"흔들릴 것 같습니다. 아무래도 각 부대에 감독관을 내보내야 하겠습니다."

"그래야겠다."

윤무형이 번들거리는 눈으로 성균을 보았다.

"네가 친위대 군관 중에서 믿을 만한 놈들을 20명만 골라라. 내가 모두에게 낭장 벼슬을 주고 감독관으로 임명하겠다."

"예, 대장군. 바로 골라 오겠습니다."

성균이 서둘러 몸을 돌렸다.

"우리한테 남은 병력은 다 모아야 5만 정도요. 서귀가 4만을 끌고 갔기 때문에 절반밖에 남지 않았소."

장군 요평선이 영초에게 말했다.

둘은 청에서 나와 부대로 복귀하는 중이다.

말 머리를 나란히 한 채 둘은 속보로 말을 걸리고 있다.

요평선이 말을 이었다.

"하지만 후금군은 서귀의 4만까지 11만이 훨씬 넘습니다. 우리가 전면전을 치를 수 있겠소?"

"그럼 어떻게 하란 말이오?"

이맛살을 찌푸린 영초가 요평선을 보았다.

"그 자리에서 반대 의견을 냈다가 서귀의 동조세력으로 몰릴 것 아니오?"

맞는 말이었기 때문에 요평선이 어깨를 떨어뜨렸다.

자신도 입을 다물고 있었기 때문이다.

둘은 각각 1만 명의 군사를 거느리고 있다.

성문을 나왔을 때 영초가 고개를 돌려 요평선을 보았다.

"내일 아침에 봅시다."

모이기는 해야 할 것이다.

친위대 부장(副將) 성균이 접견실로 들어섰을 때는 술시(오후 8시) 무렵이다.

그때까지 윤무형은 내궁(內宮)에서 대신들을 모아놓고 곽한의 평천왕(平天王) 즉위식 상의를 하고 있었다.

"잘되었다."

성균을 보자마자 윤무형이 한숨 돌렸다는 표정을 짓고 말했다.

접견실 안에는 대신 대여섯 명이 둘러앉아 있다.

윤무형이 성균에게 물었다.

"그래, 감독관을 다 모았느냐?"

"예, 보시지요."

몸을 돌린 성균이 문밖으로 나갔다가 곧 수십 명의 군관들과 함께 들어섰다.

군관들을 본 윤무형이 고개를 끄덕였다.

"그래, 지금부터 너희들은 감독관이 되는 것이다."

그때 성균이 소리쳤다.

"다 죽여라!"

그 순간이다.

군관들이 일제히 칼을 빼들더니 윤무형에게 덤벼들었다.

"엇!"

놀란 윤무형은 그 자리에서 그저 외마디 외침만 뱉었다.

다음 순간 군관 하나가 내려친 칼이 윤무형의 어깨에서 허리까지를 대각선으로 잘랐다.

"으으아악!"

방 안이 떠나갈 것 같은 비명 소리가 났고 이어서 대신들의 비명이 이어졌다.

윤무형의 위사 둘도 뒤쪽에 서 있다가 대항도 하지 못하고 베어졌다.

순식간에 일어난 일이다.

방 안이 조용해졌을 때 성균이 군관 하나에게 말했다.

"이제 전령을 보내도록. 서귀 대장군을 찾아가는 것이 낫겠다."

이산과 이전이 이끈 후금 지휘부가 백기군(白旗軍), 적기군(赤旗軍)의 깃발을 휘날리며 안북성에 입성한 것은 그로부터 열흘 후다.

후금분국(後金分國)이 평천국(平天國)을 통합한 것이다.

이전과 나란히 말을 타고 성문 안으로 들어서면서 이산이 말했다.

"이제 시작이야."

"예, 전하."

이전이 굳어진 얼굴로 대답했다.

"아직 갈 길이 멉니다."

길가에는 주민들이 가득 모여 있었는데 반기는 분위기다.

이산이 주민들을 둘러보면서 말했다.

"구경꾼 중에서 명(明)의 첩자는 물론 이복기의 첩자들도 끼어있을 거야."

"저희도 이복기한테 보냈습니다."

"다음 순서가 이복기다."

이산이 말에 박차를 넣으면서 말을 이었다.

"조선이 이 대륙에 뛰어들었어야 했는데 안타깝다."

이전이 어금니를 물었다.

그렇다.

여진이 세운 후금은 인구가 80만도 되지 않는다.

여진의 8기군(八旗軍)은 20만 정도일 뿐이다.

그래서 몽골 8기군을 만들어서 앞에 세웠다.

지금은 한인 8기군을 여러 개 만들어 대리전(戰)을 시킨다.

후금보다 인구가 5배 이상 많은 조선은 반도에만 박혀있는 것이다.

곽천의 아들 곽한은 생모와 함께 고향으로 보냈다.

그러나 대부분의 장수, 대신들은 후금에 복속했기 때문에 이전은 다 받아들였다.

그래서 후금은 산시(陝西)성 남부와 서부를 장악한 대국이 되었다.

선양과 안북성 주위의 53개 현을 장악한 대국이다.

면적이 조선 땅의 3할 정도나 되는 것이다.


안북성 성안의 객주에서 이자성이 수하 임상에게 말했다.

"이산, 이전이 모두 조선 놈이야. 조선에서 이곳까지 온 거다."

"알고 있습니다. 조선인 용모는 다르지요."

임상이 긴 얼굴을 들고 웃었다.

"후금 황제 아바가이도 조선인 이산의 아들입니다. 조선에 인재가 많지요."

"8기군도 이산이 만들었어."

"그렇습니다."

그때 방문 밖에서 인기척이 나더니 주인이 밥상을 들고 들어섰다.

유시(오후 6시) 무렵.

둘은 약재상으로 위장하고 안북성에서 열흘째 묵고 있다.

주인이 물러갔을 때 임상이 이자성에게 물었다.

"나리, 오늘 이산을 보았으니 폐하께 보고거리가 생겼지 않습니까? 아바가이의 생부(生父) 이산이 이전과 함께 있다는 것은 후금이 대륙 서부에 공을 들이고 있다는 증거일 테니까요."

"서둘 것 없다."

빵을 뜯어 먹으면서 이자성이 말을 이었다.

"후금분국은 곽천의 평천국을 합병했으니 당분간 내부 관리에 몰두해야 할 터, 대원(大元)에 위협적인 존재가 아니다."

"이 혼란기에 밀고 내려오면 후금을 멸망시킬 수도 있지 않겠습니까?"

"쉽게 되는 일이 아니다."

식사와 함께 나온 술병을 들어 술을 따르면서 이자성이 웃었다.

"그리고 서둘러서 나한테 득이 될 일도 없다."

그때 임상이 눈을 가늘게 뜨고 이자성을 보았다.

그러더니 고개를 끄덕였다.

"과연 나리께선 대국(大局)을 보십니다."

"너는 공작에 뛰어났으니 나하고는 손발이 맞는 셈이지."

이자성은 대원(大元) 황제 이복기의 특명을 받고 후금분국을 염탐하려고 온 것이다.

이자성의 직책은 황제 직속 친위대의 교위다.

그리고 황제의 친척이니 황제에게 직보할 수 있는 위치다.

하지만 아직 말단 관리인 데다 대원(大元)에 합류한 지 얼마 되지 않아서 아는 사람도 없다.

임상은 역졸로 다닐 때 같이 사기를 치던 심복이다.

임상과 함께 대원(大元)의 관리가 되었으니 대업(大業)을 도모할 만했다.

그때 한 모금 술을 삼킨 이자성이 말했다.

"내가 대원(大元)에서 기반을 먼저 굳혀야 돼. 대원(大元)이 커지는 것은 그다음이야."

# 3장
# 대륙의 중심

고개를 든 하린이 이전을 보았다.

안북성의 내궁 안.

곽천의 거실이었던 방에 이전과 하린이 앉아있다.

"전하, 이제 후금분국으로 평천국이 통일되었으니 대대적인 사면과 감세 조치를 내리셔야 합니다."

"그럴 필요가 있을까?"

술잔을 든 이전이 머리를 기울였다.

그때 하린이 말을 이었다.

"민심을 얻어야 합니다. 분국 전 주민에게 3년간 징세를 받지 않고 살인범 외에는 사면을 시키시지요. 군량과 군자금은 곽천이 모아놓은 재물을 사용하면 됩니다."

하린이 이전의 잔에 술을 채웠다.

"왜 3년간 징세를 보류시켰는지 아십니까?"

"그건 왜 그런가?"

"3년 안에 유적단들 대부분이 정리될 것이기 때문입니다."

하린이 말을 이었다.

"곽천의 평천국도 2년 반 만에 망했고 다른 유적단은 1년이면 망합니다. 그리고 다시 새로운 유적단이 일어나는 추세지요."

"조사해보았나?"

"예, 현재까지 1만 명 이상의 군사를 거느렸던 유적단 중 3년 이상 존속한 무리가 없습니다. 1천 명 이내의 유적단 수명은 1년 미만입니다."

"놀랍군."

술잔을 내려놓은 이전이 하린을 보았다.

"그대가 놀랍단 말이야."

"남이 주목하지 않는 것을 조사했을 뿐입니다."

하린이 접힌 종이를 이전에게 내밀었다.

"여기 적어놓았습니다. 읽으시고 머릿속에 넣어두시지요."

"고맙군."

"저는 증거에 근거해서 책략을 세웁니다. 그리고 그 증거는 조사에서 얻습니다."

이전이 고개를 끄덕였다.

"그대가 내 숨은 제갈량이다."

그날 밤.

이전의 품에 안긴 하린이 말했다.

"선양에 계신 부인을 부르시지요."

고개를 든 이전에게 하린이 말을 이었다.

"그것이 도리입니다."

"그래야지."

이전이 하린의 어깨를 당겨 안았다.

"그대는 내 책사다. 내궁(內宮)의 주인 역할로는 만족하지 못하는 그릇이야."

"나리와 인연이 맞았기 때문이지요."

하린이 이전의 가슴에 얼굴을 묻었다.

"저는 나리를 만난 것으로 만족합니다."

청에 앉아있던 이산이 이전을 보았다.
"분국(分國) 주민들에게 3년간 조세를 받지 않는다는 말인가?"
"예, 전하."
이전이 말을 이었다.
"군량과 군비는 곽천이 모아둔 자금으로 충당할 수 있습니다. 그리고 나머지 군비는 군소 유적단을 소탕해서 가져오겠습니다."
"음, 그것도 좋은 방법이군."
"그리고 대사면령을 내려서 사형수 외에는 석방하겠습니다. 세금을 못 내 투옥된 수감자가 많습니다."
"그렇지."
고개를 끄덕인 이산이 이전을 보았다.
"그 근거는 무엇인가?"
"현재 분국 안에 유적단이 24개나 산포해 있습니다. 그들을 모두 평정하면 비축된 군량과 군자금을 얻을 수 있을 것입니다."
"과연, 그렇게 시행하는 것이 좋겠다."
이산의 얼굴에 웃음이 떠올랐다.


자금성 안.
15대 황제인 주유교(천계제)가 1627년, 23살의 나이로 죽고 나서 명(明)은 16대 황제 숭정제가 즉위했다.
그러나 이미 기울어진 대제국은 회생할 기운이 모자랐다.
천계제 시대에 환관 위충현을 수괴로 삼은 환관 무리들이 반대세력들을 모조리 소탕해서 관리가 부족하다.

개혁세력인 동림(東林) 일당 700여 명을 몰사시켰기 때문이다.

환관이 조직한 비밀조직은 아직도 건재한 상태.

위충현이 추방되어 자살했지만, 아직 동림당과 비동림파와의 당쟁은 전쟁 수준이다.


"그대가 가야겠다."

금포위(錦布衛) 부장(副將) 강천석에게 유현이 말했다.

자금성의 내궁 밀실 안.

유현과 강천석이 술상을 앞에 놓고 앉아있다.

유현이 말을 이었다.

"산시(陝西)성이 위험하다. 이복기와 이전이란 두 놈이 산시성을 양분한 상황인데 특히 이전의 후금(後金)을 눌러야겠다."

"어떻게 할까요?"

강천석이 흐려진 눈으로 유현을 보았다.

강천석은 33세.

무공의 고수로 환관 위충현이 세운 금포위의 집행대를 지휘하고 있다.

장신에 호남형 용모지만 잔인하고 얼굴을 드러내지 않은 채 행동해서 저승사자라고 불린다.

황제가 내려준 어패(御牌)를 소지하고 있어서 정1품 대신 외에는 참(斬)할 수가 있다.

그때 유현이 말했다.

"이전, 이산을 암살하도록. 수단과 방법을 가리지 마라."

"집행대 2개 조를 데려가지요."

"산시성 관리들은 이미 두 이씨에게 다 넘어갔으니 밀행하는 수밖에 없겠지."

"제가 알아서 하겠습니다."

"일을 마치면 그대에게 금포위 위사장 직위를 주마."

유현이 번들거리는 눈으로 강천석을 보았다.

유현은 위충현의 뒤를 이어 태사가 된 환관의 수장이다.

그때 강천석이 고개를 숙였다.

"저는 태사께 충성을 바칠 뿐입니다."

궁에서 나온 강천석이 금포위의 본부로 사용되는 자금성 서쪽의 별관으로 들어섰다.

별관은 건물이 8동이나 되는 데다 마당이 넓다.

본래 이곳은 황제의 별궁으로 사용되던 곳이다.

금포위의 대원은 6백여 명.

모두 무술의 고수로 교위에서 선발되었으니 지휘관급이다.

금포위 수장(首長) 장후명은 병석에 누워있기 때문에 부장(副將) 2명이 통제하고 있다.

강천석과 형비다.

안쪽의 내실로 들어선 강천석이 곧 부하들을 불러 모았다.

6명 조장 중 3명이 모였다.

모두 강천석의 심복들이다.

"대명(大明)의 국운이 우리 손에 달려있다."

강천석이 셋을 둘러보며 말했다.

아신, 고명건, 파천 셋이다.

그리고 강천석의 자문관 감용까지 다섯이 둘러앉았다.

술시(오후 8시)가 넘어서 내실에는 촛불을 켜놓았다.

강천석이 말을 이었다.

"황제의 명(命)을 받들고 돌아왔다. 내가 2개 조를 이끌고 암행을 해야겠어."

"암행입니까?"

아신이 물었다.

"2개 조면 2백여 명인데 암행을 한단 말씀입니까?"

"아니, 다 데려갈 수는 없고."

고개를 저은 강천석이 조장들을 둘러보았다.

"각 조에서 정예로 10명씩 추려서 20명만 간다. 암살 임무니까 그 정도면 충분해."

"조장은 저하고 누구 하나를 더 추가시키면 되겠는데요."

1조장 아신이 말하자 강천석이 고개를 저었다.

"네가 내 대리로 이곳에 남아야겠다."

그러자 다른 조장들이 웃음을 참느라고 얼굴을 일그러뜨렸다.

정색한 강천석이 말을 이었다.

"상황이 위급해서 1조장 네가 내 대리 역할로 이곳을 지켜. 나는 고명건, 파천 둘을 데려간다."

지금까지 수십 번 암살 작업을 해왔기 때문에 모두 익숙해져 있다.


서귀는 대군을 이끌고 투항한 후에 후금의 청군기장 대장군으로 임명되었다.

본인은 낙향해서 쉬겠다고 했지만 이산이 극력 만류했다.

오늘도 이산은 서귀를 불러 담소하는 중이다.

술시(오후 8시) 무렵.

청 안에는 이산과 서귀, 그리고 이산과 함께 온 군사(軍師) 양무성까지 셋이 둘러앉아 있다.

술잔을 든 이산이 서귀를 보았다.

이제 이산은 65세.

백발이 성성하지만 아직 눈빛이 강하고 허리도 곧다.

"이보게, 대장군. 그대 나이가 몇이지?"

이산이 묻자 서귀가 앉은 채로 허리를 숙였다가 폈다.

"48세가 되었습니다."

"자식은 몇인가?"

"2남 1녀가 있었는데 10년쯤 전에 굶어 죽었지요."

"저런. 처자식을 굶겨 죽이다니. 그대 잘못 아닌가?"

"그렇습니다."

다시 허리를 굽혔다가 편 서귀가 얼굴을 일그러뜨리며 웃었다.

"그래서 유적(流賊)이 되었다가 곽천을 만났지요."

"전에는 뭘 했지?"

"시골에서 아이들을 가르치고 책을 읽었습니다. 그러다가 기근을 만나 처자식이 차례로 굶어 죽었지요. 제 목숨은 모질어서 살아남았습니다."

서귀가 이제는 차분해진 얼굴로 말을 이었다.

"처자식이 다 죽고 나니까 눈앞이 트이더니 죽기 전에 세상을 바로 잡아야겠다는 생각이 들었습니다."

"그렇군."

"곽천이 처음에는 뜻이 맞는 유적단 수괴였지요. 그런데 무리가 많아지니까 욕심을 부리더니 이 꼴이 되었습니다."

"명 제국이 어떻게 될 것 같은가?"

"망합니다. 그러나 유직(流賊)들은 쉽게 소탕되지 않을 것 같습니다."

"으음."

이산의 눈이 흐려졌다.

"그대 생각도 그렇군. 그 이유가 뭐라고 생각하나?"

"유적(流賊)들은 대부분이 농민, 가난한 빈민입니다. 도적질해서 먹고 사는 재미를 붙인 터라 쉽게 투항하지 않을 것입니다. 그들을 진압하려면 강력한 중앙군이 필요합니다."

"그렇다."

다시 고개를 끄덕인 이산이 서귀를 보았다.

눈의 초점이 잡혀 있다.

"그러려면 시간이 필요하지. 아마 20년은 걸릴 거야."

"제 생각도 그렇습니다. 유적단은 없어졌다가도 다시 일어납니다. 그것을 다 없애려면 열기가 식을 때까지 기다려야 될 것입니다."

이산이 고개를 들었다.

"내 생전에 제국 건설을 볼 수가 없단 말인가?"

"보실 수는 있을 것입니다."

서귀가 말을 이었다.

"그때까지 제가 모시고 있지요."

이제 서귀는 이산의 심복이 되어있다.


"다음 목표는 대원(大元)인가?"

이전이 묻자 하린이 대답했다.

"대원도 우리를 주시하고 있을 것입니다. 이미 수백 명의 첩자를 보냈겠지요."

내실의 방 안이다.

하린이 말을 이었다.

"대원은 평천국보다 더 기반이 굳고 준비가 잘된 왕국입니다. 이복기는 몽골 국경의 군사령관을 지낸 인물이라 곽천과는 다릅니다."

이전이 고개를 끄덕였다.

"섭정께서 와 계시니 든든하군. 나 혼자서 감당하기는 벅찼을 거야."

"나리, 이제는 이복기를 건너뛰도록 하세요."

불쑥 하린이 말했기 때문에 이전이 고개를 들었다.

"무슨 말이야?"

"대륙은 넓습니다. 위쪽만 바라보실 필요는 없어요."

이전의 시선을 받은 하린이 눈을 초승달처럼 만들고 웃었다.

"옆쪽 허난(河南), 안후이(安徽), 후베이(湖北), 간쑤(甘肅), 쓰촨(四川) 등 광활한 대륙이 펼쳐져 있습니다. 동북쪽 자금성만 쳐다보실 필요가 없다구요."

"……."

"자금성은 명(明)의 도성일 뿐입니다. 자금성에 집착하실 필요가 없다고 말씀드리는 것입니다."

"이봐, 하린."

방 안에는 둘뿐이었지만 이전이 목소리를 낮췄다.

"동쪽 봉천에 계신 후금 황제 아바가이 님께서는 나에게 자금성을 좌우에서 압박하도록 명(命)을 내리셨어."

이전이 하린을 정색하고 보았다.

"그런데 그대는 날더러 남쪽 대륙으로 눈을 돌리라고 하는군. 내 목표는 자금성이야. 아바가이 님도 그걸 바라셨고."

"나리."

하린이 손을 뻗어 이전의 손을 쥐었다.

손이 뜨거웠고 하린의 눈이 번들거리고 있다.

"나리, 대륙은 넓습니다."

"……."

"나리께선 지금 후금분국 왕이신데, 그, 분국(分國)을 떼었으면 좋겠어요."

"……."

"지금까지 나리 힘으로 이만큼 성장했습니다. 섭정께서 와 계시는 건 무엇 때문이라고 생각하십니까?"

"무슨 말이야?"

"나리를 감시하기 위해서라는 생각은 하지 않으셨습니까?"

"날 도와주려고 오셨어."

"그럴까요?"

"하린."

"섭정께선 대인(大人)이십니다. 나리를 아들처럼 생각하고 계시더군요."

"내 은인이야. 아바가이 황제 폐하는 내 형님이나 같아."

"나리, 언젠가 대륙이 통일되면 그때는 수십 명의 왕이 생겨날 것입니다. 제가 듣기로 요동의 후금 본국에 서너 명이 왕으로 임명되었다고 합니다."

"……."

"아마 부족의 팔기군 대장군급을 왕으로 봉했겠지요."

"……."

"나리께서도 그중 하나의 왕이 되시겠지요."

그때 이전이 정색하고 하린을 보았다.

"하린, 더 이상 입을 놀리지 마라."

하린의 시선을 받은 이전의 눈빛이 강해졌다.

"넌 나를 반역자로 만들려고 한다."

이전의 목소리가 낮아졌고 말끝이 떨렸다.

"내 부친과 나는 다르다. 나는 황제 폐하를, 그리고 섭정 전하를 배신할 수가 없다. 난 충성을 바치다가 죽는다."


"어디를 가겠다고?"

이산이 되묻자 이전이 고개를 들었다.

"쓰촨(四川)에 가보려고 합니다."

이전이 말을 이었다.

"쓰촨에는 유적(流賊)이 수십 무리나 됩니다. 둘러보고 오겠습니다."

"응, 필요한 일이기는 하나 분국 왕이 직접 나설 필요가 있겠는가?"

"섭정 전하께서 계시는 동안 제가 할 일입니다."

이산이 고개를 기울였다.

안북성의 밀실 안이다.

이전이 은밀하게 드릴 말씀이 있다면서 둘만의 독대를 하고 있다.

"밀행으로 갈 텐데, 인원은?"

"책사 차명과 위사 20명쯤, 그리고 하린을 데려갈까 합니다."

"하린과 부부로 가면 위장에 낫겠지."

고개를 끄덕였던 이산이 웃었다.

"실제 부부지만 말이다."

"전하께 분국을 맡기고 가겠습니다."

"그렇다면 분국 왕이 본국에 다니러 간 것으로 하겠다. 그런데 기간은 얼마로 잡느냐?"

"석 달쯤으로 잡고 있습니다."

"당분간 분국을 안정시켜야 할 테니 그 정도면 적당하겠다."
마침내 이산이 동의했다.

이산의 허락을 받은 이전이 분국의 대신들만 모아놓고 다시 말했다.
"섭정께 당분간 분국을 맡기고 봉천 도성에 다녀와야겠소. 밀행이니 그대들만 알고 있도록."
"도성에 가십니까?"
놀란 대신들이 물었을 때 이전이 고개를 끄덕였다.
"폐하를 뵐 일이 있소."
이산과 말을 맞춘 것이다.
폐하를 뵌다니 더 이상 문답이 필요 없다.

내실에서 정처 복금이 이전에게 말했다.
술시(오후 8시) 무렵이다.
"나리, 도성에 가십니까? 부디 몸 보중하십시오."
"오, 그래야지."
이전이 건성으로 말했을 때 복금이 시선을 내렸다가 들었다.
얼굴이 상기되어 있다.
"나리, 하린 님한테서 들었는데 석 달 기한이라고 하시더군요."
"그래."
복금과 하린은 친하다.
하린이 깍듯이 대하는 데다 성품이 착한 복금도 하린을 존중하기 때문이다.
그때 다시 시선을 든 복금이 이전을 보았다.
"나리."

이전의 시선을 받은 복금이 말을 이었다.

"제가 아이를 가졌다고 합니다."

"……."

"의원이 진맥하더니 석 달 되었다고 했습니다."

복금의 눈동자가 흔들렸다.

"나리, 괜찮으십니까?"

"무슨 말이냐?"

숨을 들이켠 이전이 흐려진 눈으로 복금을 보았다.

"괜찮다니?"

되물은 이전이 복금의 손을 잡았다.

이제는 눈이 번들거리고 있다.

"내가 고맙지. 아버님께서도 기뻐하셨을 거야."

이전이 복금의 손을 세게 쥐었다.

"고마워. 그대가 몸조심해야 해."

그때 복금의 눈에서 눈물이 쏟아졌다.

그러나 얼굴은 웃는다.


다음 날 오후.

유시(오후 6시) 무렵이 되었을 때 안북성의 서문을 나가는 장사꾼 일대가 보였다.

삼삼오오 무리를 지어 나가는 장사꾼들은 30명 가깝게 되었다.

모두 등짐을 지었고 말을 탄 사람도 대여섯 명.

짐을 실은 노새도 대여섯 필이다.

그러나 한데 뭉치지 않고 떨어져 가는 것이 다른 일행인 것 같다.

말을 천천히 걸리면서 군사 차명이 말했다.

차명도 상인 행색이다.

"전하, 영역을 벗어나면 말을 버리고 짐을 실은 노새만 끌고 가야 합니다."

"그래야지."

고개를 끄덕인 이전이 뒤를 돌아보았다.

"그리고 거리를 두고 가는 것이 낫겠어."

그때 이전과 하린의 시선이 마주쳤다.

하린도 남장 차림이다.

쓰촨(四川)까지는 2천 리(1,000킬로) 길이다.

대장군 왕청과 위사장 종무가 이끄는 위사 20명이 뒤를 따르고 있다.

위사장 종무는 한인으로 금군교두를 지냈다가 유적(流賊)이 되었던 무술 고수다.

35세.

3명을 대열보다 2리(1킬로) 먼저 내보내 첨병을 삼았다.

경로의 마을과 도읍에 미리 사람을 보내 숙박 장소를 알아보았다.

치밀한 성품이다.

"하루에 80리(40킬로)씩 전진하도록 계획을 잡았습니다."

종무가 이전에게 보고했다.

목적지는 쓰촨(四川)의 중심 도읍인 청두(成都)다.

그때 이전이 말했다.

"노중(路中)에 유적단의 진지가 있다면 며칠 살펴야 할 테니 서둘 것 없다."

"예, 첨병을 보냈으니 바로 알 수 있을 것입니다."

종무가 말을 이었다.

"노중에 14개의 유적단이 있습니다."

"전하께서 봉천 도성으로 밀행하셨다는 소문이 날 것입니다."

차명이 거들었다.

"도성으로 가는 길에 암살대가 배치되었을 수도 있습니다."

"이전이 봉천으로 밀행했다고?"

강천석이 고개를 들고 고명건을 보았다.

"떠났단 말이냐?"

"예, 지금 이산이 대신해서 분국을 다스리고 있다는 겁니다."

해시(오후 10시) 무렵.

이곳은 안북성에서 50리(25킬로) 거리인 마을이다.

20여 호 되는 작은 마을이었지만 도로 가에 있어서 주막과 객주까지 있다.

강천석의 금포위 암살대는 이곳에 도착한 지 얼마 되지 않는다.

고명건이 말을 이었다.

"부장님, 밀행이라니 추적하기에 애를 먹지 않겠습니까? 안북성에 있는 이산부터 치는 것이 나을 것 같습니다."

"그렇지."

눈의 초점을 잡은 강천석이 고개를 끄덕였다.

"우왕좌왕할 것 없다. 이산부터 치자."

이곳이 집행대의 임시 본부다.

공교롭게도 객주의 방 한 칸을 이자성과 임상이 쓰고 있었는데, 옆방이 조장 파천의 방이었다.

"장사꾼들 같지가 않구만."

이자성이 말했을 때 임상이 고개를 저었다.

"나리가 잘 보셨습니다. 무기를 감추고 있어요."

임상은 눈치가 귀신처럼 빠르다.

이자성이 목소리를 낮췄다.

"그렇다면 유적(流賊)이다."

"나리, 얼른 떠납시다."

이자성과 임상은 안북성을 떠나 귀국하려던 참이다.

그때 이자성이 고개를 들었다.

"네가 안북성의 8기군 본부로 찾아가 밀고해라."

"옛? 8기군 본부로 말씀입니까?"

"그래. 직접 가지 말고 사람을 시켜서 밀고해. 이곳에 유적(流賊) 떼가 모여 있다고."

"알겠습니다. 다녀오지요."

"나는 이곳을 떠나 위쪽 마을에 가 있을 테니까."

이자성이 자리에서 일어섰다.

유적은 유적으로 친다.

서로 죽이도록 하는 것이 유적(流賊)의 본능이다.

후금국도 유적단이니까.


안북성의 경비는 8기군 중 백군(白軍)이 맡았는데 기장(旗將)이 대장군 아황이었다.

아황이 누구냐?

선양의 방면군 중랑장이었다가 방면군을 이끌고 투항한 장수다.

아황이 밀고를 들었을 때는 축시(오전 2시) 무렵이다.

부장 오달이 성 밖 주민의 신고를 듣고 보고한 것이다.

"진곡 마을에 수상한 사내 20여 명이 모여 있다는 것입니다."

오달이 침소 밖에서 보고했다.

변고가 있을 경우에 시간을 가리지 말고 보고하라는 엄명을 내렸기 때문이다.

오달이 말을 이었다.

"모두 장사꾼 행색을 했으나 무기를 소지했고 특히 규율이 엄정하고 씀씀이가 크다고 합니다."

그때 아황이 문을 열고 밖으로 나왔다.

요점을 잘 찍은 밀고다.

규율이 엄정하고 씀씀이가 크다는 보고는 관(官)에서 가장 노리는 내용이기 때문이다.

강천석이 눈을 뜨면서 숨을 들이켰다.

깊은 밤.

금포위(錦布衛) 생활 11년째.

그동안 백여 번의 접전을 치렀고 수백 명을 베어 죽이고도 살아남은 이유는 방심하지 않았기 때문이다.

절제한 만큼 대가가 오는 법이다.

강천석은 술도, 여색도 밝히지 않았다.

낙(樂)이 있다면 집중하고 목표를 달성하는 것이었다.

그 목표가 대부분 사람을 베어 죽이는 것이었기 때문에 살인이 낙이라고 해도 할 말이 없다.

숨을 들이켜자 냄새가 맡아졌다.

마구간의 말 냄새, 분뇨, 그리고 마당 건너편 방에서 소리 죽여 방사를 치르는 소음, 진동까지 감지할 수 있다.

강천석이 다시 심호흡을 했다.

잠을 깬 이유를 찾는 것이다.

강천석이 벌떡 일어섰다.

팔을 뻗어 벽에 세워둔 장검을 집었을 때다.

문이 부서지는 소음과 함께 외침이 일어났다.

"베어라!"

바로 습격자들이 접근하고 있었다.

강천석이 칼집에서 장검을 빼들었지만 가슴이 답답해졌다.

습격자들은 고수(高手)다.

이 정도 수준은 처음 겪는다.


대장군이 지휘하는 각 기군(旗軍)의 병력은 1만이다.

1천인장 10인이 모인 군(軍)이다.

1천인장은 1백인장 10인을 지휘하고 1백인장은 10인장 10인을 지휘하여 각 기군(旗軍) 1만 명이 된다.

아황이 거느린 백군(白軍)도 그런 구조였지만 그중 1개 부대, 1천인장 위광서가 지휘하는 위사대는 정예다.

그 위사대 중 1백인장 황관이 이끄는 수색대는 최정예다.

지금 황관의 수색대가 진곡마을을 덮친 것이다.

20여 호의 마을.

객주와 주막을 빈틈없이 에워싸고 습격해왔다.

그러나 금포위가 무엇인가?

대명군(大明軍)의 최고수만을 모아 금포위를 구성했고 그중에서도 선별하여

20명을 추려 집행대로 끌고 온 것이다.

"뚫고 나가라!"

마당으로 뛰어내린 강천석이 습격자를 두 명째 베어 넘기고는 소리쳤다.

마당은 이미 습격자와 금포위가 뒤섞여 혼전 중이다.

기합 소리, 함성, 칼날 부딪치는 소리, 가쁜 숨소리까지 들렸지만, 비명이나 신음 소리는 들리지 않는다.

모두 고수들이기 때문이다.

"에익!"

뒤에서 칼바람이 날아와 강천석의 소맷자락을 잘랐다.

매섭다.

몸을 비튼 강천석이 칼을 위로 쳐서 세 명째를 베었을 때다.

어깨가 화끈하더니 몸이 비틀렸다.

칼에 맞은 것이다.

"에이!"

그쪽으로 칼을 휘둘렀지만 아차, 손에 쥔 칼이 떨어졌다.

어깨 힘줄이 베어지는 바람에 칼을 놓친 것이다.

다음 순간 강천석은 발로 땅을 차고 뛰어올랐다.

"잡아라!"

뒤에서 외침이 울렸다.

이미 마을은 화광이 충천했고 밖으로 뛰어나온 주민들이 아우성을 치고 있다.

"아차!"

내달리던 강천석의 입에서 외침이 터졌다.

앞쪽에 늘어선 사내들이 보였기 때문이다.

50여 보 앞쪽 마을을 향해 늘어선 사내들.

손에 활을 쥐었고 이쪽을 겨누고 있다.

다음 순간 화살이 날아왔다.

이쪽은 불구덩이 같은 마을.

좋은 표적이다.

한 시진(2시간)쯤이 지났을 때 싸움이 그쳤다.

기습군이 주민들을 한곳에 몰아놓고 불구덩이 사이를 헤치고 시신을 골라내고 있다.

기습군도 30여 명의 손실을 입었지만 16명의 유적(流賊)의 시신을 찾아내었다.

"이것이 뭔가?"

그때 놀란 외침이 울렸다.

현장에 나와 있던 1백인장 황관이 군사가 가져온 패를 받아들었다.

"이런."

패를 들여다본 황관이 숨을 들이켰다.

금포위패(錦布衛牌)인 것이다.

둥근 동에 금포위라고 찍힌 동패다.

눈을 치켜뜬 황관이 주위를 둘러보았다.

"이것들이 금포위란 말인가?"

"무엇이?"

이산이 눈을 가늘게 뜨고 아황을 보았다.

아황이 내민 금포위패(錦布衛牌)를 흘겨본 이산의 얼굴에 쓴웃음이 번졌다.

"자금성에서 금포위를 보냈단 말인가?"

그때 보좌역 양무성이 입을 열었다.

"예, 금포위를 보냈다면 고관을 암살하려는 목적이었을 것입니다."

"나와 분국 왕을 노린 것이겠군."

양무성이 입을 다문 것은 긍정이나 같다.

그때 대장군 아황이 말했다.

"도주한 놈들이 몇 놈 있습니다. 추적해서 잡겠습니다."

"수고했어."

이산이 흐린 눈으로 대신들을 둘러보았다.

"금포위의 배후에는 환관이 있어. 명의 조정을 아직도 환관이 장악하고 있다는 증거다."

진곡마을에서 20여 리(10킬로) 북서쪽 산골짜기 안.

바위틈에 네 사내가 둘러앉아 있다.

금포위의 생존자들이다.

강천석과 조장(組長) 파천, 그리고 위사 둘이다.

넷 모두 크고 작은 상처를 입었는데, 강천석은 중상이다.

어깨와 옆구리까지 칼로 베였고 다리에 화살을 맞았다.

묘시(오전 6시) 무렵.

바위에 등을 붙이고 앉은 강천석이 파천에게 물었다.

"고명건이 죽은 건 확실한가?"

"예, 제가 두 눈으로 보았습니다."

파천이 말을 이었다.

"칼을 맞고 죽었습니다."

"분하다."

"주민이 밀고한 것 같습니다."

"내가 방심했다. 행인이 많은 마을에 묵는 것이 아니었어."

그때 고개를 든 파천이 말했다.

"부장님, 골짜기 안으로 더 들어가야겠습니다. 추적군이 올지도 모릅니다."

"난 이곳에 둬라. 너희들이나 피해."

"그럴 수 있습니까?"

질색한 파천이 위사들에게 말했다.

"부장님을 모셔라."


"몰살한 거냐?"

이자성이 묻자 임상이 한 걸음 다가앉았다.

"그보다 그놈들이 금포위였답니다. 금포위패를 찾아냈다는 겁니다."

"무엇이?"

놀란 이자성이 숨을 들이켰다.

"이런, 내가 가만둘 걸 그랬다. 그놈들이 이산, 이전을 암살하려고 왔었구나."


"저기다!"

위사 하나가 소리치며 손으로 가리킨 곳.

바위 밑에 앉은 사내 하나가 보였다.

미시(오후 2시) 무렵.

진곡마을에서 30리(15킬로) 서북방의 바위산 중턱.

그때 황관이 주위를 둘러보며 말했다.

"놈들이 버리고 갔군."

바위에 기대앉은 사내는 부상자다.

70, 80보쯤 떨어져 있었지만 늘어져 있는 것이 드러났다.

다가간 황관이 사내를 보았다.

살아있다.

눈빛도 강하다.

시선이 마주쳤을 때 사내가 입술 끝을 구부려 웃기까지 했다.

사내는 피투성이다.

어깨와 옆구리, 다리를 헝겊으로 싸매었는데 피가 배어 나오고 있다.

위사들을 제치고 한 걸음 다가선 황관이 사내에게 물었다.

"너는 누구냐?"

그때 사내가 되물었다.

"네가 누구냐?"

또렷한 목소리다.

황관이 쓴웃음을 짓고 대답했다.

"나는 위사대 1백인장 황관이라고 한다."

"나는 금포위 부장 강천석이다."

강천석이 똑바로 황관을 보았다.

"너 같은 조무래기는 감히 쳐다보지도 못했던 신분이지."

"그런데 이렇게 되었으니 어쩌냐?"

혀를 찬 황관이 한 걸음 더 다가섰다.

손에 쥔 장검을 휘두르면 벨 수 있는 거리다.

그러나 강천석은 황관에게서 살기를 느끼지 않았다.

그때 황관이 칼끝을 내리면서 물었다.

"투항하겠느냐?"

"그러려고 기다리고 있었다."

강천석이 말을 이었다.

"너를 만나서 다행이야."

황관의 무공이 높은 것을 칭찬한 것이다.

어설픈 무장이었다면 무작정 칼질을 했을 것이다.

강천석이 실려 간 곳은 안북성 안 위사대 본부다.

황관의 상관인 1천인장 위광서가 먼저 강천석을 취조했다.

"네가 금포위 부장 강천석이냐?"

위광서가 물었다.

술시(오후 8시) 무렵.

강천석은 상처를 다시 치료했고 옷까지 갈아입었다.

얼굴도 닦아주었기 때문에 말끔한 모습이 되었다.

그러나 손은 뒤로 묶였고 다리에는 나무 족쇄가 채워져 있다.

그때 강천석이 대답했다.

"그렇소. 그대는 1천인장이면 장수급인가? 후금군(後金軍) 체제에 익숙하지 않아서 말이야."

위광서가 입을 벌리고 웃었다.

"그런 셈이지. 하지만 위사대의 1천인장은 조금 더 값을 쳐준다."

"음, 출세하겠군."

"투항한 목적이 있겠지. 말해라."

"후금 왕께선 본국으로 밀행하셨다니 섭정을 뵙게 해주면 좋겠는데."

"왜? 입으로 독(毒)을 뿜으려고?"

"드릴 정보가 있소."

"어떤 정보냐?"

"자금성 내부의 상황을 말씀드리지요. 많은 도움이 될 것이오."

"네가 정보를 주는 이유는?"

"구태여 목숨을 건지려는 건 아니오. 세상 떠나기 전에 버릴 건 버리고 싶어서 그렇소."

"구름 잡는 소리는 말고. 자세히 말해."

"내가 환관 태사 유현의 특명을 받았소. 유현을 조종하는 방법을 알려드리리다, 그렇게 된다면 대명(大明)은 손바닥 위의 물고기가 될 테니까."

그러고는 강천석이 빙그레 웃었다.

위광서의 보고를 들은 이산이 고개를 끄덕였다.

"흥미롭다. 금포위가 환관의 앞잡이 노릇을 하고 있다는 건 나도 알고 있었다. 그런데 금포위의 최고 간부가 투항하다니."

그때 옆에 있던 양무성이 말했다.

"전하께서 만나실 필요는 없습니다. 제가 만나서 의도를 파악해보도록 하겠습니다."

"그럼 아황과 함께 만나보도록 하라."

이산의 지시가 떨어졌다.

양무성은 한인으로 자금성 호부 서리를 지냈기 때문에 황궁의 내막을 아는 사람이다.

52세.

관직에 환멸을 느껴 사직했다가 후금(後金)으로 전향했다.

양무성과 아황이 강천석과 만났을 때는 해시(오후 10시) 무렵이다.

방으로 들어선 둘이 강천석의 앞자리에 앉았다.

고개를 든 강천석이 둘을 번갈아 보더니 쓴웃음을 지었다.

"전하께선 오시지 않는군."

"네가 간덩이가 부었구나."

양무성이 따라 웃으면서 말했다.

"곧 뵐 수도 있으니 서둘지 마라. 서두르는 게 좀 이상하구나."

"하긴 그렇지."

강천석이 상처 난 옆구리와 어깨를 둘러보면서 말했다.

"내가 지혈했지만 옆구리를 벤 칼이 창자를 절단했소. 그래서 오래 견디지 못해."

"죽기 전에 개과천선하려는 건가?"

"가슴에 담고 가기가 싫어서."

그때 아황이 물었다.

"일행이 있었을 텐데. 혼자 남았나?"

"보냈소. 가지 않는다고 해서 쫓아 보냈소."

"몇 명이 왔다가 몇 명이 살아 도망쳤나?"

"나까지 넷이 남았소. 22명이 왔으니 18명이 당한 셈이지. 셋은 보냈고."

고개를 든 강천석이 말을 이었다.

"자금성에서 환관 유현을 잡으면 대명(大明)을 손에 넣는 것이나 같소."

둘은 숨을 죽였고 강천석의 목소리가 낮아졌다.

"유현의 권력은 금포위에서 나옵니다. 지금까지 내가 유현의 앞잡이가 되어서 저승사자 노릇을 했지요. 내가 이렇게 되었으니 하나 남은 부장(副將) 형비가 내 대역이 될 것이오."

"금포위 수장은?"

"장후명은 병이 들어서 거동도 못 합니다."

강천석이 둘을 번갈아 보았다.

"부장(副將) 형비는 재물을 밝히는 놈이오. 유현은 환관이지만 거세를 잘못해서 사내 구실을 하는 놈이라 궁궐 밖에 첩을 셋이나 두고 있습니다. 자식은 다섯이오. 그놈을 잡으면 명 제국을 잡는 것이나 같소."

말을 마친 강천석의 얼굴에서 비 맞은 듯 땀이 흘러내렸다.

보고를 들은 이산이 고개를 끄덕였다.

"의원을 불러 상처를 치료받게 해라. 그자의 말이 진실이라면 명(明)의 멸망이 빨라질 수도 있겠다."

이산의 얼굴에 웃음이 떠올랐다.

"유현의 실체를 안 것만 해도 큰 소득이다."

"앞쪽 산에 산적(山賊)이 있습니다. 유적(流賊)은 아닙니다."

척후가 돌아와 이전에게 말했다.

산에 박혀 있는 도적단이 있다는 말이다.

유적(流賊)은 말 그대로 돌아다니는 도적들이다.

"아예 터를 잡고 1년 반째 살고 있다는데, 적당은 500명 정도. 근처 현은 아예 이 근처에 얼씬도 하지 않기 때문에 조세를 산적들에게 낸다고 합니다."

"이곳은 관(官)의 통제가 닿지 않는 곳이구나."

이전이 말하고는 차명을 보았다.

유시(오후 6시) 무렵.

아직 산시(陝西)성을 다 벗어나지 못한 마을 안이다.

10여 호가 흩어진 마을의 유일한 주막에 이전 일행이 묵고 있다.

그때 차명이 말했다.

"마을 사람들이 힐끗거리는 것이 수상합니다. 주막 주인도 우리 말과 노새를 세어보는 것이 산적들에게 보고하려는 것 같습니다."

"그렇군."

이전은 하린과 함께 주막 뒤쪽의 방에 들어와 있다.

뒤쪽 마당에 방이 3개짜리 독채가 있어서 일행은 숙소로 삼았다.

차명이 용의주도한 성품이어서 이전과 차명, 하린은 위사장 종무가 이끄는 위사 넷과 함께 주막에 들어왔고 왕청이 지휘하는 위사 15명은 주막에서 3백 보쯤 떨어진 바위산에서 노숙했다.

이번에는 숙소가 부족했기 때문에 떨어져서 감시하려는 것이다.

마을 분위기가 수상했기 때문에 이전과 하린은 옷을 벗지 않고 침대에 누웠다.

해시(오후 10시)가 넘으면서 사방은 조용해졌다.

"이 마을이 산적의 초소 역할이야."

이전이 누운 채 천장을 향하고 말했다.

"군사(軍師)가 마을이 산채와 가깝다고 우리만 들어오도록 한 것이 잘되었어. 선견지명이 있었던 거야."

아마 산적은 기별을 받고 수십 명을 보내 주막에 든 이전 일행을 칠 것이다.

그쯤은 이전까지 나서서 위사장과 함께 해치울 수가 있다.

그사이에 밖에 있던 왕청이 달려올 것이다.

그때 하린이 몸을 돌려 이전의 가슴에 안겼다.

"나리는 이곳에서 기반을 굳히시면 됩니다."

이전이 입을 다물었고 하린이 말을 이었다.

"후금(後金)이 대륙으로 건너오려면 상당한 시일이 걸릴 것입니다. 그사이에 나리는 이곳에서 자리를 잡으시는 거죠."

"이봐, 하린."

이전이 하린의 허리를 당겨 안았다.

"맞다. 기반을 굳혀 후금(後金) 황제께 넘겨드리려고 내가 이러고 있는 거다."

하린이 잠자코 숨만 뱉었고 이전이 하린의 귀에 대고 말했다.

"나는 후금 황제 폐하, 그리고 섭정 전하를 배신하지 않아."

그러고는 허리를 더 세게 안았다.

"그대 말을 듣고 내가 쓰촨(四川)으로 가는 게 아냐. 명심해."


"사내 8명, 그중에 주인 일행이 넷, 경비병이 넷이란 말이지?"

"예, 두목."

주막 주인 성가(成家)가 말을 이었다.

"노새 3마리에 인삼을 가득 싣고 왔습니다."

"귀물이군."

두목 완표가 이를 드러내고 웃었다.

"그럼 슬슬 가볼까?"

완표가 손을 들자 어둠 속에서 부하들이 나타났다.

모두 15명이다.

15명이면 충분할 것이었다.


"와앗!"

함성이 울렸기 때문에 이전과 하린이 침대에서 일어났다.

"왔군."

쓴웃음을 지은 이전이 벽에 기대놓은 장검을 쥐었다.

"이놈들, 모두 밖으로 나와라!"

마당으로 들어선 사내들의 외침이 떠들썩했다.

그때다.

"와앗!"

외침이 울리더니 칼 부딪치는 소리가 났다.

"으악!"

신음 소리가 울렸고 이어서 다시 함성이 일어났다.

"앗!"

그때 이전도 문밖으로 뛰어나갔다.

위사장 종무는 단숨에 산적 셋을 베어 죽였다.

위사 넷도 모두 검술의 고수다.

숨 두어 번 쉴 동안에 각자가 두 명씩을 베어 넘겼기 때문에 마당은 순식간에 시체로 덮였다.

놀란 완표가 뒷걸음을 치다가 위사 한 명의 칼을 맞고 마당에 엎어지는 바람에 남은 산적들은 담을 넘어 도망치기 시작했다.

이전도 마당으로 뛰어내려 산적 한 명의 머리를 칼로 내려쳤다.

이전을 본 종무가 허겁지겁 달려와 옆에 붙어 섰다.

"전하, 들어가시지요."

그러나 이전은 입술 끝으로 웃었다.

깊은 밤.

마당에서 신음 소리만 울릴 뿐 산적들은 퇴치되었다.

왕청을 선두로 위사들이 들이닥쳤다.

그때 종무가 숨어있던 주막 주인을 끌고 나왔다.

"이놈, 네가 첩자 노릇을 했지?"

마당에 꿇린 주인에게 종무가 소리쳐 물었다.

"아닙니다! 억울합니다!"

주인이 비명처럼 소리쳤다.

그때 이전이 왕청에게 지시했다.

"떠나자. 마을 사람들이 연락할 것이다."

마을을 떠난 이전 일행은 밤을 새워 걸었다.

산적의 산채를 지나 80여 리(40킬로)쯤 떨어진 강가에 닿았을 때는 날이 밝아 있었다.

"50리쯤 가면 쓰촨(四川) 마등현입니다."

왕청이 건너편을 가리키며 말했다.

"현이 아직 유적이나 산적의 지배를 받지 않는 곳이라고 합니다. 객주에서 쉬시지요."

마등현은 대읍(大邑)이다.

이전이 고개를 끄덕였다.

마등현은 객주가 여러 곳이었다.

그래서 대여섯씩 분산 투숙했는데, 이전은 하린, 종무, 위사들과 함께 객주에 들었다.

"이곳은 방위군이 주재하고 있어서 관(官)의 통제가 먹히고 있습니다."

밖에서 들어온 종무가 이전에게 보고했다.

현청 소재지인 마을은 수천 호가 밀집되어 있고 인구도 수만 명이 된다.

안북성을 떠난 지 열흘째가 되는 날이다.

종무가 말을 이었다.

"현에 주둔한 군사는 3천 명 정도이고 방위군 중랑장이 지휘하고 있습니다."

"관(官)이 민심을 얻고 있나?"

"객주 하인들의 말을 들으면 뇌물을 써서 손님을 귀찮게 하지는 않는다고 합니다."

그때 옆쪽 객주에 투숙한 차명이 방으로 들어섰다.

얼굴에 웃음이 떠올라 있다.

"이곳의 방위군 중랑장이 저하고 친교가 있는 사람입니다. 젊었을 때 산둥(山東)에서 2년간 같은 스승을 모시고 공부를 했는데, 이 사람은 교위가 되어서 군문에 들어갔지요."

차명이 말을 이었다.

"제가 혼자 가서 만나보고 오겠습니다."

"인연이 있군."

따라 웃은 이전이 고개를 끄덕였다.

방위군 지휘관하고 안면이 있다니 정세 파악하는 데 이보다 좋을 수가 없다.

"인삼 상인으로 위장했으니 선물로 인삼 10뿌리만 가져가겠습니다."

이전의 허락을 받은 차명이 서둘러 나갔다.

"이곳이 쓰촨(四川)의 동쪽 중심지니 당분간 머물면서 정세를 살피기로 하지."

이전이 결정했다.

저녁을 먹은 이전과 하린이 위사 둘만 따르게 하고 시내 구경을 나왔다. 거리는 불빛이 환했다.

시장 거리다. 가게마다 불을 밝혔고 거리는 행인들로 가득 차서 어깨가 부덮혔다.

이전의 옆에 붙어 선 하린이 감탄했다.

"마등현이 이러니 청두(成都)는 얼마나 번잡할까요?"

청두는 쓰촨(四川)의 중심도시다.

하린이 흐린 눈으로 이전을 보았다.

그러나 말을 잇지는 않는다.

갑자기 이전이 걸음을 멈췄다.

옆을 걷던 하린도 멈춰 서서 이전의 시선 끝을 보았다.

건어물 가게 옆에 쪼그리고 앉아있는 아이가 보였다.

처음에는 쓰레기 더미인 줄 알았다.

저녁 무렵이라 그쪽은 어두웠기도 했다.

이전이 그쪽으로 발을 떼었고 하린도 따랐다.

아이가 아니다.

얼굴은 때에 절었지만 눈은 맑다.

무릎 위에 얼굴을 올려놓았는데 걸레 뭉치 같은 옷으로 몸을 감싸고 있다.

맨발도 시커멓다.

시선이 마주쳤을 때 이전이 한어로 물었다.

"어디서 왔느냐?"

"한 푼만 줍시오."

여자 목소리가 흘러나왔다.

산발한 머리를 뒤에서 끈으로 묶었기 때문에 남녀 구별이 안 되었다.

그때 이전이 다시 물었다.

"네 이름이 뭐냐?"

"한 푼만 줍시오."

여자가 이제는 손을 내밀었다. 시커먼 손.

그때 하린이 이전에게 말했다.

"한어를 모르는 것 같아요."

이전이 상반신을 숙여 여자를 보았다.

"한어를 모르느냐?"

"한 푼만 줍시오."

허리를 편 이전이 하린에게 말했다.

"지금도 명의 해적들이 조선 사람들을 잡아다가 판다는 소문을 들었어."

"저도 들었습니다. 장이현에 있을 때도 조선에서 잡혀 온 아이를 샀다는 사람도 만났어요."

그때 이전이 여자에게 조선어로 물었다.

"조선에서 잡혀 왔느냐?"

여자가 시선만 주었고 이전이 조선어로 말을 이었다.

"나도 조선인이다. 널 도와줄 테니 말해라."

"한 푼만 줍시오."

다시 여자가 한어로 말했기 때문에 이전이 한 걸음 물러섰다.


시장을 나온 둘이 주택가로 들어섰을 때다.

뒤에서 인기척이 났기 때문에 이전이 고개만 돌렸다.

뒤에서 따라오던 사내가 시선이 마주치자 눈인사를 했다.

이곳도 행인이 많아서 사람들이 스치고 지나갔다.

이전을 따르던 위사 둘이 어느덧 바짝 뒤로 붙었지만 눈치채지 못한 것 같다.

남루했지만 제대로 옷을 입은 40대쯤의 사내다.

"나리, 조선인이십니까?"

사내가 조선어로 묻자 이전이 쓴웃음을 지었다.

이산도 조선어로 묻는다.

"그대는 누군가?"

"저는 김동이라고 합니다. 조선에서 왔습니다. 해적에게 납치되었지요."

"시장에 있는 여자는 네가 내세운 벌이꾼이냐?"

대뜸 이전이 물었지만 사내는 태연하게 대답했다.

"예, 조선인으로 굶어 죽지 않고 살려면 이 방법밖에 없습니다. 일행이 여럿이지만 한어를 모르는 데다 조선인인 것이 밝혀지면 아무나 끌고 가 종으로 삼습니다."

이전이 어깨를 늘어뜨렸다.

둘이 이야기하는 동안 하린은 옆에서 눈만 깜빡였고 위사 둘도 다가와서 주위를 두리번거렸다.

모두 조선말을 모르기 때문이다.

이전이 턱으로 골목을 가리켰다.

"저쪽에서 이야기하자."

조용한 곳으로 가자는 것이다.

골목 안쪽의 공터에서 땅바닥에 주저앉은 사내가 다시 사연을 말했다.

사내 이름은 김동이.

전라도 해남에서 무당을 따라다니는 고수였다가 명의 해적선에 잡혀 대국(大國)에 왔다.

해적선에는 납치된 조선인 80여 명이 타고 있었는데 그중에는 아이가 절반이었다는 것이다.

항저우(杭州)에서 노예상에게 팔린 조선인 무리가 내륙으로 이동하다가 후베이(湖北)성 낙관이란 곳에서 유적(流賊)을 만났다.

그것이 2년 반 전이다.

노예상 일행은 재물을 빼앗기고 유적에게 피살되었지만 조선인 12명은 도망쳐 살아남았다.

아이 8명에 어른 4명.

그중 사내 어른은 김동이와 유복, 둘뿐이었다.

그러다 유복이 30살짜리 여자하고 둘이 도망친 후에 김동이가 조선인들을 이끌었다.

지금은 아이 4명에 어른 하나가 남았는데 나머지는 굶어 죽고 병들어서 죽었다고 했다.

"도망친 둘 빼면 10명에서 절반이 살아남았지요."

김동이가 어둠 속에서 번들거리는 눈으로 이전을 보았다.

"아이들은 14살짜리에서 9살짜리까지 있는데 모두 한인 거지 행세를 합니다. 한어를 모르기 때문에 할 수 없지요."

"그동안에 바닷가로 갈 수가 없었느냐?"

"가다가 유적(流賊), 산적(山賊)에게 잡히느니 쓰촨(四川)성 안을 돌아다니면서 구걸하며 먹고 사는 것이 나을 것 같았습니다."

"쓰촨성 지리나 각 고을의 인심을 잘 알겠구나."

"2년 반 동안 아래쪽 구이저우(貴州), 후난(湖南) 지역까지 돌아다녔으니까요."

김동이가 고개를 들고 이전을 보았다.

"그런데 귀인께선 누구십니까?"


이곳은 번화가에서 떨어진 강변의 한적한 마을.

드문드문 불이 켜진 민가에서는 두런두런 말소리가 울리고 있다.

이전과 하린, 종무가 집 안으로 들어서자 김동이가 맞았다.

이곳은 마을 끝 쪽의 외딴집이다.

김동이가 이끄는 조선인들의 숙소다.

해시(오후 10시) 무렵.

마루방으로 들어선 이전은 벽에 붙어 서 있는 아이들을 보았다.

넷.

그중에는 저녁 무렵 시장에서 구걸하던 아이도 보였다.

지금은 말끔하게 씻고 옷을 갈아입었지만 얼굴은 알아볼 수 있다.

아이들을 둘러본 이전이 고개를 끄덕였다.

"그동안 고생했다."

이전이 김동이와 넷을 둘러보며 말했다.

"이제부터는 내가 도와줄 테니 기운을 내거라."

옆에 선 하린과 종무는 조선말을 모르지만 내용은 짐작할 수 있는 모양이다.

잠자코 시선만 준다.

이전이 말을 이었다.

"지금부터 한어를 읽히고 한인 속으로 파고들어 기반을 굳히거라. 그러면 너희들은 이 세상의 주인이 된다."

고개를 든 이전이 종무에게 눈짓을 했다.

그러자 종무가 김동이에게 가죽 주머니를 내밀었다.

금화 20냥이 들어있는 주머니다.

이전이 말했다.

"앞으로 너희들은 내가 돌보아줄 것이다."

김동이가 주머니를 받더니 허리를 꺾어 절을 했다.

"목숨을 바쳐 섬기겠습니다, 나리."

아이들도 일제히 절을 했다.

숙소로 돌아오면서 종무가 말했다.

"큰 소득을 얻었습니다, 쓰촨의 마등현에 밀정단을 만들어 놓았으니까요."

하린은 웃기만 했다.

하린의 제의로 김동이가 데리고 있는 거지 아이들을 이곳에 정착시키면서 정보를 얻기로 한 것이다.

숙소로 돌아왔을 때는 자시(밤 12시)가 되어 갈 무렵이다.

방위군 중랑장을 만나러 갔던 차명이 돌아와서 이전을 맞는다.

"중랑장 한성을 만났습니다."

차명이 정색하고 말을 잇는다.

"인삼을 내놓고 세상 이야기를 하다가 문득 본색을 밝혀야겠다는 믿음이 생겼습니다. 그래서 제 신분을 밝혔지요."

방 안에는 근처 객주에 투숙한 왕청까지 와 있다.

차명이 목소리를 낮췄다.

"그랬더니 한성도 관직을 버리고 낙향하고 싶었는데 잘되었다면서 후금(後金)에 합류하겠답니다."

"믿을 수 있겠소?"

왕청이 미심쩍은 얼굴로 묻자 차명이 쓴웃음을 지었다.

"사정 이야기를 들으니 믿을 만했습니다. 자금성 환관 장선의 양자 고한주가 청두(成都)의 총독으로 부임했다고 합니다. 그런데 고한주는 노름꾼으로 떠돌아다니면서 남색(男色)을 밝히는 놈이었답니다. 그러다가 장선을 만나게 되었다는군요."

모두 차명의 이야기에 빠져들었다.

"그런데 제 친구 한성의 형이 자금성의 중군교두로 있을 때 고한주가 술을 먹고 대낮에 행패 부리는 것을 붙잡아서 매를 때렸다고 합니다."

"허어, 저런."

왕청이 혀를 찼다.

"저런 악연이 있을꼬."

"고한주는 엉덩이가 터진 데다 구경꾼들 앞에서 망신을 당한 터라 원한을 품고 있었지요."

"당연히 그랬겠지요."

왕청이 말을 받았고 차명이 말을 이었다.

"고한주가 장선의 양자가 되고 나서 처음 한 일이 산둥(山東)성 금군부총감인 한성의 형 한진홍에게 누명을 씌워서 해남으로 유배를 보냈고 몇 달 후에 죽였다고 합니다."

"저런 놈이 있나?"

"그것이 1년 전이라는군요. 그런데 고한주가 지난달에 청두로 부임을 해온 것입니다. 아직 고한주가 한성이 한진홍의 동생인지 모르는 것 같지만 알게 되면 놔두겠습니까? 시간문제지요."

차명의 시선을 받은 이전이 고개를 끄덕였다.

한성의 반역 결심을 이해한 것이다.

"믿을 만하군."

그러자 왕청도 거들었다.

"운이 좋습니다."

"명은 황제가 무능하기보다 환관 때문에 망하고 있습니다."

차명이 마무리를 했다.

"쓰촨(四川)은 대륙의 중심입니다."
그날 밤.
이전의 품에 안긴 하린이 말했다.
하린이 말을 이었다.
"이곳에 기반을 굳히시면 대륙의 몸통을 쥔 것이나 같습니다."
깊은 밤이다.
주위는 조용해서 하린의 옅은 숨소리까지 들린다.
"전하, 쓰촨의 입구에서부터 시작이 좋지 않습니까?"
"그런가?"
마침내 이전이 하린의 허리를 당겨 안으면서 웃었다.
하린의 심중을 알면서도 이제는 거부감이 일어나지 않는다.
모두 후금(後金)을 위한 일이다.

위독했던 강천석은 위기를 넘겼다.
이산이 용한 의원들을 붙여 집중 치료를 시켰기 때문이다.
강천석도 강인한 체질이어서 치료를 견뎌내었다.
술시(오후 8시) 무렵.
이산이 강천석의 방으로 들어섰다.
"오셨습니까?"
자리에서 상반신만 일으킨 강천석이 고개만 숙여 절을 했다.
"이제는 어떠냐?"
앞에 앉은 이산이 묻자 강천석이 시선을 들었다.

"몇 달만 지나면 완치될 것 같다고 합니다."

"나도 의원한테 들었지만 네 몸은 네가 알 것 아니냐?"

"그렇게 될 것 같습니다."

"의원이 그랬다. 네 몸은 잘 단련된 병기(兵器) 같다고."

이산이 부드러운 시선으로 강천석을 보았다.

"내가 왜 너에게 관심을 보이는지 그 이유를 알고 싶지 않으냐?"

"알고 싶습니다."

강천석이 두 손으로 방바닥을 짚고 이산을 보았다.

"저도 여쭙고 싶었습니다."

강천석의 두 눈이 번들거렸다.

이산이 지그시 강천석을 보았다.

"너는 세상 떠나기 전에 버릴 건 버리고 싶다고 했지?"

그때 강천석의 눈빛이 강해졌다.

"예, 전하."

"그랬더니 그 말을 들은 위광서가 무라고 하더냐?"

"구름 잡는 소리 말라고 했습니다."

이산의 얼굴에 웃음이 떠올랐다.

"나는 위광서한테서 그 말을 듣고 진심을 느꼈다. 왠지 아느냐?"

이산이 묻더니 바로 말을 이었다.

"내가 요즘 그런 심중이었기 때문이다. 아마 이것이 너와 나의 인연이었던 것 같다."

"황공합니다."

고개를 든 강천석의 눈에서 갑자기 눈물이 쏟아졌다.

그것을 느낀 강천석이 당황해서 눈을 치켜떴지만 눈물은 계속해서 흘러내렸다.

이산은 잠자코 시선만 주었다.

유시(오후 6시) 무렵은 객사가 가장 번잡해지는 시간이다.

마구간까지 있어서 사람과 말의 먹이 준비에 하인들이 서둘러 오간다.

이때는 또 손님들이 많이 온다.

그 시간에 상인 차림의 사내 하나가 객사 안으로 들어섰다.

그때 마구간 옆에 서 있던 차명이 다가가 사내의 손을 잡았다.

"어서 오게."

잠시 후에 차명과 사내는 객사의 2층 방으로 들어섰다.

방 안에서 기다리던 이전과 왕청이 자리에서 일어나 사내를 맞는다.

그때 차명이 이전에게 사내를 소개했다.

"중랑장 한성입니다."

이전이 고개를 끄덕였다.

"잘 왔네."

"전하를 뵙습니다."

한성이 그대로 방바닥에 무릎을 꿇고 이전에게 절을 했다.

"저를 받아들여 주셔서 영광입니다. 이제부터 새 인생을 살겠습니다."

마등현 방위 책임자인 중랑장 한성의 투항이다.

그러나 당분간은 '비밀 투항'이 되어야 할 것이다.

방에 술상을 준비해놓았기 때문에 이전과 한성, 그리고 차명과 왕청까지 둘러앉았다.

종무와 하린은 참석하지 않았다.

술잔을 든 이전이 한성에게 물었다.

"쓰촨(四川)에는 유적(流賊)의 준동이 심하지 않은가?"

"동남쪽에 유적단 서너 개가 준동하고 있습니다만 아직 관(官)을 제압하지는 못하고 있습니다."

한성이 말을 이었다.

"그러나 이번에 새로운 청두총독 고한주가 벌써부터 징세관을 각 지방에 파견하고 있으니 폭동이 일어날 것은 불을 보듯 뻔합니다."

"관군은?"

왕청이 묻자 한성이 쓴웃음을 지었다.

"각 지역에 분산 주둔시킨 관군은 대략 20만, 주력군은 청두 방위사령부 소속의 중앙군 4만여 명입니다. 중앙군 사령관도 이번에 갈려서 고한주가 데려온 안상이 지휘하고 있지요."

그러더니 덧붙였다.

"안상도 노름꾼 출신으로 고한주의 심복입니다."

청두(成都)로 가는 길은 순탄했다.

유적(流賊)이 가끔 출몰했지만 큰 마을은 관군(官軍)이 장악하고 있는 데다 한성이 준 통행증이 효력을 내었기 때문이다.

"쓰촨(四川)이 소문과는 달리 풍요로운 곳이군요."

남하하면서 차명이 감탄했다.

"땅도 넓은 데다 비옥하고 인구도 많습니다. 과연 유비 현덕이 촉한을 세울 만한 곳입니다."

삼국으로 천하 3등분이 되었을 때 촉의 영토였던 쓰촨(四川)이다.

그때 옆을 따르던 왕청이 말을 받는다.

"그렇다면 우리는 이곳에서 후촉(後蜀)을 건국해도 되겠소."

이전이 대꾸하지 않았고 차명은 웃기만 했다.

사흘째 남진했을 때 고진현에 닿았다.
고진현은 마등현처럼 방위군이 주둔하지는 않지만 거읍(巨邑)으로 규모도 비슷했다.
이곳에서 청두까지 사흘 거리니 마등현과 중간 거점이다.
객주에 여장을 풀었을 때 객주 주인이 차명에게 물었다.
"인삼상(商)이시오?"
"그런데, 왜 물으시오?"
"우리 현에 사풍이라는 거상(巨商)이 계시오. 그분께서 인삼을 사실 겁니다. 제가 사 대인께 하인을 보낼까요?"
"그건 우리 주인한테 여쭤봐야겠소."
차명이 일단 그렇게 말해놓았다.

방에서 이전에게 주인의 제의를 보고한 차명이 말했다.
"만나실 필요는 없는 것 같습니다. 거상이라면 장사꾼을 많이 겪은 위인일 테니 우리 본색이 탄로 날 테니까요."
왕청도 동의했다.
"예매가 다 되었다고 하지요."
이전도 고개를 끄덕였다.
청두에 진입할 때까지 인삼을 가지고 있는 것이 유용할 것이었다.

그런데 소문이 났는지 다음 날 오전에 사풍의 집사라는 사내가 찾아와 이쪽 지배인 격인 차명에게 물었다.

"저희 주인께서 인삼을 다 사시겠다는데, 오시지 않겠소?"

"다 예매가 되어서 내놓을 인삼이 없네. 대인께 고맙다는 말씀이나 전해주게."

"허, 이런."

집사가 혀를 찼다.

"예매한 가격보다 높게 드리면 되지 않겠습니까? 듣자 하니 인삼이 20상자가 넘는다던데요."

"허, 상자를 세어보기까지 했는가? 어쨌든 우리는 그런 장사는 안 하는 사람들이네."

"주인께서는 두 배 가격도 드릴 수 있는 분이십니다. 우선 만나기나 해보시지요."

"팔지 않는다는데 만날 필요가 없지. 그만 돌아가게."

차명이 짜증을 내면서 사내를 쫓아버렸다.

미시(오후 2시) 무렵이 되었을 때 밖에 나갔던 하린이 돌아왔.

거상(巨商)으로 불리는 사풍에 대해 알아보고 온 것이다.

방으로 들어온 하린이 이전에게 말했다.

"사풍은 이곳에서 20리(10킬로)쯤 떨어진 마을에 사는데, 사병(私兵)을 1백여 명이나 거느린 거상(巨商)은 맞습니다."

하린이 말을 이었다.

"그러나 현청 주변의 소상인들은 사풍을 싫어하더군요. 미곡상 하나는 사풍이 현령을 매수해서 폭리를 취하는 거악(巨惡)이라고까지 했습니다."

주위를 둘러본 하린이 목소리를 낮췄다.

"객주마다 정탐꾼을 심어놓았고 특히 이 객주는 사풍의 소유여서 객주 주인도 사풍의 부하라고 합니다."

"이런."

이진이 소리 없이 웃었다.

"어쩐지 주인 놈이 적극적이더니. 우리가 호랑이 소굴로 들어왔구나."

이렇게 알아낸 것은 하린의 공이다.

아무도 하린만큼 해낼 수 없다.

차명이 이전에게 말했다.

"이곳 고진현은 방위군이 따로 없고 현청 소속의 관군(官軍) 5백여 명이 치안을 담당하고 있을 뿐입니다. 유적(流賊)이 이곳까지 들어온 경우는 딱 두 번 있었다고 합니다."

차명이 말을 이었다.

"그런데 두 번 다 방위군에 궤멸된 후에는 아예 얼씬도 하지 않는다고 합니다."

이전이 고개를 끄덕였다.

이곳은 사방이 거대한 산맥으로 둘러싸인 분지다.

분지에 들어온 유적(流賊)은 그물 안에 든 물고기 꼴이 된다.

쫓기면 도망갈 길이 막히는 것이다.

이전이 고개를 끄덕였다.

"이곳을 쓰촨(四川)의 본진으로 정하는 것이 좋겠다."

"머릿수는 몇 명이나 되더냐?"

사풍이 묻자 안귀주가 대답했다.

안귀주는 객주의 주인이다.

"모두 22명입니다. 주인 부부에다 집사, 관리인, 경호장, 경호원, 고용인인데, 짐 실은 노새가 6마리, 짐이 20상자가 넘습니다."

객주 주인이라 빼먹지 않고 센 것이다.

안귀주가 말을 이었다.

"요동에서 왔다는데, 마등현 방위군 중랑장의 통행증을 소지하고 있습니다."

"인삼 외에 무슨 짐이 있더냐?"

"모두 방에 쌓아 놓았는데 인삼 상자는 표시가 나서 세었지만 다른 상자는 모르겠습니다."

"귀물(貴物)이겠군."

"예, 여비도 풍족해서 객주 비용으로 금자 3냥을 선금으로 냈습니다."

그때 사풍이 눈을 가늘게 떴다.

사풍은 38세, 건장한 체격이다.

"그놈들이 내가 인삼 사겠다고 사람까지 보낸 터라 의심하고 있을 것이다. 당분간 놈들에게 얼씬대지 마라."

현청이 있는 고진현 본읍(本邑) 인구는 3만여 명.

현청을 중심으로 도로가 사방으로 나 있다.

성벽과 성문이 없는 대읍(大邑)이다.

쓰촨(四川)성은 이런 마을이 많다.

그래서 유적(流賊) 떼가 습격하기도 수월하지만 잡혀 죽기도 쉬운 것이다.

이전이 현청을 둘러보면서 말했다.

"성벽만 쌓으면 이곳이 내궁(內宮)으로 되겠구나."

"전하께서 잘 보셨습니다."

한인 왕청이 커다랗게 고개를 끄덕였고 차명도 동의했다.

"그렇습니다. 사방의 산맥이 외성(外城) 역할을 하면 됩니다. 전하께선 크게 보셨습니다."

"내가 부친을 따라 축성을 배웠다."

이전의 눈이 흐려졌다.

"그때는 여진을 막으려고 했는데 지금은 내가 여진의 후금분국 왕이 되었구나."

왕청과 차명이 잠깐 말을 잃었다.

이전의 본색을 잠깐 망각했기 때문이다.


저녁 무렵.

유시(오후 6시)가 조금 넘었을 때 객주 마당이 떠들썩해졌다.

현청의 군사들이 들어온 것이다.

군사 10여 명을 지휘한 교위가 소리쳤다.

"여기 인삼상이 묵고 있는가?"

목소리가 객주를 울렸다.

"현령께서 보자고 하신다! 당장 나오거라!"

마당으로 나간 것은 차명이다.

차명이 교위에게 물었다.

"우리는 자금성 황궁 태위 왕규 님의 허가증이 있는 데다 마등현에 주둔한 방위군 중랑장 한성 님의 통행증도 갖고 있소. 현령께서 우리를 왜 부르시는 것이오?"

어깨를 젖힌 차명의 목소리가 마당을 울렸다.

"현령께서 우리를 오라 가라 하실 수 없소. 내가 허가증, 통행증을 보여드리리다."

차명이 들고 있던 증서를 펼쳐보였다.

건네주지는 않았다.

건물 처마 끝에 등이 여러 개 달린 터라 글씨는 선명하게 드러났다.

교위는 허가증, 통행증 소리에 잠시 주춤했다.

그러나 구경꾼들이 둘러싸고 있었기 때문에 헛기침을 했다.

"보자고 하시는 거야! 누가 억지로 끌고 간다는 건가?"

"그렇다면 내일 오전에 들르지요. 우리 주인께서 여독이 아직 풀리지 않았으니 내일 모시고 가겠소."

"내일 말인가?"

교위가 증서를 힐끗거리면서 되묻더니 곧 고개를 끄덕였다.

"내가 그렇게 전해드리지."

증서를 보고 나서 풀이 죽었다.

황궁의 태위 왕규는 환관이다.

환관의 권세가 절정을 이루고 있는 세상이다.

군사를 이끈 교위가 물러간 후에 차명이 방으로 들어섰다.

방에는 왕청과 종무, 하린까지 모두 모여 있다.

그들은 객주 안에서 차명과 교위의 대화를 들은 것이다.

차명이 이전에게 말했다.

"전하, 현령과 대면하시면 아무래도 불리하십니다. 그러니 오늘 밤에 이곳을 떠나는 것이 낫겠습니다."

"제 생각도 그렇습니다."

왕청이 거들었다.

"전하께서 아직 한어도 서투신 데다 현령이 장사에 대해서 캐물으면 곤란해질 수 있겠습니다."

그때 이전이 고개를 돌려 하린을 보았다.

의견을 묻는 것이다.

하린이 입을 열었다.

"현령이 부른 것은 거상(巨商)이라는 사풍의 부탁을 받았을 것입니다."

이전이 고개만 끄덕였고 하린이 말을 이었다.

"그래서 관(官)의 압력을 넣거나 분위기를 봐서 물품을 압류할 계획인지도 모릅니다."

그러자 이전이 입을 열었다.

"우리가 도망치면 관군이 마음 놓고 쫓을 것 아닌가?"

이전의 얼굴에 쓴웃음이 떠올랐다.

"사풍, 이놈도 사병(私兵)을 이끌고 쫓아오겠지. 그렇지 않은가?"

그때 하린과 차명, 왕청, 종무의 순(順)으로 눈빛이 흐려졌다.

이전의 말뜻을 이해한 것이다.

술시(오후 8시) 무렵.

현청 내사의 청에서 현령 유삼과 사풍이 마주 앉아 술을 마시고 있다.

유삼은 35세.

비대한 체격에 붉은 얼굴.

염소수염을 길렀다.

유삼이 술잔을 들고 말했다.

"내일 온다니 그때 처치합시다."

"그놈들이 황실의 허가증을 갖고 있다지만 위조했을지도 모릅니다. 지난번 비단장사 위가 놈도 5년 전의 허가증을 갖고 있었지 않소?"

사풍이 말을 이었다.

"객주에서 그놈을 잡는다면 소문이 날 테니 현청에서 체포하는 겁니다."

"관군 1백 명이면 되겠지요?"

"내가 50명을 데려오겠습니다."

한 모금 술을 삼킨 사풍이 얼굴을 펴고 웃었다.

"이곳에서 사라진 상인(商人)이 어디 하나둘입니까? 요즘이 그런 세상 아니오?"

현청은 6자 높이의 담장에 둘러싸였고 경비 군사는 대문 앞에 둘이 서 있을 뿐이다.

담장 안의 청사는 꽤 넓었는데 안쪽 내사의 담장은 5자 높이밖에 안 되어서 발꿈치만 들면 안이 보였다.

내사의 대문 앞에는 경비 군사가 하나 배정되어 있지만, 하인들이 자주 들락거리는 바람에 건너편 숙사 건물에서 동료들과 잡담으로 소일했다.

"오늘은 주연이 늦게 끝날 것 같군."

동료 이삼이 말했을 때 추보가 입맛을 다셨다.

추보가 오늘 내사 경비병이다.

"술 냄새가 대문 앞까지 흘러나온다."

"거짓말 마라."

이삼이 핀잔을 주었다.

"하인들 옷에 묻은 술 냄새겠지."

"그, 사풍이란 작자가 올 때마다 술잔치로군."

"그 작자가 뇌물을 바치니까 그렇지. 사풍 그놈이 유적(流賊)이나 마찬가지야. 현을 지나는 장사꾼은 그놈이 다 죽이고 물건을 빼앗는다는 소문이 났어."

"그걸 누가 모르나?"

추보가 다시 입맛을 다셨다.

"오늘도 객주에 묵고 있는 인삼장사를 현청으로 데려오려다가 실패했다는군. 아마 내일 잡아넣고 물건을 빼앗을 모양이다."

"현령이 이제는 노골적으로 사풍하고 동업하는군."

"지나는 상인을 터는 것이니까 현의 주민들한테는 피해가 없는 셈이지."

그때 내사로 사내 둘이 다가갔다.

거침없이 그들 앞을 지났기 때문에 둘은 눈만 껌벅였다.

"사풍이 데려온 경호군인 모양이군."

추보가 투덜거렸다.

"저놈들이 내사를 제집 드나들 듯이 하네."

하지만 이미 오래전부터 그래 왔다.


"저놈들은 아예 누구냐고 묻지도 않는구만."

둘 앞을 지나 내사 문으로 다가가면서 종무가 말했다.

내사에는 불이 환하게 밝혀져 있었고 마당에서 오가는 하인들도 보였다. 그 중에는 무기를 든 사내 두어 명은 사풍의 경호 군사일 것이다.

그때 종무가 힐끗 뒤를 돌아보았다.

그 순간 종무의 뒷모습에 시선을 주고 있던 이삼과 추보는 옆에서 인기척이 났기 때문에 제각기 고개를 들었다.

"악!"

다음 순간,

둘은 동시에 신음을 뱉으면서 뒹굴었다.

다가온 사내 둘의 칼을 맞았기 때문이다.

쓰러진 둘의 몸을 뛰어넘으면서 사내들이 소리 없이 내사의 문으로 달려갔다.

이미 내사 안으로 종무가 뛰어 들어간 후다.

"자, 나는 이만 돌아가야겠소."

술잔을 내려놓은 사풍이 자리에서 일어서며 말했다.

"내일 일찍 다시 오지요."

그때는 사병 50명을 이끌고 올 예정이다.

그때다.

밖에서 소음이 들리더니 방문이 왈칵 열렸다.

외풍에 촛불들이 흔들렸다.

"아니."

놀란 현령 유삼이 입을 쩍 벌렸다.

그때 안으로 사내들이 쏟아져 들어왔다.

"으악!"

먼저 칼에 배를 찔린 사풍이 방이 떠나갈 것 같은 비명을 내질렀다.

"누, 누구냐!"

유삼이 엉겁결에 소리를 질렀지만 그것이 마지막 말이 되었다.

습격자가 내려친 칼이 목을 절반이나 잘랐기 때문이다.

한 식경도 안 되어서 기습대는 내사의 뒷 담장을 넘어 빠져나왔다. 그러나 내사는 수라장이 되었다.

현령 유삼과 거상 사풍을 포함하여 수십 명이 피살된 것이다.

현 청사가 불에 타오르고 있다.

괴한들이 물러가면서 불까지 지른 것이다.

내사는 불이 옮겨붙어서 밤이 새도록 타는 바람에 시신 정리도 제대로 못했다.

그래서 이곳저곳에 임시로 놔둔 시신들로 더 참혹하게 보였다.

"왼쪽 산맥에서 준동하는 덕무산 유적단이 기습해온 것이라네."

겨우 불을 끈 주민들이 둘씩 셋씩 수군거리고 있다.

교위 서너 명이 군사들을 이끌고는 있었지만, 주민들이 보기에도 갈팡질팡이었다.

현의 군(軍)을 지휘하는 도위도 내사에 있다가 피살되었기 때문이다.

"이거 피란을 가야 되지 않겠나?"

주민 하나가 주위를 둘러보면서 말했지만 대답하는 사람은 없다.

"주인이 오시는가 보다."

대문 밖에서 말굽 소리가 울렸기 때문에 형전이 자리에서 일어섰다.

형전은 사풍이 양성한 사병대의 대장이다.

자시(밤 12시)가 되어갈 무렵이다.

이곳은 사풍의 대저택 안.

형전은 바깥채의 청에서 사풍을 기다리는 중이었다.

그때 말굽 소리가 그치면서 함성이 일어났다.

"와앗!"

바로 지척에서 울리는 함성이다.

깜짝 놀란 형전이 청 밖으로 나왔을 때다.

마당으로 기마대가 쏟아져 들어왔다.

"쳐라!"

앞장선 왕청이 칼을 휘둘러 사병 하나를 베고는 말에서 뛰어내렸다.

"다 죽여라!"

아직도 사병들은 우왕좌왕이다.

다시 도망치는 사병 하나를 베어 죽인 왕청이 청을 올려다보았다.

기둥에 등을 매단 청 안이 환하게 드러났다.

안에서 사내 서넛이 뛰어나오고 있다.

왕청은 청으로 내달렸다.

"나를 따르라!"

저곳이 본진인 것이다.

주위에서 만류했기 때문에 이전은 왕청의 뒤를 따르고 있다.

이미 기선을 제압한 왕청은 7명의 수하를 이끌고 청 안으로 진입했다.

그때 뒤쪽에서 다시 함성이 울렸다.

종무가 이끈 위사대가 저택 뒷담을 넘어 진입해온 것이다.

이전은 현청을 습격하고 나서 바로 이곳 사풍의 저택으로 온 것이다.

객주에는 하린과 위사 1명만 남았고 20명이 화살촉 같은 형세로 다시 이곳에 쳐들어 왔다.

사풍의 저택에는 위사가 70, 80명 정도가 있었지만 이쪽은 일당백의 무사들이다.

상대가 될 리 없다.

앞뒤에서 전격적으로 기습을 당한 사풍의 사병대는 한 식경도 안 되어서 무너졌다.

40여 명의 시체가 쌓이자 10여 명은 항복했다.

나머지 10여 명은 도망을 쳤는데 구태여 잡을 필요는 없다.

"금화가 2만 냥 가깝게 됩니다."

왕청이 들뜬 목소리로 말했다.

"그밖에 금붙이, 보석 등만 해도 5만 냥이 넘습니다."

영락없는 유적(流賊) 괴수의 모습이다.

그만큼 사풍의 창고에 재물이 쌓여 있었던 것이다.

그때 차명이 말했다.

"마구간에 말이 30여 필이나 있으니 말에 재물을 싣고 가는 것이 좋겠습니다."

이전의 시선을 받은 차명이 말을 이었다.

"후금(後金)의 군자금으로 비축해놓는 것이지요."

"어디에 비축한단 말인가?"

"말에 싣고 마등현으로 돌아가 한성에게 맡겨두고 오겠습니다."

"좋은 생각이야."

이전이 고개를 끄덕였다.

깊은 밤.

사풍의 저택에서 강탈한 재화를 말에 나눠 실은 차명이 부하 10명만 이끌고 온 길을 다시 돌아갔다.

이전이 왕청, 종무와 함께 고진현으로 돌아왔을 때는 날이 밝아올 무렵이다.

"주인이 죽었습니다."

객주로 돌아왔을 때 방에 들어온 이전에게 종무가 보고했다.

사람이 죽었다는 보고를 하면서도 웃는 얼굴이다.

이전도 객주 주인이 사풍의 수하여서 꺼림칙했다.

투숙했던 일행이 사건 당일에 객주를 비운 것도 의심이 갈 것이다.

그때 종무가 말을 이었다.

"객주 주인이 현청의 내사에 있었던 모양입니다. 밤이어서 우리가 닥치는 대로 베었는데 그중 하나가 객주 주인이었습니다."

이제는 종무가 입안을 다 보이면서 소리 없이 웃었다.

객주 주인은 사풍과 함께 내사에 들어와 있었다.

밤이어서 얼굴도 다 보이지 않았다.

다음 날 아침.

일행은 아직까지 혼란에 휩싸인 현청 거리를 떠났다.

인원이 절반으로 줄어들었지만 눈여겨보는 사람도 없었고 주인이 죽은 객주는 아침밥도 해주지 않았다.

30리쯤 남하했을 때 보고를 받고 달려오는 일단의 기마군이 보였다.

50여 기, 깃발에 '청봉현'이라고 적혀 있는 것이 근처 현에서 원군을 보낸 것이다.

기마군은 이쪽을 흘겨보기만 하고 스치고 지났는데, 급한 것 같다.

이쪽은 11명으로 줄어든 상인대(商人隊)다.

하린이 기마군의 뒷모습을 보고 나서 말했다.

"도로를 벗어나는 것이 낫겠습니다."

이전이 고개를 끄덕였다.

도로를 벗어나 개울을 따라 30리쯤 더 남하하고 나서 낮은 바위산을 넘었을 때는 유시(오후 6시)가 되어갈 무렵이다.

도로에서 10리(5킬로)쯤 떨어진 지점이다.

그때 아래쪽에서 도로 쪽으로 보낸 첨병이 말을 달려왔다.

"고진현에서 기마군 2백여 기가 남하하고 있습니다. 아마 우리를 찾고 있는 것 같습니다."

첨병이 숨을 헐떡이며 보고했다.

"멀리서 대열이 보이기에 숲속에 숨었지요. 오전에 지나쳤던 '청봉현' 기마대가 이끌고 있었습니다."

"과연."

왕청이 고개를 끄덕이며 하린을 보았다.

"부인께서는 환생하신 제갈량이시오."

이제 왕청은 물론이고 차명과 종무까지도 하린을 존중하고 있다.

하린의 제의로 차명에게 전령을 보낸 후에 이전은 바위산 중턱의 폐가에 여장을 풀었다.

폐가는 2채였기 때문에 11명이 투숙하기에는 적당했다.

염소를 기르던 곳이어서 마구간도 넉넉했다.

"당분간 이곳에서 묵는 것이 낫겠습니다."

하린이 저녁상을 내려놓으면서 말했다.

"위사 두어 명을 보내 양식을 구입해 오도록 하고 이곳에서 상황을 보는 것이 낫겠습니다."

"그러도록 하지."

이전이 고개를 끄덕였다.

고진현의 현령과 거상(巨商) 사풍을 죽이고 사풍의 재물을 약탈한 유적(流賊)이 출현한 것이다.

근처의 현이 비상상황일 것이다.


청두(成都) 총독 고한주가 고개를 들고 중앙군 사령관 안상을 보았다.

"그놈 이름이 뭐라고?"

"한성이오, 총독 각하."

"그놈이 한진홍의 동생이라고?"

"저도 이제야 알았습니다."

어깨를 부풀린 안상이 말을 이었다.

"마등현에 주둔한 방위군 중랑장이라는 겁니다."

"나도 들은 것 같은데 그놈이 쓰촨(四川)에 있다니."

"그러니까 말입니다."

둘은 청두성 내성의 호화로운 내실에서 담소 중이다. 본래 접견실이었는데 고한주가 주연을 여는 내실로 바꾼 것이다. 그때 고한주가 눈을 가늘게 뜨고 안상을 보았다.

"그럼 그놈도 내가 누군지 알고 있을 것 아니냐?"

"당연하지요."

"제 형을 죽인 원수가 총독으로 와 있다는 걸 알고 있단 말이지?"

"예, 각하."

"그렇다면 그놈이 어떻게 나올 것 같으냐?"

"복수를 하거나 모른 척 살거나 둘 중 하나겠지요."

"네 생각은?"

"그놈이 감히 어쩌겠습니까? 모른 척하고 살 것 같습니다."

"하지만 나는 그렇게 못 하겠다."

고한주가 붉은 입술을 펴고 웃었다.

차명이 한성을 만났을 때는 사풍의 저택에서 출발한 지 닷새 만이었다. 현에서 25리(17.5킬로)쯤 떨어진 폐가에 머물면서 수하를 시켜 한성을 부른 것이다.

"아니, 왜 돌아왔나?"

폐가로 달려온 한성이 대뜸 물었다.

"자네한테 부탁할 일이 있어."

마루방에 들어온 한성에게 차명이 자초지종을 설명했다.

"그래서 말 30필에 사풍의 재물을 싣고 온 것이네."

"허, 이런."

한성이 입을 딱 벌렸다.

"그래서 골짜기에 말 떼가 매여 있었구나."

"32필에 싣고 온 재물이 수만 냥이야. 군자금으로 쓰기에 넉넉해."

"재물은 어디에 있나?"

"골짜기에 쌓아 놓았네."

"그걸 나한테 맡긴다고?"

"전하께서 그러라고 하셨어."

"아이고, 내가 유적(流賊)의 창고지기가 되었구나."

한성의 얼굴에 쓴웃음이 떠올랐다.


중앙군 사령부의 전령이 도착했을 때는 유시(오후 6시) 무렵이다.

"청두 사령부에서 각 방위군 지휘관 회의가 있습니다. 열흘 후이니 참석해 주시기 바랍니다."

전령이 사령관의 직인이 찍힌 소집장을 내밀었다.

방위군 지휘부의 청 안이다.

소집장을 받아 본 한성이 고개를 끄덕였다.

중앙군 사령관의 소집장인 것이다.

"중앙군 사령관 안상은 총독 고한주의 심복이야."

그날 밤.

차명을 만난 한성이 말했다.

차명은 사풍의 재물을 한성에게 맡기고 나서 내일 아침에 돌아갈 예정이다.

"그래서 갈 건가?"

차명이 묻자 한성의 눈이 흐려졌다.

그때 차명이 말을 이었다.

"안상이 자네를 모르고 있을까?"

"지금쯤 알리라고 생각해."

눈의 초점을 잡은 한성이 차명을 보았다.

"고한주한테 내 이야기를 했을 것 같군."

"위험을 무릅쓰고 청두에 갈 필요는 없네."

차명이 정색하고 한성을 보았다.

"마침 내가 온 것이 자네를 도우라는 신(神)의 계시인 것 같네."

바위산 중턱의 폐가에서 이전이 닷새째 밤을 맞는다.

방의 불을 껐을 때 옆에 누운 하린이 말했다.

"전하, 이곳은 유적(流賊)도, 산적(山賊)도 드뭅니다. 그렇다고 백성들이 편안하고 풍족한 생활을 하는 것도 아닙니다. 그저 관(官)의 종이 되어서 죽지 못하고 사는 형편이지요."

하린의 눈이 어둠 속에서 반짝였다.

"그래서 오히려 관(官)의 횡포가 커지는 실정입니다. 백성들은 더 학정에 시달리게 되겠지요."

그때 이전이 고개를 돌려 하린을 보았다.

"하린, 우리가 먼저 쓰촨(四川)에 기반을 굳히자는 말인가?"

"예, 전하."

하린이 이전의 몸에 바짝 붙었다.

"섭정 전하께 말씀드려서 2개 기군(旗軍)만 청하시면 가능할 것 같습니다."

"……."

"마등현의 방위군을 끌어들이면 그것을 시작으로 다른 지역의 방위군도 포섭할 수 있습니다."

그때 이전이 하린을 보았다.

"하린, 그대는 아직도 그 생각을 버리지 않는가?"

"그것은 후금(後金)을 위한 길이기도 합니다."

하린이 바로 대답했다.

예상하고 있었던 것 같다.


한성이 앞에 앉은 부장(副將) 황보와 강숙을 보았다.

둘은 한성의 측근이다.

사시(오전 10시) 무렵.

방위군 사령부의 청 안이다.

주위를 물리쳤기 때문에 청 안에는 그들 셋뿐이다.

지금 한성은 둘에게 반역을 제의한 것이다.

서로 잘 아는 사이였기 때문에 몇 마디면 되었다.

둘은 한성과 고한주와의 관계도 아는 것이다.

그때 황보가 먼저 고개를 들었다.

"먼저 중앙군 사령관께 이번 소집에 응하지 못한다는 사유를 전해 시간을 끌어야 합니다."

강숙이 말을 받는다.

"그다음에 반란에 호응한 장수들의 가족을 피신시켜야 합니다."

"그래야겠지."

한성이 고개를 끄덕였다.

그때 황보가 다시 말을 이었다.

"그럼 우리는 후금(後金)에 예속되는 것입니까?"

"그렇다. 후금분국 왕 전하께서 이곳에 와 계신다."

"왕께서 말씀입니까?"

"이곳까지 직접 민정시찰을 나오셨다."

"그렇군요."

"너희들도 알현할 것이다."

둘의 표정을 본 한성이 말을 이었다.

"반란에 호응한 장수급에게 가족 피신용으로 금화를 지급할 수 있어."

이번에 차명이 가져온 사풍의 재물을 말한다.

차명과 상의한 것이다.

차명이 보낸 위사가 이전에게 달려왔을 때는 그로부터 나흘 후다.

"중랑장 한성이 귀순했습니다."

위사가 대뜸 그렇게 말했기 때문에 이전이 물었다.

"귀순하다니?"

"후금에 투항하겠다는 것입니다. 그것도 휘하 장수와 군사들을 이끌고 반란을 일으키겠다고 했습니다."

"반란?"

"예, 그래서 전하를 모시고 오면 바로 현청을 접수하고 현령을 잡아 가둔다고 했습니다."

이산의 시선이 하린에게로 옮겨졌다.

눈이 흐려져 있다.

때가 된 것인가?

# 4장
# 반역자 색출

마등현령 방연수는 무능한 관리가 대부분 그러는 것처럼 게을렀다. 그리고 강자 앞에서는 한없이 부드러웠고 약자에게는 악랄했다.

오늘도 조세를 미납한 이장 둘을 데려다가 매를 50대씩 때린 다음 감옥에 가두었다. 그리고 나서 찾아온 미곡상하고 내사로 들어가 술을 마시고 있다.

미곡상 양준은 조세로 받은 곡식을 받아 장사를 한 후에 방연수에게 3할 이자를 내고 돌려준다.

물론 양준은 그동안 5할 이상 이득을 남기는 것이다.

방연수는 조세를 반년쯤 늦게 조정에 바치면 된다.

조세 못 내는 지방도 천지라 이쯤은 아무 문제가 없다.

"여기 가져왔습니다."

양준이 옆에 놓인 상자를 눈으로 가리키며 말했다.

"이번에는 금화 4,500냥입니다."

곡식은 되돌려주고 그 이자를 금화로 바꿔온 것이다.

고개를 끄덕인 방연수가 술잔을 들고 말했다.

"이번에 새 총독이 지방세 통지서를 보내왔어. 우리 현에서도 가구당 쌀 1섬씩을 다시 걷어야 해."

"언제까지 걷습니까?"

"기간은 두 달이야."

"그럼 2섬씩을 걷으시지요."

목소리를 낮춘 양준이 말을 이었다.

"그리고 두 달 납부 기간을 넘기면 월 2할의 이자를 받으시도록 하십시오."

양준이 웃음 띤 얼굴로 방연수를 보았다.

"제가 곡식을 사드리겠습니다."

"그러지."

방연수가 고개를 끄덕였다.

"그대는 내 제갈량이다."

미곡상 양준은 그동안 방연수와 결탁해서 수십만 냥을 모았다.

이번에도 추가로 걷는 곡식을 방연수로부터 사들이는 데다 조세에 시달리는 주민들이 농지와 집을 담보로 곡식을 빌리는 것이다.

조세가 추가될 때마다 탐관은 물론이고 탐관과 결탁한 무리가 치부한다.

백성의 고혈을 빼는 무리들이다.


이전이 한성을 다시 만났다.

마등현 외곽의 방위군 중랑장 숙소로 이전이 찾아온 것이다.

이전은 왕청, 종무와 동행이었고 한성은 차명과 부장 황보, 강숙 등과 함께 기다리고 있었다.

"전하를 뵙습니다."

한성과 방위군 장수들이 일어나 이전을 맞는다.

이전이 웃음 띤 얼굴로 그들을 둘러보았다.

평복을 입었지만 군주의 위엄이 드러났다.

지난번에 한성을 만나 비밀 투항을 받았지만 이제는 휘하 장수들까지 모인 공개 투항이다.

자리에 앉은 이전이 입을 열었다.

"반갑다. 이제는 새 세상이 열릴 것이고 그대들이 주역이다."

그 시간에 후금분국의 도성인 안북성의 내궁에서 이산이 전령 하주용을 맞는다.

하주용은 후금 황제 아바가이의 친위대 1천인장이다.

대륙의 동쪽인 요동에서 서쪽의 후금분국으로 전령을 보내는 터라 무술이 뛰어난 자가 선발되었다.

하주용과 안면이 있는 이산이 반갑게 맞았다.

"먼 길을 왔구나. 폐하께선 건녕하신가?"

"예, 전하."

엎드려 절을 한 하주용이 이산을 보았다.

청 안에는 분국의 대신들이 둘러서 있다.

"폐하께서는 전하를 모시고 오라는 분부를 내리셨습니다."

"무슨 일이냐?"

놀란 이산이 하주용을 보았다.

대신들도 긴장하고 있다.

"조선이 다시 명과 결탁해서 군사를 양성하고, 더욱이 중강에서 조선군이 후금군을 기습한 사건이 일어났습니다."

"조선군이?"

"예, 후금의 병참대를 기습해서 30여 명을 죽이고 말 20여 필, 수레에 실은 양곡 100여 섬을 강탈해갔습니다."

"……."

"인근에 주둔한 부대의 보고에 따르면 조선군이 명군과 함께 공격해왔다고 합니다."

"그래서 폐하께서는 어떻게 하실 작정이신가?"

"전하께서 오시면 상의해서 결정하신다고 했습니다."

고개를 든 이산이 앞에 선 대신들을 보았다.

"분국 왕께 전령을 보내야겠다."

내사로 돌아오는 이산에게 하주용과 동행한 보좌관이 다가와 말했다.

"전하, 1천인장이 은밀히 드릴 말씀이 있다고 합니다."

이산이 고개를 끄덕였다.

"내가 사람을 보낼 테니 기다리고 있도록 해라."

보좌관이 소리 없이 물러갔다.

한 식경쯤 후에 내사의 밀실에서 이산과 이산의 자문관 최정, 그리고 하주용까지 셋이 둘러앉았다.

셋은 모두 조선인이다.

최정은 동인(東人)으로 정3품 황해도 순영중군을 지내다가 여진의 이산에게 투항했다.

하주용은 정4품 선전관을 지냈으니 모두 조선 무반(武班) 출신이다.

아바가이가 하주용을 보낸 것도 이유가 있을 것이었다.

그때 하주용이 이번에는 조선말로 말했다.

"폐하께서 이 말씀을 전하께만 전해드리라고 하셨습니다."

"말하라."

"도성인 봉천에만 오래 주둔하고 있기 때문에 황실 내부에서 반란의 조짐이 보인다고 하셨습니다."

이산이 시선만 주었고 하주용이 목소리를 낮췄다.

"선(先) 황제의 4째 아들 다이산과 여섯째 도도가 주동이 되고 다른 왕자 셋이 가세하여 다섯 부족을 모은다는 것입니다."

"……."

"물론 폐하는 각 기군(旗軍)을 장악하고 있는 데다 친위군 2만으로 철통같은 호위를 받고 계십니다. 하지만 이대로 놔둔다면 내란이 일어날까 우려하셨습니다. 전하께 그렇게만 전해드리라고 하셨습니다."

"그럴 수는 없지."

고개를 저은 이산이 최정을 보았다.

"떠나야겠다."


마등현령 방연수는 지방세로 각 가구당 쌀 2섬을 두 달 안에 납부하라는 공고를 했다.

마등현의 가구 수는 5만 4천여 가구.

인구는 25만여 명이다.

부자건 끼니도 못 때우는 가난뱅이 가구건 똑같이 2섬이 할당된 것이다.

그러니 세금이 나오면 가난뱅이만 죽어 나간다.

공고가 나온 순간부터 마등현은 원성이 들끓었지만, 닷새쯤 지나면 가라앉는다.

이것을 알기 때문에 방연수는 조금도 걱정하지 않았다.

그래도 이곳 마등현은 다른 곳보다 낫다.

50여 리(25킬로) 산맥만 넘어가면 그곳은 낮에는 관(官)이, 밤에는 유적(流賊), 산적에게 세금을 뜯기고, 여자는 노리개가 되는 세상이기 때문이다.

"기회가 적당합니다."

한성이 이전에게 보고했다.

"원성이 솟았을 때 현령을 처단하고 현령과 결탁해서 치부하던 상인 놈들까지 잡아서 재산을 몰수하는 것입니다."

그때 이전이 고개를 끄덕였다.

그리고 후금분국의 기치를 드는 것이다.

다음 날 오전.

현청에 나와 있던 현령 방연수는 마당으로 들어오는 일대의 기마군을 보았다.

기마군 중앙에 방위군 사령관인 중랑장 한성이 있다.

"아니."

방연수가 이맛살을 찌푸렸다.

현청 마당까지 말을 타고 들어오지 못하게 되어 있는 것이다.

"아니, 저 사람이."

자리에서 벌떡 일어선 방연수가 마당에 대고 소리쳤다.

한성은 방위군 사령관이지만 평시에는 현령의 지휘를 받도록 되어 있다.

"사령관, 이게 무슨 짓인가?"

그때 말에 탄 채 한성이 빙그레 웃었다.

그러고는 손을 들었다가 내리면서 소리쳤다.

"쏴 죽여라!"

그 순간 한성 좌우의 기마군이 쥐고 있던 활시위에 살을 먹이더니 냅다 쏘았다.

거리는 40, 50보밖에 되지 않는다.

10여 발의 화살이 빛줄기처럼 날아가 방연수의 몸에 꽂혔다.

서너 발은 방연수 옆에 서 있던 관리들에게 맞았다.

"으악!"

몸이 고슴도치처럼 된 방연수가 사지를 흔들면서 쓰러졌고 청은 금세 난장판이 되었다.

"이놈들! 도망치면 다 죽인다!"

한성이 소리치자 소동은 바로 가라앉았다.

이전에게 달려온 전령은 1천인장 윤탁이다.

윤탁은 봉천에서부터 이전을 따라와 후금분국을 일으킨 개국공신이다.

왕청이 먼저 윤탁을 맞아들여 이전에게 데려왔다.

이곳은 마등현 청사 안이다.

마등현을 접수한 지 사흘째가 되었다.

"섭정 전하께서 본국으로 돌아가셨습니다."

대뜸 윤탁이 말했기 때문에 이전과 왕청이 놀라 서로의 얼굴을 보았다.

윤탁이 서두르듯 말을 이었다.

"그래서 전하께서 서둘러 귀국하셔야 되겠습니다."

"이런."

숨을 고른 이전이 윤탁을 보았다.

"무슨 일이 있나?"

"조선과의 국경에서 문제가 발생했기 때문입니다. 조선군이 아군을 습격했는데 명군과 연합한 것 같습니다."

"언제 떠나셨어?"

"제가 이곳으로 출발하는 날이었으니 열흘이 되었습니다."

윤탁이 이곳까지 오는 데 열흘이 걸렸다는 말이다.

왕청을 돌아본 이전이 말했다.

"우리는 이제 이곳을 후금분국의 영토로 삼은 지 며칠 되지 않는다. 후금의 깃발은 꽂은 셈이야."

"그럼 이곳을 누구한테 맡기고 떠나셔야 되지 않겠습니까?"

이전이 다시 왕청을 보았다.

맞는 말이다.

분국(分國)을 섭정 이산이 맡고 있었기 때문에 이곳 쓰촨(四川)까지 온 것이다.

"가셔야 합니다."

이전의 말을 들은 하린이 바로 말했다.

하린이 말을 이었다.

"이곳은 차명 군사(軍師)께 맡기시면 됩니다. 차명 님이 한성 사령관의 군사가 되도록 하고 곧 지원군을 보내도록 하지요."

이전이 고개를 끄덕였다.

재론의 여지도 없는 일이다.


다음 날 아침.

차명과 한성을 부른 이전이 먼저 한성에게 물었다.

"내가 본국(本國)이 비어서 돌아가야 되겠다. 허나 돌아가는 즉시 군사 5천을 보낼 테니 그때까지만 지킬 수 있겠는가?"

"지키다 뿐입니까?"

한성이 웃음 띤 얼굴로 되물었다.

"청두에서 중앙군이 올라오려면 한 달은 걸립니다. 더구나 중앙군 지휘관

놈은 노름꾼 출신 아닙니까? 아마 오기도 힘들 것입니다."

"너를 1만인장으로 청군(靑軍) 기장(旗將)으로 임명한다. 5천 군사를 지원받으면 그 군사까지 합쳐 청군(靑軍)을 구성하라."

"황공합니다."

두 손으로 청 바닥을 짚은 한성이 번들거리는 눈으로 이전을 보았다.

"저는 이미 후금에 목숨을 바쳤습니다."

차명과 왕청, 종무까지 포함해서 22명의 상인대로 서진(西進)했던 이전이다.

서쪽 지방을 정탐할 목적이었다.

그런데 상황에 휩쓸려 일부 지역을 장악하고 기반을 굳힐 욕심까지 일으켰던 이전이다.

운(運)은 수시로 변한다.

이전은 바로 상황에 순응했다.

주인 없는 후금분국이 기다리고 있다.

자신은 후금분국 왕 신분인 것이다.

귀국 길은 멀다.

산시(陝西)성에서 산시(山西), 허베이(河北)를 거쳐 자금성 아래쪽을 돌아 산해관을 지나 요동으로 들어서는 수만 리 길이다.

일행이 허베이(河北)성을 지났다.

이산은 자주 강천석을 부른다.

이제 강천석은 이산의 측근이며 수행무사, 그리고 말 상대도 된다.

이산의 호위대장 시로이와 함께 언제나 옆을 따르고 있다.

처음에는 측근들이 우려했지만 지금은 모두 믿는다.

강천석의 진심을 느낀 것 같다.

일행이 자금성과 가까워졌을 때, 이산이 강천석에게 물었다.

"네 가족은 모두 옮겼느냐?"

"예, 봉천성에 도착했다는 연락을 받았습니다."

"잘되었다."

이산이 고개를 끄덕였다.

그동안 사람을 보내 자금성에 있는 강천석의 가족을 모두 후금(後金)의 봉천성으로 옮긴 것이다.

비밀리에 옮겼지만, 강천석이 임무 수행 중에 전사한 것으로 알려졌기 때문에 가능했다.

그때 이산이 다시 물었다.

"대륙은 언제 정복될 것 같으냐?"

"명 황실은 오늘이라도 무너질 수 있습니다."

자금성에서 3백여 리(150킬로) 정도 거리인 산 중턱.

일행은 숲속에 진막을 치고 밤을 지내고 있다.

진막 안에서 이산과 강천석, 그리고 시로이까지 셋이 둘러앉아 있다.

강천석이 말을 이었다.

"저라도 황궁에 들어가 명 황제의 목을 벨 수도 있지요. 하지만 그것으로 명(明)이 멸망하지는 않습니다."

"그렇지."

이산이 고개를 끄덕였다.

"그래서 우리가 봉천에서 기다리고 있다."

그것은 큰 짐승이 쓰러지는 것과는 다르다.

지금은 제국의 멸망 직전이지만 가장 위험한 시기이기도 하다.

사방에서 유적(流賊)이 출몰하는 상황인 것이다.

그때 강천석이 말을 이었다.

"황제가 죽더라도 사방에 번져 있는 불씨가 다 탈 때까지 기다려야 할 것입니다."

"황제를 살려두고 불씨를 진압해놓는 것이 이롭겠다."

"그렇습니다."

강천석의 눈이 번들거렸다.

"서로 싸우도록 해서 대륙을 불덩이로 만드는 것이 낫습니다. 그래서 불이 꺼진 후에 진입하는 것입니다."

이산의 얼굴에 쓴웃음이 번졌다.

강천석만큼 황궁의 내막을 잘 아는 사람이 없다.

그런데 기다리는 것도 문제가 있다.

봉천성 내부에서는 기다리다 지친 왕자들의 반란이 일어나려고 하지 않는가?


다이산이 앞에 앉은 쿠르추에게 물었다.

"황제는 지금 어디에 있느냐?"

"천수산 사냥터 별궁에 계십니다."

쿠르추가 말을 이었다.

"친위군을 끌고 갔기 때문에 사방 10리 안으로 주민들도 접근하지 못합니다."

다이산이 쓴웃음을 지었다.

"이산이 없는 지금이 기회인데, 그놈이 철저히 조심하는군."

봉천성 안의 다이산 저택은 왕궁 못지않은 규모다.

다이산은 안채의 청에서 책사 쿠르추와 밀담을 나누고 있다.

술시(오후 8시) 무렵이다.

쿠르추가 고개를 들고 다이산을 보았다.

"보카사이가 왕위를 달라고 합니다."

"그러지. 이산도, 이전도 왕이 되었는데 보카사이한테 왕위를 못 주겠나?"

"그렇다면 유바치도 줘야 합니다."

"유바치도, 사드리도 왕이 되게 할 거다."

다이산이 번들거리는 눈으로 쿠르추를 보았다.

이때 다이산은 41세.

아바가이보다 2살 연상이다.

누르하치가 데려온 아들인 아바가이를 후계자로 삼았지만 마음으로 승복한 것은 아니다.

아바가이가 허점을 보일 때는 언제든지 반기를 들 가능성이 있는 것이다.

누르하치는 17명의 부인으로부터 16남 8녀를 낳았다.

그중 장남 추엥이 반란을 일으켰기 때문에 생전에 처형했다.

현재는 성장한 왕자들이 12명이나 남아있다.

누르하치가 죽고 나서 아바가이는 후금(後金) 황제로 즉위했으나 아직 내부의 기반이 굳어지지 않은 상황이다.

아바가이는 황제가 되고 나서 다른 왕자들을 잘 대해준 편이다.

누르하치와 갈등이 있었을 때 왕자 모두가 자신에게 적대적으로 돌아섰지만, 그것도 이해했다.

다 잊고 없던 일로 하겠다고 왕자들에게 공언도 했다.

권력을 쥔 황제로 포용했다.

이곳은 천수산의 별궁 안이다.

사냥터 별궁이지만 성벽은 20자(6미터)가 넘고 규모가 커서 안에 위사대 1천이 주둔했고 친위군인 적기군(赤旗軍) 1만이 별궁 주위에 포진하고 있다.

"폐하, 곧 섭정께서 오실 테니 그때 결정하시지요."

병부상서 아무라디가 말했다.

아바가이는 별궁의 접견실에서 적기군장이며 위사장인 파갈과 셋이 둘러앉아 있다.

파갈이 입을 열었다.

"현재까지는 다이산과 도도 왕자가 반역을 도모하고 있는 것이 확실합니다. 잡아서 문초하면 금세 드러날 것입니다."

파갈의 하인이 다이산의 시녀한테서 얻은 정보다.

둘이 통정하는 사이였기 때문에 다이산의 행적을 낱낱이 알 수 있었다.

고개를 든 아바가이가 둘을 번갈아 보았다.

"우리가 알고 있다는 것을 다이산이 알면 선공(先功)할 것이다."

둘이 긴장했고 아바가이가 말을 이었다.

"다이산과 도도가 장악한 군(軍)은 황군(黃軍)뿐인가?"

다이산의 처남 웅크마가 황군기장(黃軍旗將)으로 네진 부속장이기도 한 것이다.

그때 아무라디가 말했다.

"청테군장 사이드는 웅크마의 사촌이지만 사이가 나쁘다는 소문이 있습니다. 그러나 같은 네진 부족이라 결정적인 순간에 다이산 측에 붙을 가능성이 있습니다."

"왕자들이 너무 많습니다. 지난번 황성에 입성할 때 처리를 했어야 하는 일이었습니다."

성격이 급하고 격한 파갈이 번들거리는 눈으로 아바가이를 보았다.

그러나 전장(戰場)에서 보낸 무장(武將)이어서 치밀한 성격이기도 하다. 황궁은 방어에 허점이 많다고 사냥 핑계를 대고 아바가이를 별궁으로 보내온 것도 파갈인 것이다.

아바가이는 별궁으로 2비 오정을 데려왔다.

오정은 그동안 1남 1녀를 낳았고 1비 황윤도 1남 1녀를 출산했다.

아바가이가 이제 39세의 장년인데 오정은 아직 27세다.

"폐하, 근심거리가 있으세요?"

침실에서 오정이 물었기 때문에 아바가이가 고개를 들었다.

"그렇게 보이느냐?"

"네, 내색하지 않으시려고 하는 것까지 보입니다."

"이런."

아바가이가 쓴웃음을 지었다.

비밀이 있다.

아바가이는 오정과 둘이 있을 때, 또는 한윤까지 셋이 있을 때도 조선말로 대화를 한다.

그러다가 시녀라도 들어오면 시치미를 딱 떼고 여진어를 하는 것이다.

그때 조선말을 주고받을 때의 아바가이는 편안해 보인다.

지금도 둘은 조선어를 주고받는다.

그때 오정이 말을 이었다.

"폐하, 부탁드릴 일이 있습니다."

아바가이가 눈을 가늘게 떴다.

오정이 뭘 부탁한 적이 없다.

항상 순종하는 성격인 데다 영리해서 하나를 말하면 둘은 알았다.

그래서 한윤과 오정 외에 여자는 더 들이지 않았다.

누르하치가 17명의 부인을 두고 16남 8녀를 생산했지 않은가?

그 후유증을 지금도 치르는 중이기도 하다.

"말해, 오정."

아바가이가 부드럽게 말했다.

"다 들어줄 테니까."

오정이 눈으로만 웃었다.

"제 일은 아닙니다."

"말해."

"카린 님 아시죠?"

"누구?"

"그럼 바이탄 님은 아시지요?"

"백테군장 말인가?"

"네, 폐하."

오정의 검은 눈동자가 흐려졌다.

"바이탄 님 부인이 누군지 아시죠?"

"카린이지."

아바가이가 다시 고개를 끄덕였다.

카린은 이산의 딸이다.

누르하치의 동생 차드나 공주와 결혼한 이산은 아바가이의 이복동생뻘인 보르츠와 카린을 낳았다.

그러다 보르츠는 누르하치 측에 의해서 살해당했고 딸 카린만 남은 것이다. 그 딸의 남편이 백테군장 바이탄이다.

그때 아바가이의 시선을 받은 오정이 말했다.

"카린 님이 바이탄 님을 만나려고 가시다가 말에서 떨어져 다리를 다치셨다고 해요."

"……."

"그래서 다시 봉천성으로 돌아와 다리 치료를 받으신다는군요."

오정이 정색하고 아바가이를 보았다.

"제가 내일 카린 님 문병을 가도 될까요? 차드나 공주님도 편치 않으신데 제가 위로도 해드리려구요."

아바가이의 눈이 흐려졌다.

등잔 밑이 어두웠다.


다음 날 아침.

별궁의 청에서 아바가이가 병부상서 아무라디에게 지시했다.

"백테군을 도성 수비군으로 부르고 적기군을 백테군이 맡았던 서암성으로 보내도록."

"예, 폐하."

선선히 대답했던 아무라디의 눈에 초점이 잡혔다.

백테군장 바이탄의 내력이 머리에 떠올랐기 때문이다.

아무라디도 그 생각을 못 했다는 증거다.

"교체 시기가 되었습니다, 폐하."

그래서 겨우 그렇게 맞장구를 쳤다.

백테군이 도성 수비군으로 오면 든든한 우군이 불어나는 셈이다.

그리고 그것도 자연스럽게 이동되었다.

아바가이가 소리 죽여 숨을 뱉었다.

아직도 허점이 많은 것을 깨달은 것이다.

아버지 이산의 사위 바이탄은 물론이고 아버지와 카린에게도 소홀했다.

바이탄을 변방 사령관으로 보내고 잊고 있었다니, 그것을 오정이 깨우쳐 주었다.

고개를 든 이산이 강천석을 보았다.

밀행은 산해관을 지나 요동으로 들어선 참이다.

미시(오후 2시) 무렵.

둘은 마상에 앉아 나란히 속보로 걷는 중이다.

"네가 먼저 봉천으로 밀행하는 것이 낫겠다."

강천석의 시선을 받은 이산이 말을 이었다.

"가서 다이산, 도도의 무리를 확인하도록 해라."

"예, 전하."

"피아를 구별하는 것이 순서다. 반역자를 색출해놓아라."

"예, 전하."

"너는 지금부터 내 특명관이다."

이산이 옆을 따르는 보좌역 양무성에게 말했다.

"그대가 수행원을 추려서 특명관을 보좌하도록 해라."

강천석의 재능을 이제는 이산 측에서 이용하고 있다.

제각기 원대로 귀환하고 있다.

그중에서 이전이 먼저 안북성에 귀환했다.

쓰촨(四川)에서 떠난 지 12일 만이다.

기다리고 있던 대신들이 이전을 맞았다.

"전하께서 무사히 돌아오셔서 기쁩니다."

대신들의 대표로 아율무치가 맞는다.

"전하, 마등현으로 군사 3천을 보냈습니다. 3천인장 안준이 지휘하고 있습니다."

"잘했어."

고개를 끄덕인 이전이 대신들을 둘러보았다.

이산이 귀국하지 않았다면 쓰촨(四川)에 머물면서 기반을 굳혔을 것이다.

그때 위정이 말을 이었다.

"전하, 쓰촨(四川)에 기반을 굳히신 것을 축하드리옵니다."

이곳, 후금분국은 위쪽에 이복기의 대원(大元)에 가로막혀 있는 상황이다.

아직 대원(大元)은 움직이지 않고 있지만 평천국이 멸망하고 나서 서로 얼굴을 맞대고 있는 터라 언제 전쟁이 일어날지 모른다.

기회만 보이면 침입할 것이다.


"쓰촨(四川)은 이곳보다 넓고 비옥한 땅이야. 그리고 첫째, 주민이 많아."

이전이 대신들을 모아놓고 말했다.

"우리는 우물 안 개구리였다. 오직 자금성만 바라보고 북진(北進)할 생각만 해서 남쪽은 무관심했다."

이전이 얼굴에 쓴웃음을 지었다.

"나는 오늘부터 후금분국의 정책을 바꾼다."

왕국의 정책을 바꾼 것이다.


"전하는 무슨 생각이신가?"

위정이 강균에게 물었다.

둘 다 유적단 수괴 출신으로 후금분국의 중신이 되어있는 인물이다.

강균이 고개를 기울였다.

"기다리면서 기반을 굳히시겠다는 것이 아니겠는가? 지금 자금성으로 진출할 시기는 아니니까."

자금성까지 수십 개의 반란군 무리를 헤치고 가야만 한다.

그것은 명(明)을 대신해서 전쟁을 하는 것이나 같다.

그래서 자금성에 이르기도 전에 이쪽은 기력이 소진되거나 유적 무리를 흡수하여 대군(大軍)이 될 수도 있다.

그러나 경솔하게 움직일 수는 없는 것이다.

그때 서귀가 다가왔다.

서귀는 곽천 휘하의 대장군이었다가 지금은 후금분국의 대장군이다.

"남진(南進)이야."

다가선 서귀가 웃음 띤 얼굴로 말했다.

"전하께서는 방침을 바꾸신 거야. 다른 놈들은 다 자금성으로 가라고 해. 우리는 남쪽을 먹는다."

그렇다면 본국(本國)의 허락을 받아야 하는 것 아닌가?

이산이 봉천성에 도착한 것은 안북성에서 출발한 지 보름 만이었다.

이제는 이전과 이산이 각각 자신들의 본거지로 돌아간 셈이다.

아바가이가 황제로 즉위한 지 4년.

누르하치가 죽은 지 4년이 되었다.

이산의 귀국은 극비로 이루어졌기 때문에 조정 대신 중 병부상서 아무라디와 친위대장 겸 위사장 파갈을 제외하고 다른 중신들도 몰랐다.

이번에 도성 수비대장으로 임명된 백테군장 바이탄도 모르고 있었다.

유시(오후 6시) 무렵에 황궁의 내성 접견실에 여섯이 둘러앉았다.

아바가이와 이산이 나란히 앉았고 앞쪽에 아무라디, 파갈, 바이탄, 그리고 말석에 새 얼굴이 앉았다. 강천석이다.

붉은색 기둥마다 매달린 팔뚝만 한 양초가 방을 환하게 밝히고 있다.

그때 이산이 아바가이를 보았다.

"폐하, 제가 그동안 다이산과 도도 주변에 대해서 알아보았습니다."

이산의 시선이 강천석에게 옮겨졌다.

"저자는 금포위 부장으로 저를 암살하러 왔다가 투항했습니다."

모두 놀란 표정으로 강천석을 보았다.

강천석이 두 손으로 방바닥을 짚고 엎드렸다.

이산이 말을 이었다.

"이제는 저와 후금(後金)에 충성을 맹세했지요. 이름은 강천석이라고 합니다."

"금포위 소문은 들었지요."

강천석에게 시선을 준 아바가이가 말을 이었다.

"환관의 수족이 되어서 정적을 제거한다고 들었습니다."

"그렇습니다. 그런데 암살과 잠입, 정보 수집에는 타의 추종을 불허하는 조직이지요. 특히 강천석은 뛰어납니다."

이산이 말을 이었다.

"그래서 소신이 먼저 강천석을 보내 다이산과 도도를 조사시켰습니다."

아바가이의 시선이 다시 강천석에게 옮겨졌다.

"말하라."

아바가이가 지시했다.

고개를 든 강천석이 아바가이를 보았다.

"다이산의 반역은 확실합니다, 폐하."

강천석이 말을 이었다.

"다이산의 처남인 황군기장 웅크마는 동조하기로 약속했습니다. 그래서 지시만 받으면 쿠마 계곡에서 군(軍)을 이끌고 달려올 것입니다."

황군(黃軍)은 도성에서 80리(40킬로) 동쪽의 쿠마 계곡에 주둔하고 있다.

병력도 기마군 7천에 보군 3천.

네진 부족원으로 구성된 정예군이다.

아바가이가 고개만 끄덕였고 강천석이 말을 이었다.

"동조 세력이 있습니다. 황태군 기장(旗將) 자비크남입니다."

"무엇이? 자비크남?"

놀란 아바가이와 이산의 시선이 마주쳤다.

자비크남은 누르하치의 동생 하이도의 아들이다.

그때 강천석이 고개를 들고 아바가이를 보았다.

"자비크남은 선(先) 황제의 동생 아들임에도 소외당했다고 느끼고 있습니다. 특히 폐하께서 조선 혈통이라는 것에 반감을 품고 있습니다."

"그렇군. 나도 잊고 있었다."

이산이 쓴웃음을 지었다.

"또 있느냐?"

"도도 왕자는 동북방 황무지로 영지를 배정받은 후에 불만이 쌓여 있다가 다이산과 연합했습니다."

강천석이 말을 이었다.

"그러나 도도의 세력은 미미합니다. 따르는 부족이 없습니다."

"다이산을 따르는 부족장은?"

이산이 묻자 강천석이 고개를 들었다.

"보카사이뿐입니다. 유바치, 사드리는 소문이 났지만 다이산이 퍼뜨린 것이고 내부 반발이 많아서 호응하지 못하고 있습니다."

그때 아바가이가 물었다.

"다른 왕자들은?"

"제가 조사한 바로는 둘 외에 합세한 왕자는 없습니다. 하지만."

고개를 든 강천석이 아바가이를 보았다.

"다이산의 힘이 우세해지면 연합할 가능성이 많습니다."

강천석이 입을 다물었을 때, 방에 정적이 덮였다.

먼저 입을 연 것은 아바가이다.

"먼저 다이산을 죽이겠습니다."

아바가이가 번들거리는 눈으로 이산을 보았다.

"내가 너무 방심했습니다."

"이런 분란은 당연한 것입니다."

이산이 위로하듯 말했다.

"긴장이 풀린 상황에서는 제 주변을 돌아보고 욕심을 일으키게 되지요."

"오시기를 기다렸습니다."

"이제는 빠를수록 좋습니다."

고개를 돌린 이산이 바이탄을 보았다.

"네가 그동안 변방에서 고생했구나."

"아니옵니다, 전하."

당황한 바이탄이 얼굴까지 붉혔다.

바이탄은 36세.

장인인 이산이 아직도 어려운 존재다.

그때 아바가이가 말했다.

"제가 바이탄에게도 소홀했습니다."

"아니오."

고개를 저은 이산이 말을 이었다.

"전시(戰時)에는 충직한 장수를 변방에 두는 것이지요."

그런데 지금은 평시(平時)나 같다.

"이산이 돌아왔으니 늦은 거 아냐?"

웅크마가 묻자 하마지로는 고개를 저었다.

하마지로는 웅크마의 군사(軍師)다.

"서둘러야 합니다."

정색한 하마지로가 말을 이었다.

"하루라도 빠른 것이 좋습니다."

"거사를 일으켜야 한단 말인가?"

"이산이 왔으니 아바가이는 바로 움직일 테니까요. 아바가이가 분위기를 눈치채지 못했을 리가 없습니다."

"다이산 님은 그런 말 안 하던데."

"족장님을 안심시키려고 그랬겠지요."

하마지로가 목소리를 낮췄다.

"얼마 전부터 성안에 소문이 돌고 있었습니다. 다이산 님, 도도 님이 모반을 일으킨다는 소문 말씀입니다."

"도대체 누가 그런 소문을 낸단 말인가?"

웅크마가 눈을 치켜떴다.

다이산의 처남 웅크마는 44세.

용장(勇將)이다.

20살 때부터 누르하치를 따라 수십 번 전투에 참여했고 5년 전에 죽은 아버지의 뒤를 이어서 네진족 족장이 되었다.

그때 하마지로가 되물었다.

"족장께서 부하 장수들에게 충성 맹세를 받으셨지 않습니까?"

"그것이 어쨌단 말이냐?"

"충성 맹세는 출전 전에 받는 의식입니다. 부하 장수들이 눈치채지 못할 리가 없습니다."

"……."

"장수들은 다시 휘하 1백인장들한테까지 충성 맹세를 받아야 합니다. 그때 소문이 번지지 않겠습니까?"

"……."

"더구나 다이산 님과 측근들이 수시로 이곳을 드나들었습니다. 군사들뿐만 아니라 주민들한테까지 소문이 난 상태입니다."

그때 웅크마가 자리에서 일어섰다.

"이러고 있을 때가 아니다."

축시(오전 2시)가 되었을 때, 다이산과 저택 안채에서 웅크마가 대좌하고 있다.

웅크마 옆에는 하마지로가, 다이산은 측근 쿠르추와 나란히 앉았다.

웅크마가 쿠마 계곡에서 달려온 것이다.

다이산이 고개를 들었다.

"그렇다면 내일 밤 거사를 하지."

다이산이 어깨를 펴고 웅크마를 보았다.

"내 사병 2천과 도도의 사병 1천으로 먼저 내궁을 급습할 테니 그대는 황군(黃軍)을 인솔하고 도성으로 진입하게."

"알겠습니다."

웅크마가 고개를 끄덕였다.

지금까지 웅크마와 하마지로가 다이산을 설득한 것이다.

이제는 다이산도 절박감을 느낀 것이다.

그때 하마지로가 입을 열었다.

"저희가 내일 유시(오후 6시) 무렵에 출동하겠습니다. 도성까지 오면 해시(오후 10시)쯤 될 것입니다."

"그렇게 되나? 그럼 우리도 해시(오후 10시)에 거병하지."

"서문을 열어주십시오."

"보카사이가 근처에 사니까 사병을 시켜 서문을 열라고 하겠네."

"이산의 저택에는 누구를 보내시겠습니까?"

"위사대가 1천 가깝게 되니까 그대가 서문으로 진입해서 이산의 저택에 군사를 보내도록 하게."

"그러지요."

"내가 곧 한타르 계곡에 있는 적테군장 상트기에게 밀사를 보내겠네. 상트기가 모레 오전에는 도착하겠지."

"그렇습니까?"

웅크마의 얼굴에 쓴웃음이 떠올랐다.

적테군장 상트기도 끌어들였는지는 모르고 있었기 때문이다.

적테군은 기마군 5천, 보군 5천으로 후금국 북서쪽에 배치된 병력이다.

상트기는 누르하치의 원로 출신으로 중립적인 인물이었는데 다이산이 끌어들인 것 같다.

그때 웅크마가 어깨를 부풀리더니 일어섰다.

"그럼 내일 밤 해시(오후 10시)에 서문으로 진입하겠습니다."

다이산 저택을 나온 웅크마가 조심스럽게 말을 걸리면서 옆을 따르는 하마지로에게 물었다.

"내일 도성에 진입하고 나서 이산의 저택으로 누구를 보내는 것이 낫겠나?"

"데게이를 보내는 것이 낫습니다."

"그렇지."

웅크마가 고개를 끄덕였다.

데게이는 투항한 몽골 장수로 용맹했다.

데게이는 칭기즈칸 시대부터 인정받았던 가문의 장수이다.

깊은 밤.

급히 달려왔기 때문에 웅크마는 위사대 10명만 이끌고 왔다.

이곳은 아군의 도성인 것이다.

어둠에 덮인 거리 모퉁이를 지나던 하마지로가 낮게 말했다.

"족장님, 아바가이와 이산 둘만 없애면 됩니다."

찬바람이 휘몰고 지나면서 옷자락이 날렸다.

둘은 갑옷도 걸치지 않고 허리에 칼만 찼다.

평상복 차림이다.

하마지로가 말을 이었다.

"둘을 암살하는 방법이 가장 효율적입니다. 대군(大軍)이 필요 없습니다."

"글쎄, 그걸 누가 모르나?"

웅크마가 입맛을 다셨다.

"그러나 실패했을 때, 모두 앉아서 죽는 게 문제다."

그렇다.

암살에 실패하면 의심이 갈 만한 상대는 모조리 잡아 처형하는 것이 상례다.

그렇게 되면 앉아서 죽는 것이다.

칼 한번 휘두르지도 못하고 당하는 것이 억울하게 된다.

웅크마가 말을 이었다.

"주위에 믿을 만한 자객도 없다."

창고 모퉁이의 높은 담장을 꺾어 지나갈 때 다시 바람이 휘몰고 지나갔다.

서늘한 바람이다.

다시 하마지로가 입을 열었다.

"아바가이와 이산은 대책을 마련하고 있을지도 모릅니다."

"……."

"천지신명이 돕는다면 내일 거사가 성사되겠지요."

"……."

"우리들의 행동이 빨랐기를 바랄 뿐입니다."

다시 바람이 불어와 옷자락을 날렸다.

그때, 피비린내가 맡아졌기 때문에 하마지로가 고개를 들고 옆쪽을 보았다.

그 순간, 하마지로가 눈을 껌벅였다.

3보쯤 떨어진 웅크마의 머리가 보이지 않았기 때문이다.

다시 피비린내가 맡아졌고 말이 발을 떼면서 웅크마의 몸이 옆으로 기울었다.

그때 하마지로는 웅크마의 머리 없는 몸통에서 피가 솟아오르는 것을 보았다.

잠이 들었던 다이산이 눈을 떴다.

목에 찬 물질이 닿았기 때문이다.

불을 끈 방은 어둡다.

다음 순간, 다이산이 숨을 들이켰다.

목에 닿은 찬 물질은 칼날이다.

눈을 치켜뜬 다이산은 어금니를 물었다.

눈앞에 떠 있는 사내의 윤곽이 드러났다.

자신을 내려다보는 눈이 번들거리고 있다.

그때 사내가 말했다.

"죽기 전에 죽이는 사람의 얼굴이나 봐라."

그때 다이산이 힘껏 소리쳤다.

'여봐라!'

그러나 그것은 생각뿐이다.

다음 순간 칼날이 목을 절반이나 잘랐기 때문이다.

성대까지 함께 잘라서 입만 딱 벌렸을 뿐이다.

인시(오전 4시)가 되었을 때, 친위군 사령관 겸 위사장 파갈이 휘하 1천인장 양칸의 보고를 받는다.

"장군, 황군(黃軍)기장 웅크마의 군사(軍師) 하마지로가 찾아왔습니다."

파갈이 얼굴을 일그러뜨리며 물었다.

"무슨 일이냐?"

"투항한다고 합니다."

"투항?"

눈을 치켜뜬 파갈이 방문을 열었다.

잠시 후에 파갈이 청 앞에 엎드린 하마지로를 보았다.

"투항한다고 했나?"

"예, 장군."

고개를 든 하마지로가 흐려진 눈으로 파갈을 보았다.

"웅크마의 반역 행위에 대해서 고발하겠습니다."

파갈의 시선을 받은 하마지로가 말을 이었다.

"웅크마는 다이산 왕자와 함께 황제 폐하를 시해하려는 반역 음모를 했습니다."

그 시간에 도도 왕자의 저택으로 군사들이 들이닥쳤다.

대문을 부수고 쳐들어온 것이다.

왕자 도도는 방 안에서 뛰어나왔지만 몰려드는 군사들을 바라보고만 있을 뿐이다.

친위군이다.

그때 군사들을 헤치고 1천인장이 다가와 소리쳤다.

"왕자 도도는 반역죄로 체포한다!"

도도가 입을 벌렸으나 말은 뱉어지지 않았다.

기가 질렸기 때문이다.

그때 군사들이 달려와 도도를 넘어뜨리더니 포승으로 묶었다.

그동안 저택 안은 난장판이 되었다.

비명이 울리는 것은 가차 없이 베어 죽이기 때문이다.

남자는 어린애까지 다 죽이고 여자는 묶어서 끌고 갔다.

모두 노예로 부리기 위해서다.

사시(오전 10시)가 되었을 때, 황궁의 청에 앉아있던 황제 아바가이가 도성 수비대장 바이탄의 보고를 받는다.

"쿠마 계곡의 황군(黃軍) 내부에서 반란이 일어나서, 데게이, 요로신지 등 1천인장 네 명이 웅크마와 함께 반역을 기도한 1천인장급 장수 7명을 베어 죽이고 그 수급을 가져왔습니다."

아바가이가 고개를 끄덕였다.

"황군기장에 토라스를 임명한다. 토라스는 네진족 족장도 겸임한다."

고개를 든 아바가이가 말석에 서 있는 토라스를 보았다.

토라스는 33세.

바이탄의 동생이다.

지금까지 친위대의 3천인장으로 근무했다.

"토라스, 네가 지금부터 네진족을 정화해라. 네가 정화하지 못한다면 네진족은 모두 말살시키겠다."

엄청난 선고다.

네진족의 운명은 토라스가 쥐고 있는 셈이다.

반역 부족을 갱생시키는 방법이다.

만일 토라스가 죽는다면 네진족은 말살될 것이기 때문이다.


아바가이가 자리를 떠났을 때, 이제는 섭정 이산이 지시했다.

아바가이가 이산에게 후속 조처를 일임한 것이다.

오시(낮 12시)가 되어가고 있다.

이산이 입을 열었다.

"친위군을 보내 보카사이를 데려와라. 저항하면 가족을 몰살하도록."

"예, 전하."

파갈이 소리쳐 대답했다.

"도성 안에 있는 왕자 6명, 도성 밖의 왕자 3명을 모두 데려오도록."

이산이 지시했다.

"지금 즉시 시행하라."

그때 파갈이 물었다.

"반항하면 어떻게 합니까?"

"일족을 몰살하라! 하인까지. 집 안의 짐승까지 모두 죽여라!"

"예, 전하."

청 안은 숨소리도 들리지 않는다.

"웅크마의 군사 하마지로가 큰 공을 세웠습니다. 상을 주셔야 합니다."

다이락족장이며 원로대신 유니마가 이산에게 말했다.

유니마는 61세.

이산보다는 연하지만 족장 중의 원로다.

"하마지로가 반역 무리를 낱낱이 밝혔습니다, 전하."

그때 이산이 지그시 유니마를 보았다.

"유니마, 그대 생각은 어떤가?"

"무슨 말씀입니까?"

"하마지로는 웅크마와 함께 다이산의 저택에서 오늘 밤 거사를 약속하고 나오다가 변을 당했어. 아는가?"

"들었습니다."

"그때, 밤길에 천벌이 내려서 옆을 걷던 웅크마의 머리가 땅바닥에 떨어졌어. 그것도 들었는가?"

"예, 그것도 들었습니다."

청 안에 모인 1백여 명의 대신, 장군들은 숨을 죽였다.

기침 소리도 나지 않는다.

이산의 목소리가 이어졌다.

"웅크마의 목이 떨어진 후 한 시진쯤이 지났을 때 하마지로가 친위대장 파갈에게 달려와 웅크마와 다이산의 반역을 고발했어. 그것도 아는가?"

"예, 전하."

고개를 든 유니마가 얼굴을 일그러뜨리며 웃었다.

"그래서 제가 상을 주셔야겠다고 말씀드렸습니다."

"그럼 노인께서 내 대신 상을 주지 않겠는가?"

그때 이산의 시선을 받은 유니마가 고개를 끄덕였다.

눈이 번들거리고 있다.

"여진 부족의 명예를 위해 제가 상을 주지요."


잠시 후에 불러온 하마지로가 이산 앞에 엎드렸다.

"신(臣) 하마지로 대령했사옵니다."

고개를 든 하마지로가 이산과 아바가이를 올려다보았다.

둘러선 대신들은 숨을 죽이고 있다.

그때 왼쪽 대신 반열에서 유니마가 한 걸음 나왔다.

"하마지로, 내가 왕 전하로부터 그대에 대한 포상을 명(命) 받았네."

"예, 유니마 족장님."

하마지로가 유니마를 보았다.

"삼가 명(命)을 받겠습니다."

"그대가 고발한 덕분으로 반역도 무리를 소탕할 수 있었다. 아직 남은 무리는 없는가?"

"황태군장 자비크남을 수비군으로 막고 있지만 적태군장 상트기에 대해서는 아직 조치를 못 하고 있습니다."

"무엇이? 적태군이?"

놀란 유니마가 고개를 돌려 이산과 아바가이를 보았다.

반역 무리가 또 드러났다.

그때 유니마가 정색하고 물었다.

"상트기의 반역은 확실한가?"

"예, 웅크마한테서 직접 들었습니다."

그때 아바가이가 파갈에게 지시했다.

"상트기와 참모, 1천인장급 장수 전원을 도성으로 호출하라."

파갈이 영을 받고 물러갔을 때 이산이 유니마에게 말했다.

"족장, 하마지로의 포상을 연기하게."

하마지로가 청을 나간 후에 이산이 유니마에게 말했다.

"하마지로가 제 목숨용으로 상트기를 남겨놓은 것 같군."

"간교한 놈입니다."

눈썹을 모은 유니마가 이산과 아바가이를 번갈아 보았다.

"저놈들이 반역 음모를 꾸미고 있었다니 저희가 너무 방심했습니다."

유니마가 허리를 굽혔고 이산은 침묵했다.

아바가이도 외면한 채 입을 열지 않는다.

그러나 반역 세력은 허를 찔린 상태다.

주모자인 다이산과 도도가 처형되었고 일가족까지 몰사한 상황이다. 동조 세력이었던 기장(旗將) 웅크마가 암살되었으며 웅크마의 부족인 네진 족장까지 교체된 상황이다.

동조 혐의를 받은 자비크남 황태군장에 이어서 적태군장 상트기까지 소환 명령을 받았다.

아바가이는 이제 본격적인 반역 세력 말살을 시작하고 있다.

222

"가시지요."

자비크남을 향해 쿠루쿠츠가 말했다.

"그것이 최선입니다."

외면한 자비크남은 입을 열지 않았고 쿠루쿠츠가 말을 이었다.

"다이산, 도도, 보카사이까지 잡혀서 목이 잘렸습니다. 가족들도 남자들은 모두 몰사했고 여자들은 노예가 되었습니다."

"……."

"순식간에 3개 가문이 멸문된 것이지요. 남자는 1천 명 가깝게 죽었고 노예로 끌려간 여자는 1천6백이라는군요."

"……."

"황성은 지금 피바다로 변했습니다. 도성에는 황제가 악귀가 되었다는 소문이 퍼졌습니다."

쿠루쿠츠가 번들거리는 눈으로 자비크남을 보았다.

"가문을 살리시려면 황제께 용서를 바라는 수밖에 없습니다."

그때 자비크남이 고개를 들었다.

"왕자는 몇이나 남았느냐?"

"모두 24명입니다."

자비크남이 심호흡을 했다.

왕자(王子)는 누르하치의 형제와 그 자식들까지 포함해서 계산한다. 누르하치의 자식들에다 형제의 자식들까지 모두 왕자인 것이다. 자비크남도 누르하치의 동생 하이도의 아들이며 하이도는 아들 5명이 있다.

이번에 아바가이가 형제 둘을 처단했고 지금 나머지 왕자들을 잡아들이는 중이다.

앞으로 몇 명을 더 처단할지 모르는 것이다.

더구나 자비크남은 다이산과 반역을 적극적으로 주도한 입장인 것이다.

그것을 배신자 하마지로가 모두 밀고했을 것이므로 선택할 길은 둘뿐이다.

싸우느냐, 항복하느냐다.

그런데 쿠루쿠츠는 항복하자는 것이다.

"폐하, 이 기회에 왕자들을 정리하셔야 합니다."

이산이 정색하고 아바가이를 보았다.

내궁의 청 안에서 둘이 독대하고 있다.

이산이 말을 이었다.

"기회는 이번뿐입니다."

아바가이가 고개를 끄덕였다.

"지금까지 포용했지만 반역 세력은 처단하겠습니다."

고개를 든 아바가이가 얼굴을 일그러뜨리며 웃었다.

"이제는 홍타이지의 시대가 왔다는 것을 보여주겠습니다."

홍타이지는 아바가이의 또 다른 이름이다.

웅크마를 암살한 것은 강천석이다.

다이산의 저택에서 나온 웅크마가 도성 거리를 지날 때, 담장 위에 숨어있다가 바람을 타고 칼을 날렸다.

칼바람이다.

옆을 따르던 하마지로도 모르는 사이에 웅크마의 머리를 뗀 것이다.

강천석이 후금(後金) 조정의 반역 세력 제거의 1등 공신이다.

지금 강천석은 한타르 계곡의 위쪽 숲속에 엎드려 있다.

이곳은 적테군 본진의 숙영지다.

적태군 기장(旗將) 상트기는 52세.

누르하치의 중신으로 야삼족 족장이기도 하다.

온건한 중립적 인물인 데다 부족 간의 신망도 높아서 부족회의 의장이기도 하다.

해시(오후 10시) 무렵.

상트기의 진막은 이제 20보 앞이다.

강천석이 다시 게걸음으로 전진했다.

이것도 무술이다.

두 손, 두 발로 게처럼 접근하는 것이다.


"족장, 하마지로가 이미 다 털어놓았을 테니 방법이 없소."

부족의 원로 제데르가 주름진 눈을 들고 상트기를 보았다.

제데르는 62세.

상트기보다 10세 연상으로 대부(代父)이기도 하다.

제데르가 핏발이 선 눈으로 상트기를 보았다.

"족장과 장수 전원을 도성으로 호출한 것은 처단하겠다는 뜻이오. 전군(全軍)을 이끌고 이곳을 떠납시다."

"떠나다니?"

"북쪽으로."

"여진을 떠나자는 말인가?"

"부족원을 이끌고 새 땅으로 갑시다."

제데르가 말을 이었다.

"아바가이는 군사를 보내 우리를 쫓겠지만 다 죽이지는 못할 거요."

"……"

"다행히 우리가 맡아 기르는 말이 15만 필이나 있소. 부족원을 다 태우고 짐을 실으면 빨리 달아날 수 있소."

"영감, 어디로 간단 말인가?"

"톈산 산맥까지."

상트기가 숨을 들이켰다.

이곳에서 동북방으로 3천 리 위쪽, 눈 덮인 설국이다.

순록 떼가 사는 침엽수의 땅.

상트기가 젊었을 때 사냥을 갔던 곳이다.

제데르가 말을 이었다.

"부족이 노예가 되지 않으려면 그 방법밖에 없소."

진막 문이 열렸기 때문에 둘은 고개를 돌렸다.

양가죽으로 만든 문이다.

젖혔던 문이 다시 닫히면서 바람이 들어와 촛불의 불꽃이 흔들렸다.

"누구냐?"

먼저 물은 것은 제데르다.

낯선 장교였기 때문이다.

1백인장 제복을 입은 장교다.

그때 1백인장이 한 걸음 다가섰다.

"내가 정리를 해드리지요."

사내가 낮게 말했는데, 한어다.

상트기와 제데르는 여진인이었지만 한어에도 익숙하다.

사내가 다시 한 걸음 다가서면서 둘을 번갈아 보았다.

"두 분이 사라지는 것이 부족을 살리는 길입니다."

"넌 누구냐?"

제데르가 물었을 때다.

다시 한 걸음 다가선 사내가 허리에 찬 장검을 후려치면서 빼내었다.

"억!"

첫 칼에 상트기의 목이 베어졌다.

놀란 제데르가 벌떡 일어났을 때다.

두 번째로 날아간 칼이 제데르의 목을 내려쳤다.


자비크남은 항복했다.

아들 둘과 수행원 10여 명만 데리고 황성으로 온 것이다.

먼저 섭정 이산을 찾아간 자비크남은 문 앞에서 면담을 요청했다가 친위군 군사에게 끌려갔다.

이산이 만나주지 않았기 때문이다.

자비크남이 두 아들과 함께 파갈에 의해서 연금된 사이에 친위대 기마군 1백 기가 파견되었다.

1백인장이 지휘하는 기마대는 자비크남이 이끌던 황태군의 본진에 들어가 군사(軍師) 쿠루쿠츠와 참모, 1천인장 12명을 연행해왔다.

모두 순순히 무장을 해제한 채 도성으로 따라온 것이다.

자비크남이 준비를 시켰기 때문이다.

그러고 나서, 사흘이 지났을 때다.

150여 리(75킬로) 떨어진 한타르 계곡에서 1천인장 2명이 도성으로 들어왔다.

상트기가 기장(旗將)인 적태군의 장수들이다.

파갈이 둘을 데리고 황제 아바가이에게 보고했다.

"적태군의 1천인장 시라와 몽구우르입니다."

청에는 좌우에 수십 명씩 대신들이 갈라 서 있지만 조용하다.

파갈의 목소리가 다시 울렸다.

"보고드릴 것이 있다고 합니다."

"말하라."

아바가이 밑에 선 시중이 소리치자 1천인장 중 하나인 시라가 입을 열었다.

"족장 상트기와 원로 제데르가 피살되었습니다."

순간 대신들이 웅성거렸으나 아바가이는 시선만 주었다.

아래쪽의 이산은 외면한 채 듣는다.

시라가 말을 이었다.

"그래서 부족의 원로들이 상의한 결과 폐하께서 적태군과 부족의 처리를 결정해주셨으면 합니다."

시선을 내린 시라의 목소리가 떨렸다.

"상트기의 세 아들은 자택에서 처분을 기다리고 있습니다. 그 자식들도 함께 모여 있습니다."

"……"

"조처를 내려주시옵소서."

그때 이산이 입을 열었다.

"돌아가라."

고개를 든 시라에게 이산이 말을 이었다.

"반역자는 어떤 처벌을 받아야 하는지 너희들이 결정하고 처리하라."

이산의 목소리가 굵어졌다.

"열흘 기간을 준다."

1천인장 시라와 몽구우르가 돌아간 후에 아바가이와 이산은 내궁에서 대좌했다.

배석자는 파갈과 바이탄, 그리고 강천석이다.

고개를 든 아바가이가 말석에 앉은 강천석을 보았다.

"이번에도 네가 공을 세웠다."

"황공합니다."

강천석이 웅크마에 이어서 상트기까지 암살한 것이다.

기장(旗將) 둘을 처단해서 반역 세력을 무력화시켰다.

그때 파갈이 이산에게 물었다.

"전하, 상트기의 야삼족은 어떻게 처리하실 겁니까?"

반역 세력의 처리는 이산의 몫이다.

이산이 악역을 자원했기 때문이다.

이산이 입을 열었다.

"상트기의 아들을 포함한 일족의 남자는 빠짐없이 죽이되 여자는 노예로 삼지 않고 북쪽으로 추방한다."

"선처를 베푸신 것입니다."

파갈이 대번에 고개를 끄덕였다.

여자들을 노예로 삼지 않는 것은 석방한 것이나 같다.

동토인 북쪽으로 추방되지만 자유인으로 살 것이기 때문이다.

노예가 되면 짐승처럼 살다가 얼마 되지 않아서 다 죽는다.

파갈이 말을 이었다.

"제가 시라에게 언질을 주고 확인관을 딸려 보내겠습니다."

"주변으로 백군과 적군을 이동시킬 것이다."

이산이 말을 이었다.

"열흘 안에 처리하지 않으면 백군과 적군이 야삼족을 전멸시킨다고 전해라. 개 한 마리 살려두지 않을 것이다."

"예, 전하."

파갈이 자리에서 일어섰다.

백군과 적군은 한족, 몽고족의 혼성군으로 야삼족과는 인연이 없는 기군(旗軍)이다.

기장(旗將) 또한 한족, 몽고족이어서 명령만 받으면 가차 없이 집행한다.

파갈이 서둘러 내실을 나갔을 때 이산이 고개를 들고 아바가이를 보았다.

"야삼족 족장은 누가 좋겠습니까?"

"1천인장급 대부분은 상트기의 심복일 테니 모두 배제하는 것이 낫습니다."

이산이 말을 이었다.

"이 기회에 장수들을 모두 바꾸고 새 족장을 임명해야 합니다."

"시로이가 어떻습니까?"

아바가이가 묻자 이산의 눈이 흐려졌다.

시로이는 이산의 호위대장이었다가 지금은 백테군 기장(旗將)이 되어 있다.

시로이는 이산을 따라 일본에서 건너온 곤도의 아들이다.

아바가이가 말을 이었다.

"시로이의 처가 야삼족 원로 오로나르의 딸입니다. 야삼족과 인연이 있습니다."

이산이 고개를 끄덕였다.

"시로이도 영광으로 생각할 것입니다."

시로이는 이제 완전한 여진인으로 동화될 것이다.

"폐하께서 그것까지 알아보셨군."

내실에서 나온 이산이 웃음 띤 얼굴로 강천석에게 말했다.

"나는 시로이의 처가 야삼족인 줄 잊고 있었다."

"폐하께선 신중하신 성품 같습니다."

강천석이 표정 없는 얼굴로 말을 이었다.

"그런데 자비크남은 어떻게 처리하실 예정입니까?"

"네 생각은 어떠냐?"

걸음을 늦춘 이산이 강천석을 보았다.

둘은 내궁의 복도를 걷는 중이다.

그때 강천석이 말했다.

"자비크남은 선(先) 황제 폐하의 동생 아들입니다. 그쪽 왕자들도 수십 명입니다."

이산이 고개를 끄덕였다.

누르하치의 자식도 16남 8녀였다.

누르하치 형제의 아들은 그 이상이다.

이산도 정확히 모른다.

이산이 입을 열었다.

"이번 기회에 다 정리해야 한다, 충성스러운 몇 명만 남기고 모두."

이산이 번들거리는 눈으로 강천석을 보았다.

"그 일을 네가 맡아야겠다."

다이산의 욕심으로 시작된 반역은 후금국(後金國) 내부의 황제 아바가이의 권력 기반을 굳히게 되는 계기가 되었다.

이산이 주도한 대대적인 수정 작업으로 왕가(王家)가 정리된 것이다.

11명의 왕자가 처형되어 그 가문들은 멸망했으며 7개 왕자 가문은 서민으로 강등당했다. 살아남은 왕자는 7명. 그러나 그들도 영지 대부분을 황제가 몰수해서 이름뿐이다.

 살아남은 왕자 중 19세의 도르곤이 홍타이지와 이산의 기대를 받았다.

 내성의 청으로 도르곤을 부른 아바가이가 정색하고 시선을 주었다.

 주위에는 친위대장 파갈과 도성방위군 사령관 바이탄, 병부상서 아무라디까지 측근들이 둘러서 있다.

 "너를 믿는다."

 아바가이가 말을 이었다.

 "네가 남은 황자들의 중심이 되어라."

 "예, 폐하."

 도르곤이 청 바닥에 두 손을 짚었다.

 "목숨을 바쳐 충성하겠습니다."

 "내가 아직 젊지만 내 후사를 너에게 부탁하는 것이다."

 "예, 폐하."

 "네 어머니 가문은 가장 충성스러운 가문이었다."

 아바가이의 눈이 흐려졌다.

 숙고 끝에 자신의 후계자 보좌역으로 도르곤을 임명한 것이다.

 이때 아바가이는 40세.

 아직 후사를 결정하지 않았다.

 한윤과 오정 사이에 각각 1남 1녀씩을 낳았지만 장자는 6살이다.

 그래서 왕자 중 아직 어린 도르곤에게 결정하지 않은 세자의 보좌역을 맡긴 것이다.


 "내부의 저항 세력을 소탕한 것입니다. 이제 아바가이는 후금의 절대 권력을 장악하고 있습니다."

좌의정 김류가 인조에게 말했다.

"아바가이와 이산이 후금을 통치하고 있는 셈이지요."

"가소로운 놈들."

인조가 쓴웃음을 지었다.

"이전은 지금 왕이 되어있다고 했소?"

"예, 후금분국 왕으로 산시(陝西)성에서 왕 노릇을 하고 있습니다."

"……."

"영토가 조선 땅만 하다고 합니다."

그때 인조가 헛기침을 했다.

"유적(流賊)단 괴수들이 왕을 사칭하고 있는 것 아니오?"

"그렇습니다."

그렇게 대답한 대신은 윤집이다.

옆에 선 홍익한이 거들었다.

"후금 황제로 칭하는 아바가이도 따지고 보면 오랑캐로 유적단 괴수나 마찬가지입니다."

인조가 천천히 고개를 끄덕였다.

얼굴에 웃음이 떠올라 있다.

지난번 정묘호란 때 치욕을 당했던 인조는 아직도 한(恨)을 풀지 못하고 있다.

창덕궁에서 나온 병조판서 박경진이 좌의정 김류에게 물었다.

"대감, 전하께서 의주에 임경업을 보내신 것은 방어용입니까?"

고개를 든 김류가 주위부터 둘러보았다.

"아니네."

"아니, 아니라니요?"

박경진은 척화파다.

후금에 대하여 강경한 입장을 내보이고 있는 척화파가 인조 측근이 되어있는 것이다.

같은 서인이지만 박경진은 인조가 자주 부르지 않는다.

김류가 목소리를 낮췄다.

"전라도와 경상도에서 군사 1만여 명을 모아 의주로 보낼 예정이야. 모병관은 전라병사 유호문이고 호송책임자는 황해병사 강문길이 맡았어."

"아니, 도대체."

박경진이 눈을 치켜떴다.

박경진도 정2품 판서로 대감이다.

군(軍) 관계 업무의 최고위직인 것이다.

"대감, 저도 모르게 그런 일이 일어날 수 있습니까?"

그때 다시 주위를 둘러본 김류가 입을 열었다.

"있지."

"어떻게 그럴 수가 있단 말이오?"

"주상전하는 그럴 수가 있지."

"……."

"주상이 직접 불러서 지시하셨네."

미시(오후 2시) 무렵이다.

숨을 고른 박경진이 김류에게 바짝 다가섰다.

"주상께선 어쩔 작정이십니까?"

"나도 모르네."

"대감이 모르시면 누가 안단 말씀이오?"

"아마 하늘이 알겠지."

김류가 손으로 하늘을 가리키더니 발을 떼었다.

박경진이 김류의 등에서 시선을 떼고 하늘을 보았다.

4월의 하늘은 흐리다.

비가 내릴 것 같다.


이산이 앞에 앉은 강천석을 보았다.

"처리했느냐?"

"예, 전하."

고개를 든 강천석이 말을 이었다.

"자비크남과 아들 둘, 그리고 군사 쿠루쿠츠를 포함한 장수 13명까지 처형했습니다."

강천석은 감찰관 직책을 받았다.

이번 반역 음모 사건을 처리하는 총책이다.

휘하에 친위군에서 고른 1천인장과 1천 명의 감찰대를 거느리고 있다.

이산이 고개를 끄덕였다.

"그럼 왕자들을 포함해서 저항 세력은 처리한 셈인가?"

"예, 전하."

정색한 강천석이 이산을 보았다.

"이제는 다 처리된 것 같습니다."

"네 덕분이다."

이산의 얼굴에 쓴웃음이 번졌다.

"금포위의 경험이 도움이 되었겠구나."

강천석의 얼굴에도 희미하게 웃음이 번졌다.

금포위는 환관이 비밀리에 운용한 고관들의 감시, 사찰, 암살 기관인 것이다.

그때 이산이 강천석을 보았다.

"네가 후금의 감찰관으로 다시 할 일이 있다."

"예, 전하."

"조선에서 다시 반(反)후금 기운이 일어나는 것 같다. 들었느냐?"

"예, 국경에서 분쟁이 있었다고 들었습니다, 전하."

"조선 왕이 사감(私感)으로 후금에 반항하는 것 같다. 상황을 알아보도록 해라."

다시 조선과의 관계가 불편해지고 있다.


후금은 아바가이와 이산에 의해 통치되고 있다.

이산은 섭정으로 전혀 직책을 갖고 있지 않다.

황제 아바가이를 보좌하여 체제를 정비하고 대외 정책에 조언을 해주고 있다.

그리고 외부에 자신을 드러내지 않은 채 영토를 넓혀가고 있다, 내륙은 놔두고 북중국, 내몽고로.


명(明)은 허물어져 가는 산이다.

1368년 주원장이 북경을 점령하여 자금성으로 도성을 삼았고 이제 1630년대, 16대 숭정제 주유검의 시대가 되었다.

서서히 명(明)이 망해가고 있다.

도처에서 일어난 수백, 수천 무리의 유적(流賊)을 소탕할 여력은 이미 사라진 지 오래다.

각 지방의 관리와 군사는 있지만, 근처의 유적을 막기에 급급할 뿐이다. 오직 동쪽의 여진, 후금(後金) 세력을 막기 위해서 산해관에 주둔한 명군(明軍)이 가장 강력한 군대다.

악정(惡政).

계속 이어지는 무기력하고 무책임한 황제들, 권력을 사욕을 위해 사용하는 관리들, 외세의 영향, 관리들 간의 당쟁, 재정의 파탄.

거기에다 과도한 과세, 관리들의 탐욕에 분노한 농민들의 봉기로 종말을 향하고 있다.

명(明)은 무너져가는 산(山)이 되었다.


1636년.

아바가이가 45세.

황제로 즉위한 지 10년이 되었을 때, 다시 조선 침공을 결심했다.

지금까지 1629년, 1632년, 1634년 등 4차례에 걸쳐 북중국을 점령했다.

아무르강(흑룡강) 유역과 내몽고 지역까지 지배하게 된 것이다.

그리고 이제 대륙(본토)을 제외한 마지막 지역.

등 뒤에서 항상 칼을 꽂으려는 조선을 완벽하게 정리하려는 의도다.

9년 전인 1627년 1월, 정묘호란에 이어서 병자년(1636년) 12월 1일이다.

이번에는 아바가이가 직접 총사령관이 되어서 침공했다.

여진군 7만, 몽고군 3만, 한족으로 구성된 군사 2만, 총 12만 병력이다.

이제는 청군(淸軍)이다. 아바가이가 그해 4월에 국호를 후금(後金)에서 청(淸)으로 바꿨기 때문이다.

연호를 숭덕으로 정했다.

청(淸) 황제 홍타이지의 출진이다.

이때 이산은 71세.

봉천성에 남아서 아바가이의 출진 인사를 받았다.

아바가이가 이산의 거처를 찾아와 인사를 한 것이다.

방에는 둘이 독대하고 있다.

그리고 언제나처럼 조선말을 한다.

아바가이가 먼저 말했다.

"아버님, 이번에 조선을 완전히 복속시키도록 하겠습니다."

"그래야지."

이산이 고개를 끄덕였다.

"청(淸)의 황제는 조선인으로 여진, 한족, 몽골족까지 지배하고 있다. 이제 대륙의 한족까지 끌어들여 제국을 건설할 예정인데, 조선도 청(淸)에 포함하는 것이 당연한 것 아니냐?"

이산은 이제 백발에 주름진 얼굴이다.

그러나 말은 조리가 있고 분명했다.

이산이 말을 이었다.

"그러나 너에게 부탁이 있다."

"말씀하십시오."

"몽골은 원(元)으로 천하를 통일한 후에 몽골족이 한족으로 동화되어서 잡종이 되었다. 전(前)의 기세를 잃고 순화되었다."

아바가이가 고개를 끄덕였다.

지난번 아바가이가 외몽고를 손쉽게 정복한 것도 그 때문이다.

그때 이산이 아바가이를 보았다.

"옛적 조선의 뿌리였던 고구려는 여진을 복속시켜 대국을 건설했다. 그 여진이 이제 대륙을 석권하려고 하지 않느냐?"

"아버님."

아바가이가 웃음 띤 얼굴로 이산에게 말했다.

"그 여진의 황제가 바로 조선인입니다."

"하지만 역사에는 네가 이산의 아들이며 누르하치에게 입양된 조선인이라는 것은 지워지겠지."

이산이 정색하고 말을 잇는다.

"그래서 너에게 조선은 굴복시키되 합방하지 말라는 부탁을 한다."

아바가이가 심호흡을 했다.

이번에 조선을 청(淸)이 직접 다스리는 영토로 만들 예정이었다, 왕을 없애고 청(淸) 제국의 지방으로 만들어 지방 장관이 다스리는 영토로.

"아버님, 그것은……."

"조선인의 혈통을 보존시켜다오."

이산이 흐려진 눈으로 아바가이를 보았다.

"네가 2비한테서 낳은 왕자로 후계자를 삼으려는 이치와 같지 않으냐?"

아바가이가 고개를 들었다.

"따르겠습니다, 아버님."


이때 청(淸)과 국경을 맞대고 있는 조선 의주부윤이 임경업이다.

임경업은 40세.

9년 전의 정묘호란, 12년 전의 이괄의 난을 겪었으며 13년 전 반정(反政) 때도 김류의 막하에서 활동했다.

충직한 성품으로 목표를 세우면 물불을 가리지 않아서 김류, 김자점의 신임을 받았다.

"대군(大軍)이 남침한다는 소문이 퍼졌습니다."

별장 윤승이 보고했다.

12월 3일.

윤승은 여진 땅 깊숙이 정찰을 나갔다가 돌아왔다.

"수십만이라고 합니다."

"그런 소문은 지난달에도 났어."

임경업이 이맛살을 찌푸렸다.

사시(오전 10시) 무렵.

임경업은 백마산성의 진에 나와 있다.

"도원수께 전령을 보내라."

임경업이 종사관 박성진에게 지시했다.

"소문이지만 그대로 전해야겠다."

도원수 김자점은 지금 평양성에 있다.

충직한 임경업은 소문이라도 빠짐없이 보고하려는 것이다.

광해군은 강화도 유배지에서 61세 생신을 맞고 있다.

반정(反政)으로 폐위된 지 13년.

이제는 혼자다.

폐비 유 씨, 폐세자와 세자빈까지 모두 죽었다.

세자와 세자빈은 자살했고 폐비 유 씨는 화병으로 유폐된 지 1년 7개월 만에 죽은 것이다.

"오, 왔는가?"

광해가 방에서 정우찬을 맞는다.

술시(오후 8시) 무렵.

정우찬은 항상 이 시간에 찾아온다.

"전하, 오늘은 쇠고기를 좀 가져왔습니다. 쉽게 상할 것 같아서 세 끼 드실 것만 가져왔습니다."

정우찬이 말했다.

고양에서 머무는 정우찬은 전(前) 병마사를 지냈다.

42세.

반정 후에 관직을 내려놓고 지내다가 5년쯤 전부터 광해의 시중을 든다.

고양에서 수시로 찾아와 식량과 부식을 공급하는 것이다.

"고맙네."

광해가 쓴웃음을 짓고 말했다.

"하지만 고기를 먹을 때는 잘 넘어가지 않아. 그러니 앞으로 가져오지 말게."

"자주 드시는 것도 아니지 않습니까?"

"생선만으로도 흡족하네."

"알겠습니다."

고개를 숙여 보인 정우찬이 광해를 보았다.

"전하, 곧 청군(淸軍)이 조선으로 내려올 것 같습니다."

고개를 든 광해에게 정우찬이 말을 이었다.

"이번에 청(淸)은 조선 조정을 완전히 갈아엎을 예정입니다."

"……."

"전하께서 하실 말씀이 있으신지요?"

정우찬은 이곳 광해의 유배지에 오면서 경비군의 제재를 받지 않는다.

경비군 지휘관인 별장에서부터 병마사, 강화유수까지 모두 모른 척하기 때문이다.

그때 광해가 말했다.

"아직도 왕이 대명사대를 버리지 못하고 있는 것이 부끄럽네."

"그 때문에 청군(清軍)이 재침공하려는 것입니다."

"제 고집으로 백성들이 다시 도탄에 빠지고 있다는 것을 모른단 말인가?"

"전하께서 청군(清軍)에 전해주실 말씀이 있으십니까?"

광해가 고개를 저었다.

"없네. 나는 이제 이씨 성을 가진 백성일 뿐이네."

"이번에는 대란(大亂)이 일어날 것입니다. 청(清) 황제가 직접 친정할 것 같습니다."

그때 광해가 고개를 들었다.

"이산 공(公)은 지금도 살아계신가?"

광해의 눈이 흐려졌다.

그것까지는 알 수 없었기 때문에 정우찬은 입을 다물었다.

# 5장
# 병자호란

청(淸)의 대군은 압록강을 넘어 파죽지세로 남진했다.

임경업이 지키는 백마산성을 지나쳤기 때문에 남진 속도는 빠르다.

하루에 수백 리씩 달려 내려온다.

12월 13일에 청군은 평양성에 닿았다.

당황한 임경업이 보낸 전령이 평양성에 닿았을 때는 청군(淸軍)이 이미 점령한 후다.

도원수 김자점은 청군이 다가오자 도성으로 도주했고 전령이 뒤를 따라 달려갔다.

청군의 진격이 전령보다 빨랐다.

14일에 인조는 청군이 개성까지 진입했다는 보고를 받고 대경실색했다.

"어찌 이럴 수가."

그때 김류가 말했다.

"강화도로 피신하시지요. 그곳이 가장 안전합니다."

"강화도에 광해가 있지 않소?"

"내보내면 됩니다."

김류가 말을 이었다.

"강화도 수비를 강화하도록 하겠습니다."

"그놈들이 그리 질주하도록 놔두었단 말인가?"

경황 중에도 인조가 화를 내었지만 허공에 목소리가 떴다.

귀담아듣는 대신도 없다.

밤에 도성을 빠져나가려던 인조에게 황해병사 이주신이 달려와 보고했다.

"청군(淸軍)이 이미 강화도로 가는 길을 차단했습니다."

"무엇이?"

놀란 인조가 흐려진 눈으로 이주신을 보았다.

"아니, 벌써?"

"청군 선봉대가 도성 서쪽으로 진입하고 있습니다. 속히 피하소서."

"어느 쪽으로?"

그때 최명길이 말했다.

"우선 남한산성으로 피신하옵소서."

너무 갑작스러운 일이어서 도성 안의 백성들은 피란할 여유도 갖지 못했다. 엄동설한이라 밖에 나가서 얼어 죽느니 집 안에서 죽겠다는 사람이 대부분이다.

인조는 식솔 1백여 인, 궁인 2백여 명을 이끌고 눈길을 헤치며 남한산성으로 피신했다.

그때가 깊은 밤이다.

인조는 잠도 제대로 자지 못했다.

영의정 김류와 유승진, 황반 등이 계속해서 강화도로 옮기는 것이 안전하다고 주장했기 때문이다.

"광해를 전라도로 보냈습니다. 새벽에 떠나시면 강화도에 도착할 수가 있습니다."

김류가 말을 이었다.

"여진군도 몽골군과 마찬가지로 수전(水戰)에 약합니다. 거기에다 강화도는 비축한 군량과 물도 풍부합니다."

인조는 잠자코 김류의 말에 따랐다.

남한산성을 내려와 10리(5킬로)쯤 걸었을 때 폭설이 내리기 시작했다. 금방 눈이 발목까지 쌓였고 곧 발을 떼기도 힘들어졌다.

마침내 임금이 타고 있던 사인교가 눈구덩이에 빠져 엎어지는 사고가 일어났다.

"돌아가자!"

눈구덩이에서 기어 나온 인조가 울부짖듯이 소리쳤다.

뒤를 따르던 김류가 따라서 소리쳤다.

"서둘러라! 돌아가자!"

12월 15일이다.


아바가이는 도성에서 인조가 남한산성을 나오다가 눈구덩이에 빠졌다는 보고까지 다 들었다.

"조선 왕이 고생하는구나."

아바가이가 옆에 선 바이라크에게 말했다.

바이라크는 보좌역이다.

"도대체 뭘 믿고 그랬는지 모르겠구나."

"세상 돌아가는 물정을 모르는 군주는 백성들에게 질병이나 같습니다."

바이라크가 정색하고 말을 잇는다.

"조선 왕은 거기에다 사감(私感)까지 더해서 백성들을 괴롭히고 있습니다."

"이번 기회에 조선을 청(淸)의 직할 영지로 삼을 생각이었는데, 보류했다."

아바가이가 말하자 바이라크가 고개를 들었다.

"폐하, 직할 통치를 하면 조선 백성들은 오히려 반길 것입니다. 군역도 필요 없고 세폐도 내지 않으며 조세도 줄어들지 않겠습니까? 가장 좋은 것은 이렇게 침략도 받지 않고 말씀입니다."

그때 아바가이가 고개를 저었다.

"군신(君臣) 관계로 지낼 것이다."

아버지 이산의 부탁이라고 할 필요는 없다.

청군(淸軍)은 16일에 남한산성 밑 탄천에 포진했다.

아바가이도 도성을 떠나 탄천의 진막에서 남한산성을 포위한 채 주둔했다.

여유 있게 움직이고 있다.

남한산성에 집결한 조선군은 1만 4천.

성안의 양곡은 1만 5천 석, 장이 230 항아리 정도였으니 약 50일간을 버틸 수 있다.

1월 초가 되었을 때, 청군의 병력은 20만으로 늘어났지만 조선군은 오히려 줄어들었다.

탈영자가 늘어났기 때문이다.

청군은 전혀 조선군의 방해를 받지 않고 후속 부대가 내려와 20만이 된 것이다.

군량도 탄천에 쌓아놓았는데 3달분이나 여유가 있다.

"사신들이 왔습니다."

1만인장 유르시바가 말했을 때 바이라크가 물었다.

"용건은?"

"화의를 상의하자는 겁니다."

"화의?"

바이라크가 헛웃음을 지었다.

"화의는 무슨, 우리가 마음만 먹으면 하루 만에 몰살시킬 수 있는데."

"어떻게 할까요?"

"사흘 안에 항복하지 않으면 몰살시킨다고 전하게."

바이라크는 60세.

산전수전을 다 겪은 장수 출신이다.

바이라크가 말을 이었다.

"말장난하지 말라고 전하게."

"예, 자문관님."

유르시바가 돌아가자 바이라크는 쓴웃음을 지었다.

급한 것은 조선 측이다.


고개를 든 최명길이 인조를 보았다.

"소신이 가겠습니다."

"그래 주겠는가?"

인조가 외면한 채 말했다.

남한산성의 청 안.

외풍 때문에 사방의 문을 닫았지만 극심한 추위다.

산성에 갇힌 지 한 달.

그동안 주전파, 주화파 간의 격심한 논쟁이 벌어졌는데 온갖 궤변이 다 나왔다.

말이라도 내놓고 보자는 것 같다.

청군에 사신을 계속 보냈지만, 수모만 당하고 돌아왔다.

그렇게 시간이 지나면서 주전파의 허무맹랑한 주장은 기세를 잃었다. 싸우자고 하면서 저는 입만 가지고 나불대기 때문이다.

오죽했으면 주화파 신하 하나가 '그럼 같이 나가서 죽자' 했더니 입을 다무는 경우까지 있었다.

이제 주화파의 대신 최명길이 항복의 조건을 들으려고 가는 것이다.

"같이 갑시다."

최명길이 말하자 호조판서 이경수가 눈을 크게 떴다.

"나 말이오?"

"그럼 누구겠소?"

주위의 시선이 모였다.

인조도 이쪽을 바라보고 있다.

정사(正使)인 최명길은 부사(副使)를 선택할 권리가 있다.

이경수는 척화파의 우두머리 격으로 목소리가 가장 컸다.

자결하겠다고 날뛰었기 때문에 인조의 인정을 받았다.

최명길이 이경수에게 물었다.

"내가 나라를 팔아먹는지 직접 봐야 할 것 아니겠소?"

이러니 이경수는 입을 열 수가 없게 되었다.

이번에도 청(淸)의 황제 자문관 바이라크가 조선 사신을 맞았다.

바이라크가 최명길을 보더니 쓴웃음부터 지었다.

"항복의 조건을 상의하자고 했는가?"

바이라크는 조선어에 유창하다.

그래서 아바가이가 이번 친정에 수행시킨 것이다.

그때 최명길이 대답했다.

"그렇소. 조건을 말해주시오."

"우선 조선 조정의 척화파라는 놈들부터 없애야겠다."

바이라크의 시선이 최명길 옆에 앉아있는 이경수에게 옮겨졌다.

"그대 옆의 이경수라는 자도 척화파 아닌가? 저자가 항복하느니 자결하겠다고 했다던데, 우선 밖으로 나가 자결을 시키는 게 낫겠어."

"내가 선발해서 데려왔기 때문에 자결을 시키면 모두 내 탓을 할 겁니다. 놔두시지요."

"저자가 수행원들에게 말하면 될 것 아닌가? 자결하겠다고 말이네. 저자는 입이 없나?"

바이라크의 시선이 이경수에게 옮겨졌다.

"그동안 조선 사신이 10여 차례 왔는데, 넌 처음이다. 어때? 오랑캐 진중을 보니 싸울 만하겠느냐?"

이경수는 아까부터 눈이 흐려졌고 몸이 굳어 있다.

이경수가 입을 떼지 못하자 바이라크는 어깨를 흔들며 웃었다.

"자결할 놈이라면 혼자서 죽는 거다. 너 같은 놈이 있으니까 조선이 이 꼴이 되는 거야. 아느냐?"

바이라크가 손바닥으로 팔걸이를 쳤다.

"죽기보다 사는 것이 더 어렵다는 것을? 네놈이나 네 임금은 다 똑같은 비겁자다."


청(淸)의 진에서 돌아온 최명길이 인조에게 보고했다.

"무조건 항복하라고 했습니다."

인조는 입을 다물었고 청 안의 대신들도 숨을 죽였다.

부사(副使)로 갔던 이경수는 몸이 아프다면서 청에 들어오지 않았다.

최명길이 말을 이었다.

"사흘 후에 주상께서 성에서 나와 삼전도에서 청(淸) 황제께 항복하라는 것입니다."

"……."

"항복 절차는 따로 알려주겠다고 했습니다."

"……."

"그리고 항복한 후의 처리는 청(淸)에서 할 테니 조선은 따르라고만 했습니다."

그때 김류가 물었다.

"주상의 안전은 보장되겠소?"

"항복했으니 당연히 그것은 보장됩니다."

고개를 든 최명길이 인조를 보았다.

"그것 하나는 확인 받았습니다."

그때 대신들 사이에서 울음소리가 들리더니 곧 통곡으로 바뀌었다.

서너 명이 함께 울었기 때문에 청 안이 숙연해졌다. 그러나 대부분의 대신은 외면했고 이맛살을 찌푸리는 대신도 있다.

지쳤다는 표정이다.


임경업이 명장(明將) 공유덕을 보았다.

"장군, 우리가 청(淸)의 병참선을 기습할 수 있지 않겠소?"

공유덕이 고개를 들었다.

이곳은 압록강 서쪽의 태음골.

명(明)의 수비군 진영 안이다.

임경업이 이곳까지 찾아온 것이다.

"그것이 청군(淸軍)에 얼마나 타격을 줄 것 같소?"

공유덕이 되묻자 임경업이 이맛살을 찌푸렸다.

"내 군사 1만 2천과 장군의 군사 5천여 명이면 병참선을 끊을 수가 있지 않겠소? 그러면 남한산성까지 내려가 있는 청군은 흔들릴 것이오."

"청의 병참 호위대만 3만여 명이오. 우리가 성공한다손 치더라도 청의 대군이 흔들릴 것 같소?"

공유덕은 44세.

명군 중랑장으로 의주에서 30리(15킬로) 남쪽 지역에 배치되어 있다.

청군이 그들도 놔두고 남하한 것이다.

공유덕이 쓴웃음을 지은 얼굴로 임경업을 보았다.

"장군, 우리 도독은 장군의 제의를 받아들이지 않으실 것이오."

"그게 무슨 말씀이오?"

임경업이 눈을 치켜떴다.

"조선과 명은 동맹국 아니오? 우리는 피를 나눈 형제국이오. 우리는……."

"나는 이해를 못 하겠소."

공유덕이 정색하고 임경업을 보았다.

"조선은 이런 꼴을 당하지 않고 잘 살 수 있었을 텐데 말이오."

공유덕이 말을 이었다.

"내가 이런 말 하기 그렇지만 명(明)도 망해가는 중이오. 황제는 어디 박혔는지 보이지도 않고 거세당한 환관 놈들이 날뛰는 세상이 되어버렸소."

"……."

"그런데 장군은 명(明)을 상국(上國)으로 받들어 존중하시니 내가 부끄럽기 짝이 없구려."

그때 임경업이 자리에서 일어섰다.

얼굴에 일그러진 웃음이 떠올라 있다.

"더 이상 말씀 듣기가 거북하군요. 이만 가보겠습니다."

"장군의 충심을 존경하오. 그 충심(忠心)을 거세당한 환관들이 알아주었으면 좋으련만."

임경업의 등에 대고 공유덕이 말했다.

공유덕의 얼굴도 일그러져 있다.

"저놈은 반역자다."

말에 오른 임경업이 종사관 조필재에게 말했다.

바람이 휘몰아치는 골짜기를 빠져나오면서 임경업이 조필재를 보았다.

"종사관, 요동성의 명(明) 총독 위천에게 밀사를 보내야겠다. 조선 주둔관 공유덕이 반심(反心)을 품고 있다는 것을 알려야만 한다."

조필재가 고개를 끄덕였다.

"제가 가지요."

"전하, 참으셔야 합니다."

최명길이 외면한 채 말을 이었다.

"하루만 참으시면 됩니다."

남한산성의 안쪽.

내궁으로 사용되는 별당에서 인조와 최명길이 독대하고 있다.

이제 내일 아침에 인조는 삼전도로 내려가야 한다.

그때 인조가 고개를 들고 최명길을 보았다.

"날 끌고 가지는 않겠지?"

"약속 받았습니다."

"약속을 믿을 수 있나?"

"황제가 그렇게 말했다고 합니다."

"그대가 직접 들은 것도 아니지 않은가?"

"믿어야만 합니다, 전하."

인조가 입을 다물고는 다시 외면했다.

내일 삼전도에서 어떤 방식으로 항복 절차를 이행할지 조선 측에서는 아직 모르고 있다.

청(淸)에서 시키는 대로만 하기로 결정된 것이다.


"조선 왕이 내려오면 바로 잡아서 감옥에 가두는 것입니다."

백군(白軍) 기장(旗將) 카테이가 아바가이에게 말했다.

카테이는 백태군까지 거느린 제1군 사령관이다.

휘하에 3만 군사를 거느린 선봉장이다.

카테이가 말을 이었다.

"그리고 조선의 척화파를 싹 잡아서 처형한 후에 광해군을 다시 왕위에 올리는 것입니다. 광해군이 사양하더라도 설득해야 합니다."

가장 바람직한 의견이다.

지난번 정묘년 침공 때 그렇게 되었어야만 했다.


삼전도는 남한산성에서 서울로 이어주는 나루터다.

아바가이가 삼전도에 마련된 황제의 용상에 앉았을 때는 오시(낮 12시) 무렵.

그때는 아래쪽 50여 보 거리에 인조가 문무백관, 그 가족까지 모두 이끌고 서 있었다.

무려 2천여 명.

주위에는 청(淸)의 10만 대군이 둘러쌌고, 그 뒤쪽 남한산성 주변에는 아직도 청군 10여 만이 포진한 상태다.

호포 소리가 났다.

조선 백관, 가족들이 깜짝 놀랐다.

그러나 그것이 황제가 용상에 앉은 신호라는 것을 알고는 가슴을 신정시켰다.

이미 그들은 한 시진(2시간)가량 서서 기다리고 있었다.

1637년 1월 30일.

매섭게 추운 날씨다.

바람이 세었고 바람결에 눈발이 섞여 있다.

"배례!"

청군(淸軍) 사령관 중 하나인 용골대가 옆쪽 단에 서서 소리쳤다.

예가 시작된다.

항복의 절차가 시작되는 것이 아니다.

신하가 황제를 뵙고 절을 하는 것이다.

그것에 다 포함되었다.

지난번 10년 전의 1627년 1월에는 후금의 장수 아민이 남진해왔고 왕은 만나지 않았다.

양국이 형제국이 되기로 후금과 조약을 맺었을 뿐이다.

후금이 형의 나라가 되었다.

소리에 이끌리듯이 인조가 한 발을 먼저 떼었다.

이미 절차를 지시 받았다.

앞으로 나가면서 절을 해야 한다.

조선인들은 그 자리에서 절을 하지만 청(淸)은 황제에게 다가가면서 절을 하라고 했다.

삼배구고두.

절을 하기 전에 3번씩 허리를 숙이라는 것이다.

한 번 절을 할 때마다 세 번씩, 깊숙하게, 그리고 세 걸음 걷고 나서 세 번 머리를 숙이고 절.

인조가 두 번째 절을 했을 때, 뒤에 서 있던 소현세자와 봉림대군은 멀어져 가는 왕의 뒷모습을 보았다.

뒤쪽 대신들은 기침 소리도 내지 않는다.

그 뒤쪽으로 아녀자까지 섞인 왕비, 후궁, 대신들의 처자도 모두 꾸벅거리는 인조를 보았다.

아바가이는 5계단 위의 단에 마련된 용상에 앉아있다.

호피를 깔았고 등에도 호피가 덮여서 바람이 닿지 않는다.

바로 아래 계단에는 이번 원정에 데려온 왕자들이 앉아있다.

모두 왕(王)이다. 도르곤도 끼어 있다.

도르곤은 이때 25살로 백기(白旗)군 사령이다.

왕자들 아래쪽 계단에는 각 기장(旗將)들이 앉아있다.

모두 20여 명이다.

아바가이가 점점 다가오는 조선 왕을 보았다.

허리를 9번 꺾었고 이마를 땅바닥에 3번 부딪쳐 절을 마쳤을 때, 인조의 등에서 땀이 났다.

얼굴이 화끈거렸고 눈이 흐려졌다.

이제 계단 위에 앉은 청 황제에게 20여 보 거리로 다가갔다.

그때 용골대가 소리쳤다.

"5보 앞으로!"

여진어지만 이미 절차를 여러 번 들은 터라 인조는 알아듣는다.

그래서 다섯 걸음을 더 나가서 두 손을 모으고 섰다.

시선은 땅바닥에 내린 채다.

그렇게 하라고 했다.

그때 다시 용골대가 소리쳤다.

"고개를 들라!"

인조가 고개를 들었다.

이제 청 황제와의 거리는 15보 정도다.

흐려졌던 눈에 초점이 잡혔고 이쪽을 내려다보는 황제와 시선이 마주쳤다.

그때 인조의 나이는 만 42세.

정권을 탈취한 지 14년째다.

순간 갑자기 숨이 막혔고 몸이 떨렸기 때문에 인조는 어금니를 물었다. 머릿속이 텅 빈 느낌이 들면서 이대로 쓰러질 것 같다는 불안감이 덮쳐 왔다.

이때, 아바가이, 홍타이지는 만 45세.

인조보다 3살 연상이다.

후금(後金) 황제가 된 지 11년째, 삭년에 국호를 후금에서 청(淸)으로 바꾸었다.

아바가이가 지그시 인조를 내려다보았다.

이곳까지 내려오면서 인조에 대한 분노를 품고 있었다.

세상 돌아가는 것을 모르고 명(明)에 사대만 고집하는 명청한 인간, 전왕(前王) 광해를 몰아낸 가장 큰 이유가 명(明)을 사대하지 않고 후금(後金)과 교류한다는 것이었다니.

백성이야 어떻게 되건 안중에도 없는 놈이었다.

그런데 막상 얼굴을 맞대고 보니 측은해진다.

그때 아바가이가 입을 열었다.

"단 밑으로 그냥 걸어오게 하라."

놀란 용골대가 시선을 들었다.

다음 순서는 단 밑까지 기어오는 것이었기 때문이다.

그러나 황제의 명령이다.

"단 밑까지 그냥 걸어오도록 하라."

용골대가 소리쳤다.

여진어다.

그러나 인조가 털썩 무릎을 꿇더니 기어오기 시작했다.

그렇게 미리 예행연습까지 했기 때문이다.

못 알아들었다.

놀란 용골대가 입을 딱 벌렸다가 엉겁결에 황제를 보았다.

그때 한 단 밑에 앉아있던 왕자들의 얼굴에 웃음이 떠올랐다.

황제의 얼굴에도 쓴웃음이 번져 있다.

인조는 잘 기었다.

10보 거리를 서둘러 기어서 단 밑에까지 왔다.

금방이다.

그래서 용골대가 다시 소리쳤다.

"배(拜)!"

인조가 다시 이마를 땅에 박고 절을 했다.

다음 순서는 왕자, 대신들의 절이다.

이번에는 용골대의 부장(副將) 하라드의 고함에 맞춰 배례가 시작되었다.

왕자, 대신들은 3번 허리를 꺾고 나서 3번 절을 하는 것이 아니다.

9번씩 절을 한다.

대신들 뒤쪽의 처자들도 마찬가지다.

꿈틀거리면서 절을 하는 2천여 명의 군상들 위로 찬바람과 눈이 스치고 지나갔다.

식이 끝나고 진막으로 들어왔다.

처자들은 다른 진막에 수용되었다.

황제용 진막에 청(淸)의 대신, 장군들, 인조와 정3품 이상 대신들 전원을 모은 것이다.

연회석에서도 서열별로 좌석이 배정되었다.

이제 군신(君臣)의 예가 끝났으니 군신 간의 연회다.

황제 아래 계단에 왕자군(群), 그 아래쪽에 대신, 그다음이 기장(旗將)급 대장군, 장군급은 5번째 계단이다.

인조의 등급은 대신급 아래쪽의 4번째인 대장군급.

조선의 영의정, 좌의정, 우의정은 장군급이다.

나머지 조선 대신들은 6번째 계단 즉, 맨바닥에 앉았다.

미리 알고 있었기 때문에 인조는 4번째 계단의 대장군 자리에 앉았다.

자리가 만들어져 있다.

아바가이가 말했다.

"조선 왕은 왕자군(群) 좌석에 앉혀라."

조용한 진막 안이어서 아바가이의 목소리가 울렸다.

진행자인 대신 카테이가 놀란 표정으로 아바가이를 올려다보았다.

여진어를 아는 조선 대신들도 일제히 긴장했다.

아바가이가 목소리를 높였다.

"못 들었느냐? 왕자군(群) 좌석에 앉히라고 했다."

누구의 명령인데 토를 달겠는가?

인조는 졸지에 2계단을 상승하여 황제 바로 아랫자리에 앉았다.

황제의 이복동생인 도르곤 옆자리다.

그렇게 연회가 시작되었다.

인조는 황제가 내려주는 술도 받아 마셨다.

물론 신하의 예로 절을 하고 받아야 한다.

시간이 지나면서 조선 신하들 사이에서도 이야기 소리가 들렸다.

청(淸)의 장군, 대장군들은 아까부터 웃음을 터뜨리고 목소리가 커져 있다.

아바가이도 왕자들에게 술을 내리면서 가끔 웃는다.

그때 인조에게 옆에 앉은 도르곤이 술잔을 내밀었다.

놀란 인조가 두 손으로 술잔을 받았을 때다.

도르곤이 물었다.

"우리 황제 폐하께서 조선인이라는 걸 아시오?"

인조가 숨을 들이켰다.

도르곤이 조선말을 했기 때문이다. 그것도 능숙하다.

그때 도르곤이 빙그레 웃었다.

"대답해보시오."

"압니다."

겨우 대답한 인조에게 도르곤이 다시 물었다.

"황제 폐하의 실부(實父)가 누군지도 아시겠지?"

이산이다.

왜 모르겠는가?

도르곤의 시선을 받은 인조가 다시 대답했다.

"압니다, 전하."

"이산 님은 청(淸)의 섭정이시오. 폐하의 실부(實父)이시기도 하고."

주위는 소음으로 덮여서 둘의 이야기 소리는 묻히고 있다.

도르곤이 말을 이었다.

"섭정께서 나한테 말씀을 하셨소. 도르곤, 그대가 조선 왕을 만나 선왕(先王) 광해의 안녕을 약속받아라, 하고."

도르곤이 지그시 인조를 보았다.

"약속하시겠소?"

"약속합니다, 전하."

"잘 들으시오. 이 공."

"예, 듣겠습니다."

"선왕(先王) 광해가 병이라도 걸린다면 이번에 데려갈 공의 자식들이 똑같은 병을 앓게 될 거요."

도르곤이 눈을 가늘게 뜨고 웃었다.

"만일 돌아가시기라도 한다면 그때는 당신도 죽어야겠지. 아시겠소?"

"예, 전하."

"명심하시오."

"예, 전하."

인조가 손등으로 이마의 땀을 닦았을 때 위사장이 다가왔다.

"폐하께서 술을 내리신다니 갑시다."


아바가이가 바로 아래쪽으로 옮겨온 인조를 내려다보았.

차분한 표정이다.

그때 위사가 인조에게 술잔을 내밀었다.

잔에 술이 채워져 있다.

잔을 받은 인조에게 아바가이가 물었다.

조선말이다.

"도르곤한테서 들었느냐?"

"예, 폐하."

"뭐라고 했는지 네가 말해봐라."

"섭정 전하의 지시라고 하셨습니다. 조선국 선왕(先王) 광해의 안녕을 책임지라고 하셨습니다."

아바가이가 고개를 끄덕였다.

"네가 목숨을 걸고 지켜라."

"예, 폐하."

"너는 이제 명(明)과의 인연을 끊었다. 실감하느냐?"

"예, 폐하."

"넌 참 미련하고 고집 센 놈이다. 아느냐?"

"예, 폐하."

"거기에다 욕심까지 많고 비열하기까지 하니 조선 백성들이 불쌍하다."

"예, 폐하."

"나도 조선인이다."

"예, 폐하."

"내가 너를 반면교사로 삼고 있다."

그러더니 아바가이가 물러가라는 손짓을 했다.

소현세자와 봉림대군, 인평대군과 처첩, 거기에다 척화론자 홍익한, 윤집, 오달재 등 대신 30여 명과 그 처자식까지 심양으로 끌려갔다.

조선 왕 하나만 남은 꼴이다.

50만 명 가까운 여자들을 끌고 간 것은 여진의 머릿수를 채우기 위한 것이다.

아바가이가 조선녀가 낳은 아이들로 청 제국의 기반을 만들려고 했다. 자신이 조선인이기 때문이다.

따라서 조선은 거의 폐허가 되다시피 했다.

아바가이는 그동안 몽골 등 여러 번 원정을 갔지만 조선처럼 혹독하게 정벌한 것은 처음이다.

그것은 조선 왕 인조에 대한 불신과 경멸감 때문이다.


다시 강화도로 돌아와 있는 광해에게 도르곤이 찾아왔다.

오늘로 세 번째 찾아온 셈이다.

남한산성을 포위하고만 있었기 때문에 도르곤이 시간을 낼 수 있었다.

"전하, 제가 돌아갑니다."

도르곤이 방에 들어와 말했다.

이때 광해는 만 나이로 62세.

광해가 흐려진 눈으로 도르곤을 보았다.

"왕자 전하, 언제 다시 뵐지 모르겠구려. 몸조심하시오."

"제가 조선 왕한테 전하의 안녕을 약속 받았습니다."

도르곤이 웃음 띤 얼굴로 말을 이었다.

"목숨을 걸고 전하의 건강을 지키라고 했습니다."

"허, 이런."

광해가 쓴웃음을 지었다.

"고맙소, 왕자. 폐하께도 안부 전해주시오. 그리고 섭정 전하께도."

"섭정께서는 폐하께서 천하를 통일하신 후에 조선으로 돌아와 선왕(先王) 전하와 함께 말년을 보내신다고 하셨습니다."

"그날이 오기를 고대하겠다고 전해주시오."

광해가 말을 이었다.

"그것이 내 소원이라는 것도."

아바가이가 앞에 꿇어앉은 최명길을 보았다.

황제의 진막 안.

오늘 아바가이는 황성으로 귀국한다.

이미 밖은 이동 준비가 다 끝난 상태다.

최명길은 마지막 인사를 하려고 온 참이다.

어제는 인조가 인사를 하고 돌아갔고 세자와 인질들은 나흘 전에 먼저 떠났다.

"조선 역사에는 네가 청(淸)에 굴복을 주장한 배신자로 남을 것이다."

아바가이가 부드러운 표정으로 최명길을 보았다.

"사관들이 중립을 지키고 객관적으로 기록한다고 하지만 어쩔 수 없다. 다 제 왕조, 제 업적들을 주장하려고 들 테니 영향을 받지 않을 수 없다."

"각오하고 있습니다, 폐하."

최명길이 시선을 내렸다.

"이제부터 국방은 청(淸) 제국에 맡기고 민생에 집중하겠습니다."

"그래야지."

아바가이가 고개를 끄덕였다.

"내가 천하를 통일하면 조선인들이 요동을 차지해야 한다."

"예, 폐하."

"고구려 땅을 차지해야지."

"기다리겠습니다."

"내 혈육이 천하를 지배하는 거야. 조선인이."

아바가이의 눈이 번들거렸다.

"네가 내 꿈을, 내 아버지의 대야망을 조선인들에게 심어주기 바란다."

"예, 폐하. 부디 건승하시기를 비옵니다."

고개를 끄덕인 아바가이가 자리에서 일어섰다.

종사관 조필재는 두 달 만에 돌아왔는데, 그때는 인조가 항복한 후다.

"총독은 알겠다고만 하고 어떤 조치도 하지 않았습니다."

조필재가 허탈한 표정으로 임경업을 보았다.

"총독의 측근인 중랑장 마윤은 오히려 제가 귀찮다는 눈치까지 보였습니다."

"우리가 공유덕을 잡아서 보내준다고 해도 그래?"

임경업은 공유덕을 잡아서 보내겠다고 한 것이다.

그러자 조필재가 쓴웃음을 지었다.

"다 썩었습니다. 오히려 우리를 이상한 사람 취급을 합니다."

봉천의 황성 안.

이산이 앞에 앉은 강천석에게 물었다.

"그게 사실이냐?"

"예, 국명(國名)을 분국(分國)을 뺀 후금(後金)으로 바꾼 것도 그 증거가 되겠습니다."

강천석의 얼굴에 쓴웃음이 떠올랐다.

"본국이 국명을 청(淸)으로 바꿨으니 청분국(淸分國)이 되어야 맞지 않습니까?"

"관리들이 편의상 그렇게 부르는 것이 아닐까?"

"아닙니다."

정색한 강천석이 이산을 보았다.

밀실 안에는 이산과 병부상서 아무라디, 근위군 사령관 바이탄까지 셋이 둘러앉아 있다.

지금 강천석은 산시(陝西)성의 분국 왕 이전을 정탐한 내용을 보고하는 중이다.

결과는 이전의 반역이 확실하다는 것이다.

강천석이 말을 이었다.

"이전의 주위에 한인 관리들이 포진되었고 본국에서 파견된 여진인 군사 야율무치는 석 달 전에 병으로 갑자기 죽었습니다. 수상합니다."

"……."

"지금은 현지에서 고용한 차명이라는 한인 군사(軍師)를 측근에 두고 있습니다. 그리고……."

숨을 고른 강천석이 이산을 보았다.

"이전의 옆에 현령의 딸인 하린이라는 여자가 있습니다."

"들었어. 제2부인 아닌가?"

"그 여자가 이전의 역심(逆心)을 굳히게 만든 것 같습니다."

"……."

"그 여자하고 차명이 이전을 보좌하여 이제는 대륙 서쪽에서 가장 강력한 유적왕국(流賊王國)으로 기반을 잡고 있습니다."

그때 이산이 고개를 들고 아무라디와 바이탄을 번갈아 보았다.

"내가 늑대를 산으로 풀어 보냈는가?"

이산의 눈이 흐려져 있다.

이자성이 고개를 들고 이복기를 보았다.
"폐하, 후금(後金)이 더 기반을 굳히기 전에 무너뜨리는 것이 낫습니다."
"난 마음을 바꿨다."
이복기가 쓴웃음을 지었다.
"그놈들의 유인술에 끌려들면 안 된다. 곽천이 그랬다가 망했어."
신장성의 내궁 밀실 안이다.
이복기는 요즘 잡아 온 위구르족 미녀를 옆에 끼고 있었는데 비단결 같은 피부에 풍만한 몸매다.
이복기가 미녀의 허리를 당겨 안으면서 말을 이었다.
"너도 순찰부장 일을 그만두고 친위군 지휘관을 맡아라."
이자성이 고개를 들었다.
"제가 말입니까?"
"내 측근 경호를 해. 믿을 놈이 없다."
"친위군 지휘관 양춘은 어쩌고요?"
"모창산의 제3군 사령관으로 보낼 예정이야. 그놈이 내궁 시녀들을 자꾸 건드려."
이복기는 친위군 1만을 거느리고 있었는데 내궁은 환관만 들락거릴 수 있다.
내궁 경호는 친위군이 교대로 맡는다.
그때 이복기가 말을 이었다.
"내가 10년을 데리고 있던 심복이었는데 아무래도 조카인 네가 낫겠다."
"지금 말씀드리지만 양춘이 호가호위했지요. 말이 많았습니다."
"내가 죽이려다가 보내는 거야."

"변방인 3군으로 보내면 모반하지 않겠습니까?"

이자성이 목소리를 낮추고 물었다.

눈이 번들거리고 있다.

지금까지 이자성은 1천 명 정도의 군사를 거느리고 대원(大元)의 각 지방을 감찰하는 순찰부장 일을 했다.

황제 이복기의 조카였기 때문에 가능한 일이다.

지금도 이자성은 순찰 보고를 마치고 후금(後金) 정벌을 주장하는 중이었다.

그때 이복기가 물었다.

"어떻게 하는 것이 좋겠느냐?"

"제가 처리하지요."

이복기의 시선을 받은 이자성이 얼굴을 일그러뜨리며 웃었다.

"맡겨 주십시오."

그날 밤.

성안의 주루에서 기녀를 끼고 술을 마시던 양춘이 방 안으로 들어서는 이자성을 보았다.

이자성은 순찰군 셋을 데리고 있었는데 웃음 띤 얼굴이다.

"아니, 자네가 여기 웬일인가?"

술잔을 든 채 양춘이 물었다.

한쪽 팔로는 기녀의 허리를 감아 안은 채다.

양춘은 48세.

친위대장으로 대장군이다.

대원(大元)의 권력 서열은 5위권 정도지만 실세다.

황제의 최측근이기 때문이다.

그때 이자성이 웃음 띤 얼굴로 다가왔다.

"폐하께서 심부름을 보내셨습니다."

"무슨 일인데?"

양춘이 흐린 눈으로 이자성을 보았다.

그때 한 걸음 앞으로 다가선 이자성이 허리춤을 더듬거리는 시늉을 하더니 장검의 손잡이를 쥐었다.

다음 순간.

"에익!"

기합 소리와 함께 이자성이 칼을 빼내면서 양춘의 목을 쳤다.

"꺄악!"

비명은 기녀의 입에서 터졌다.

양춘의 목이 갈라지면서 튄 피가 기녀의 얼굴에 쏟아졌기 때문이다.


"이자성이 대원(大元) 황제의 측근이 되었어요."

하린이 말했다.

"더구나 황제의 조카여서 권력 실세가 되었다고 합니다."

밤.

침실에서 이전과 하린이 침대에 나란히 앉아있다.

이전이 고개를 들었다.

"이자성은 어떤 인간이오?"

"역졸 출신이지만 지략이 뛰어납니다. 순찰대장에서 이번에 친위군 사령관으로 승진했는데 곧 이인자가 될 것 같습니다."

하린이 말을 이었다.

"전하, 대원(大元)은 전력이 우리보다 두 배 이상입니다. 그리고 영토도 우리보다 3배나 되는 데다 자금성과 가깝습니다."

"그것이 어쨌단 말이오?"

"이자성을 이용하시지요."

불빛을 받은 하린의 눈이 반짝였다.

"이자성은 대원의 황제를 노리고 있을지도 모릅니다. 지금까지의 행태를 보면 그럴 가능성이 충분합니다."

이전이 고개를 끄덕였다.

언제부터인가 이전은 하린에게 의존하고 있다.

하린이 이전의 본성을 파악하고 있다.


"전하께선 이제 마음을 굳히셨다고 봐도 돼요."

다음 날 오전.

내궁의 접견실에서 차명을 만난 하린이 말했다.

접견실에는 둘뿐이다.

이제 하린은 이전의 제2 부인으로 다른 직은 내려놓았지만 오히려 정사를 다 관리했다.

이전이 맡겼기 때문이다.

오늘도 내궁 접견실로 후금국(後金國) 군사(軍師)가 된 차명을 불러 밀담을 나누고 있다.

"이자성에게 밀사를 보내 제휴를 맺도록 하고 명(明)의 서쪽을 장악하는 것입니다. 청(淸)이 요동을 차지하겠지만 결국 대륙은 우리가 장악하게 될 테니까요."

"그렇습니다."

차명이 이를 드러내고 웃었다.

"비 마마께서 앞날을 예측하고 계시는군요."

"영웅을 만났기 때문이지요."

"저 또한 마찬가지올시다."

차명이 상기된 표정으로 말을 이었다.

"전하께서 대업(大業)을 이루시면 저는 다시 초야로 돌아가겠습니다."

"그것은 인력(人力)으로 되지 않는 법입니다."

둘은 덕담을 나누고 있다.

뜻이 맞는 사이이기 때문이다. 동지다.

아바가이가 귀국했을 때는 3월 중순이다.

남진(南進)할 때와는 달리 시간이 걸린 것은 지방을 돌아보고 왔기 때문이다.

백관의 인사를 받은 아바가이가 이산과 내궁에서 만났다.

측근만 수행시킨 밀실 안이다.

이산이 먼저 입을 열었다.

"고생하셨습니다. 이제 뒤쪽은 걱정 안 하셔도 되겠습니다."

이미 조선의 세자, 왕자, 대신들까지 황성에 연금되어 있는 상황이다.

이산이 말을 이었다.

"그런데 후금분국(後金分國)이 문제가 있습니다."

고개를 든 아바가이를 향해 이산이 쓴웃음을 지었다.

"이전이 딴마음을 품고 있는 것 같습니다."

"딴마음이라니요?"

눈썹을 모은 아바가이가 되물었다.

"변심했다는 것입니까?"

둘은 측근들을 의식해서 여진어를 쓰는 중이다.

그때 이산이 가볍게 헛기침을 했다.

"반역(反逆)입니다."

순간 아바가이가 숨을 들이켰고 이산이 말을 이었다.

"이미 굳어져서 되돌릴 수가 없는 상황에 이르렀습니다."

고개를 돌린 이산의 시선이 말석에 앉은 강천석에게 옮겨졌다.

"감찰관의 보고를 직접 들으시지요."

강천석이 아바가이를 보았다.

"폐하께서 파견하신 장수는 모두 전사(戰死) 또는 병사(病死)하거나 사고로 죽었습니다. 그래서 황성과의 연락이 끊긴 것입니다."

방 안은 숨소리도 들리지 않았고 강천석의 말이 이어졌다.

"그것은 산시(陝西)성 현지에서 끌어들인 한인 참모, 관료, 장수들로 이전에게 충성하는 새 왕국을 조성했기 때문입니다."

"……"

"그 주모자가 이전의 2비인 하린과 군사 차명입니다."

"……"

"특히 2비 하린은 장이현령 유창의 딸로 지모가 출중하고 교활한 절세의 미녀입니다. 이전은 하린에게 세뇌당한 것 같습니다."

그때 고개를 든 아바가이가 이산을 보았다.

얼굴에 쓴웃음이 번져 있다.

"부전자전입니까?"

아바가이, 이산, 이제는 친위대장 겸 도성수비군 사령관까지 겸하고 있는 이산의 사위 바이탄, 병부상서 아무라디에다 강천석까지만 참석한 회의가 다시 열렸다.

극비 회의다.

이산이 아바가이를 보았다.

"폐하, 측근 몇 명과 상의했는데 2가지 방법이 있습니다."

정색한 이산이 말을 이었다.

"첫째는 암살하는 방법이고, 둘째는 이전을 이곳으로 소환하는 것입니다."

"……."

"만일에 이전이 응하지 않는다면 반역에 대한 명백한 증거가 될 테니 그때는 반역자로 응징하는 것이지요."

말을 마친 이산이 길게 숨을 뱉었다.

모두의 시선이 아바가이에게 옮겨졌다.

그때 아바가이가 입을 열었다.

"이전이 이복기와 연합하려고 하는가?"

시선이 강천석에게 향해져 있다.

강천석이 두 손으로 방바닥을 짚으면서 대답했다.

"아닙니다. 이복기의 조카인 친위대장 이자성과 손을 잡으려는 것 같습니다."

"이자성과 말이냐?"

"예, 폐하."

아바가이의 얼굴에 쓴웃음이 떠올랐다.

고개를 끄덕인 아바가이가 이산을 보았다.

"당분간 놔두시지요."

이산의 시선을 받은 아바가이가 말을 이었다.

"무너져가는 명(明)에 좋은 일을 시켜줄 필요는 없습니다."

그때 이산이 커다랗게 고개를 끄덕였다.

"세 번째 대안이군요. 역시 폐하께서는 더 멀리 보십니다."

아바가이와 이산 둘이 남았을 때, 이산이 말했다.

"그 세 번째 대안은 황제만이 말할 수 있는 방법이다. 측근이 그 대안을 내놓으면 내통하고 있다는 의심을 받을 테다."

이산의 얼굴에 웃음이 떠올랐다.

"나한테도 아무도 그 대안을 말하지 않더구나. 아무라디도, 바이탄도, 강천석까지 말이지. 다 알고 있었을 텐데 말이다."

아바가이도 쓴웃음을 지었다.

내놓지 못했을 때 신하들은 임금의 우둔함을 속으로 비웃게 될 것이다.


"저기, 저, 드릴 말씀이 있습니다."

2비 오정이 말했기 때문에 아바가이가 고개를 들었다.

오정의 얼굴이 붉어졌고 불빛에 반사된 눈도 반짝였다.

술시(오후 8시) 무렵.

식사는 이산과 마친 아바가이가 침실로 들어선 참이다.

"무슨 일이야?"

조선에서 돌아온 지 닷새가 되는 날이다.

아바가이가 묻자 오정이 한 걸음 다가섰다.

몸에서 교태가 흐르고 있다.

그때 오정이 입을 열었다.

"저, 넉 달 되었어요."

"응? 뭐가?"

아바가이가 눈을 크게 떴다.

"태기가 있단 말인가?"

"예, 폐하."

시선을 내린 오정이 말을 이었다.

"5년 만에 다시 태기가 있습니다."

"오오!"

감동한 아바가이가 다가가 오정의 손을 쥐었다.

"내가 이번에는 세자를 정하리다."

"폐하, 왕자가 아닐지도 모릅니다."

"아니, 내가 기다리는 이유가 있다니까 그러네."

아바가이의 눈이 불빛을 받아 번들거렸다.

"내가 아버님하고도 약속했어. 조선을 다녀온 다음에 꼭 세자를 정하겠다고. 그런데 그대가 아이를 가졌구려."

"하오나 폐하, 아직……."

"왕자일 거야, 틀림없어."

아바가이가 오정의 허리를 끌어안았다.

"조상의 혼령이, 조선의 기운이 그대 몸에서 나올 것이야."

오래 기다렸다.

1비 한윤과 2비 오정이 각각 1남 1녀씩을 낳았지만 아바가이도 그렇고 이산마저 두 명의 왕자에 대해서 만족하지 못하고 있었다.

두 왕자의 나이가 12살, 9살인데도 그렇다.

이제 아바가이는 46세.

세자를 정할 나이다.

아바가이가 들뜬 목소리로 말했다.

"내일 아버님께 말씀드려야겠군."

이산도 학수고대하고 있다.

오죽하면 아직 정하지도 않은 세자의 후견인으로 아바가이의 배다른 동생 도르곤을 정했겠는가?

이산의 권유로 이번 조선 원정에 도르곤을 참전시키기도 한 것이다.

세자의 기반을 굳혀주기 위한 포석이다.


이전과 이자성이 마주 보고 앉아있다.

이곳은 태을현 변두리의 저택 안.

유시(오후 6시) 무렵이다.

골짜기에 있는 저택이지만 크다.

건물이 3채나 담장 안에 늘어섰다.

이곳에서 이전과 이자성은 두 번째 만난다.

수행원은 각각 10여 명씩.

대원(大元)과 후금(後金)의 국경 지역이다.

이전과 이자성의 옆에는 각각 차명, 임상이 배석하고 있다.

이자성이 입을 열었다.

"황제가 동쪽 구마현으로 피서를 갑니다. 대역을 황궁에 앉혀두고 밤에 떠나지요."

이자성의 얼굴에 웃음이 떠올랐다.

"비밀 행차이기 때문에 친위군 중 내궁 수비군 5백만 추려서 황제를 경호합니다."

이전의 시선을 받은 이자성이 말을 이었다.

"나는 황궁에 남아서 황제 대신으로 일을 처리해야 합니다."

"구마현에는 뭐 하러 갑니까?"

이전이 묻자 이자성은 입맛부터 다셨다.

"그곳에 별궁이 있지요. 서역의 흰 피부를 가진 미녀에서부터 남쪽 안남, 섬에서 사 온 미녀까지 1백 명이 넘는 환락 궁이 있습니다. 그것은 대신 몇 명만 아는 비밀이지요."

"……"

"1년에 두 번씩 꼭 그곳에 가는데 열흘 후에 출발이오."

이자성이 번들거리는 눈으로 이전을 보았다.

"명군(明軍) 기습대 차림으로 습격해주시오. 여기 별궁의 구조와 경비병 배치도가 있습니다. 내가 배치했지요."

그때 임상이 지도를 꺼내 차명에게 내밀었다.

상세하게 그려진 지도다. 경비병 숫자까지 표시되어 있다.

고개를 든 이전이 이자성을 보았다.

이자성과는 뜻이 통한다.

둘의 입장이 비슷하기도 하다.

"이전은 교활한 놈입니다. 후금(後金)을 배신한 것을 보십시오."

임상이 이자성에게 말했다.

"틀림없이 우리도 배신할 놈입니다."

"걱정 마라."

이자성이 이를 드러내고 웃었다.

"주도권은 우리가 쥐고 있다."

돌아가는 마상에서 이자성과 임상이 대화를 나누고 있다.

깊은 밤.

밀행이었기 때문에 뒤쪽으로 10여 기의 기마군이 따르고 있다.

"일단 황제만 제거하면 대원(大元)은 내 수중에 들어온다."

이자성이 말을 이었다.

"이전과 연합해서 대륙 서쪽을 장악한 후에 명(明)을 멸망시키는 거다."

이전도 그것을 원하고 있다.

이자성은 이전의 힘을 빌려 대원(大元)을 장악할 계획이고, 이전은 이자성과 연합해서 청(淸)으로부터 보호받기를 원하는 것이다.

"청(淸)에서 눈치를 채었을 것입니다."

하린이 허리띠를 매어주면서 말을 이었다.

"우리가 국명을 바꾸지 않은 것에 대해서 질책하지 않는 것을 보면 무슨 대비를 하고 있다고 봐야 합니다."

진시(오전 8시) 무렵.

이전은 정청에 나갈 준비를 하고 있다.

이제 군왕의 몸가짐에 익숙해졌고 조정의 기반도 굳혀졌다.

후금에서 따라온 측근 대부분은 제거되었으며 이곳에서 투항한 한인 관리, 장수들로 새 왕국이 형성되었다.

본국의 후금(後金)이 청(淸)으로 개명된 반면, 후금분국은 이제 후금(後金)이다.

그리고 곧 국명을 바꿀 것이다.

그때 하린이 바짝 다가섰다.

숨결이 턱에 닿는다.

"전하, 우리가 청(淸)보다 자금성이 더 가깝습니다."

맞는 말이다.

청(淸)은 요동을 떠나 자금성에 닿으려면 천혜의 요새인 산해관을 건너야 한다.

만리장성 끝에 있는 산해관은 난공불락의 요새이며 명(明)의 용장 오삼계가 지키고 있다.

주변에 30만 대군이 포진한 산해관을 넘기에는 아직 청(淸)의 세력은 약하다.

"한 달이다."

이복기가 이자성에게 말했다.

"더위가 좀 가시면 그보다 빨리 돌아올 수도 있겠지."

"예, 폐하."

이자성이 정색하고 이복기를 보았다.

"빨리 돌아오실수록 좋습니다."

"왜 그러느냐?"

"소신이 힘이 들어서 그럽니다."

"뭐가 힘들어?"

"폐하가 안 계시면 두 배로 힘이 드는 것 같습니다."

"이놈, 엄살 부리지 마라."

이복기가 눈을 치켜떴지만 곧 웃었다.

"내가 없으면 네 놈이 활개를 치는 걸 내가 모를 줄 아느냐?"

이자성은 황성의 유곽은 다 훑고 다닌다.

그러나 전(前) 친위대장 양춘처럼 궁 안을 휘젓고 다니지는 않는다.

황제의 침실에서 나온 이자성이 임상에게 말했다.

"준비해라."

임상이 고개를 들고 이자성을 보았다.

"준비 다 해놓았습니다."

두 달 전부터 세워놓은 계획이다.

강천석이 서쪽 정탐을 마치고 돌아왔을 때는 여름이 지난 10월 중순이다.

내궁의 밀실에서 강천석이 아바가이와 이산 앞에 엎드려 있다.

배석자는 이산의 보좌역 양무성, 병부상서 아무라디, 친위군 사령관 바이탄뿐이다.

강천석이 고개를 들고 아바가이를 보았다.

"대원(大元)의 황제 이복기가 별궁에서 명군의 기습을 받아 암살당한 후에 대원은 이자성이 장악했습니다."

"이자성이 누구냐?"

이복기가 피살되었다는 소문은 이미 세상에 퍼진 상황이다.

황제와 이산도 이자성의 이름을 처음 듣는다.

아바가이가 다시 묻는다.

"금세 대원(大元)을 장악하다니, 군을 장악하고 있던 자냐?"

"이복기의 친척으로 친위군 사령관이었습니다."

강천석이 말을 이었다.

"이복기가 죽자 즉시 각 군(軍) 사령관, 대신들의 합의하에 황제로 추대되었는데, 그 절차가 일사불란했습니다. 그리고."

강천석이 아바가이와 이산을 번갈아 보았다.

"결정적인 것은 아래쪽 이전의 후금국이 이자성에게 형제국 제의를 한 것입니다. 그것으로 이자성의 지위가 반석처럼 단단해졌습니다."

"으음!"

이산이 신음을 뱉더니 눈을 치켜떴다.

"두 놈이 결탁했구나."

"예, 이전이 아우를 자청하면서 이자성의 황제 즉위식에 대신과 근위군 1만을 보내 황성 경호를 자원했습니다. 그래서 대원(大元)은 축제 분위기였습니다."

"……."

"불만이 일어날 이유가 없지요. 후금(後金)이 형제국이 되어서 후금왕 이전은 대원(大元)의 황제 이자성에 이어서 제국의 이인자가 되었으니까요."

그때 아바가이가 쓴웃음을 지었다.

"이전이 이자성과 연합해서 청(淸)으로부터 벗어났군."

"예, 폐하. 그렇게 생각합니다."

강천석이 말했을 때 이산이 고개를 들었다.

"이전 그놈이 이자성 휘하에서 만족할까?"

그때 아바가이가 웃음 띤 얼굴로 이산을 보았다.

"이자성이 이전의 속셈을 모르고 있을까요?"


"전하, 드릴 말씀이 있습니다."

위사장 종무가 말했기 때문에 이전이 고개를 돌렸다.

이전과 종무는 말 머리를 나란히 하고 벌판을 가로지르는 중이다.

방금 이전은 민정을 시찰하고 귀성하는 중이다.

이전은 틈만 나면 지방을 순회하고 주민들의 살림을 살폈다.

이전의 시선을 받은 종무가 입을 열었다.

"마님께서 순산하셨습니다."

"무엇이?"

놀란 이전이 눈을 치켜떴다.

그 순간 먼저 하린의 얼굴이 떠올랐기 때문에 이전은 와락 이맛살을 찌푸렸다.

1부인 복금이다.

씨종이었다가 만리타향인 이곳까지 자신을 찾아온 여인.

그동안 복금을 찾지 않은 지가 반년이 되었다.

"전하께서 오셨습니다."

시녀가 다급하게 말했을 때 복금이 침상에서 몸을 일으켰다.

그때 방으로 이전이 들어섰다.

이전의 얼굴은 상기되어 있다.

다가선 이전이 복금을 보았다.

"복금."

이전이 두리번거렸기 때문에 복금이 말했다.

"아이는 씻기러 갔으니 곧 올 것입니다."

그때 이전이 옆쪽 의자에 앉더니 물었다.

"몸은 괜찮소?"

"예, 나리."

"사내자식을 낳아주었구려."

"건강합니다."

"아버님이 계셨다면 기뻐하셨을 텐데."

이전이 손을 뻗어 복금의 손을 쥐었다.

"그동안 찾지 못해서 미안하오."

"아닙니다, 전하."

"앞으로 자주 찾으리다."

"괜찮습니다, 전하."

그때 시녀가 아이를 안고 들어섰다.

"오오!"

벌떡 일어선 이전이 두 손을 앞으로 내밀어 받는 시늉을 했다.

"이리 내라."

아이를 받아 안은 이전이 숨을 들이켰다.

금세 눈이 흐려졌다.

자식이다. 아버지 이괄의 손자이며 혈육이다.

대를 이어갈 후손인 것이다.

사흘 후에 봉천의 황성에서도 경사가 일어났다.

이곳은 아예 축포까지 쏘았고 소 50마리, 양 500마리를 잡아서 잔치를 벌였다.

황제 아바가이의 2비 오정이 왕자를 낳은 것이다.

아이는 건강했고 울음소리가 우렁찼다.

방으로 찾아온 아바가이와 이산이 놀랄 정도다.

"장수할 상(相)이다."

둘이 있었기 때문에 이산이 아바가이가 안은 아이를 내려다보면서 조선어로 말했다.

"눈이 또렷하고 울음소리가 크구나. 됐다. 이놈이 너를 이어서 대륙을 통치하도록 해라."

"예, 아버님."

이미 한윤, 오정이 각각 왕자 한 명씩을 낳았지만 낳을 때부터 허약했고 병치레를 했다.

품에 안긴 아이가 다시 우렁차게 울었기 때문에 아바가이가 이산에게 넘겨주면서 말했다.

"이놈으로 세자를 정하겠습니다."

이때가 홍타이지는 제위 13년, 46세이다.


"내가 이제 73세야."

이산이 웃음 띤 얼굴로 아바가이를 보았다.

내궁의 침전 옆 밀실에서 황제 아바가이와 섭정 이산 둘이 앉아있다.

이산이 주름진 눈으로 아바가이를 보았다.

"이제 떠날 때도 되었어."

"아버님."

정색한 아바가이가 이산을 보았다.

"아직도 정정하시지 않습니까? 지난달 저하고 사냥을 나가셨을 때 하루에 3백 리는 말을 달리신다고도 하셨습니다."

"그래서 하는 말이야."

이산이 지그시 아바가이를 보았다.

"내가 기력이 남아있을 때 조선으로 돌아가는 것이 나을 것 같아서."

"아버님."

아바가이의 눈이 흐려졌다.

"아버님까지 돌아가시면 저 혼자 남습니다."

"이 사람 좀 보게."

이산의 얼굴에 쓴웃음이 번졌다.

"사랑하는 두 명의 처에다 이미 자식이 다섯이 되지 않았나?"

"하지만 아버님."

"이복 여동생 카린도 이제 너를 친오빠처럼 따르고 네 매부가 되는 바이탄은 심복이 되었다. 넌 이제 가족의 기반도 단단해졌다."

이산의 눈이 흐려졌다.

누르하치의 여동생이었지만 항상 이산의 보호막이 되어주던 부인 차드나 공주가 작년에 병으로 세상을 떠난 것이다.

그때 이산이 아바가이에게 접힌 종이를 내밀었다.

"네 가문의 족보니 소중히 간직해라."

"예, 아버님."

종이를 받아든 아바가이가 펼쳤을 때 이산이 말을 이었다.

"네 친모는 조선의 대사간 홍기선의 딸 홍화진이다. 그림처럼 아름답고 학문에도 뛰어난 데다 마음씨가 비단결 같은 여자였다. 배려심이 깊어서 나를 항상 감싸주었다."

이산의 목소리가 떨렸고 얼굴은 상기되었다.

"나를 따라 대륙에 와서 너를 낳은 후 100일쯤에 세상을 떠났구나. 너를 두고 가는 것이 가슴에 사무쳤을 것이다."

고개를 든 이산이 눈으로 종이를 가리켰다.

"그 종이에 네 진모가 묻힌 곳을 자세히 기록해놓았으니 대륙을 정복하고 나서 그곳에 사당을 세워주어라."

"예, 아버님. 꼭 세우지요."

"또 한 분의 어머니 차연 님도 훌륭하신 분이었다."

"차연 왕비님과 새 어머님 차드나 님까지 계절마다 제사를 지내겠습니다."

"그럼 난 여한이 없다."

"아버님."

"기다리면 대륙은 네가 차지하게 된다."

이산이 웃음 띤 얼굴로 아바가이를 보았다.

"네가 내 꿈을 이루는 것이다."

조선은 청(淸)의 속국이 되었기 때문에 청(淸)의 섭정 이산의 조선행은 미리 사신을 보내 행차를 알려야 했다.

사신 일행이 떠나고 날짜가 결정된 후에 귀국 준비가 시작되었다.

이산이 극구 만류했지만 황제 아바가이가 듣지 않았다.

이산이 조선에서 묵을 장소는 강화도.

조선의 폐왕(廢王) 광해의 유배지에서 불과 2리(1킬로) 거리에 대저택을 짓기로 한 것이다.

조선 왕에게 지시해서 250칸 정도의 5개 건물을 짓도록 했다.

3개의 대문과 담장을 두르며 하녀 1백 명, 하인 1백 명 규모의 저택이니 작은 왕궁 수준이다.

아바가이가 이산에게 말했다.

"아버님과 광해 왕께서 함께 사실 저택입니다."

유성현의 별궁은 근위군들이 제2궁으로 부른다.

골짜기에 박혀 있어서 눈에 띄지 않지만 담장이 높고 건물은 6채나 된다.

연회용 방에다 궁인(宮人) 숙소가 1백여 개.

시중드는 하인이 2백여 명인데, 모두 여자다.

금남(禁男)의 성(城)이다.

근위군은 별궁 밖에 진을 치고 있을 뿐이다.

술시(오후 8시) 무렵이 되자 별궁에서 연회가 열렸다.

상석에는 황제 이자성이 앉았고 좌우에 10여 명의 대신들이 둘러앉았다.

모두 대원(大元)의 최고위 고관(高官)이다.

의심이 많은 이자성은 도성을 떠나 별궁에 올 때도 고관들을 모두 대동시키는 것이다.

도성에서 30리(15킬로)밖에 떨어지지 않아서 오가는 데 지장도 없다.

이복기처럼 먼 곳으로 가지 않는다.

"풍악을 울려라."

술잔을 든 이자성이 소리쳤다.

대신들의 옆에는 그림으로 그린 것 같은 미녀들이 시중을 들고 있다. 여색을 즐기지 않는 대신도 있지만 싫은 내색을 할 수가 없다.

풍악이 울리면서 연회장은 떠들썩한 분위기로 덮였다.


"음, 곰 발바닥이 이런 맛이군."

곰 발바닥 요리를 씹으면서 위천산이 연신 감탄했다.

"연하면서도 씹을수록 맛이 나는구나."

지금 상 위의 접시에는 곰 발바닥 요리가 놓여 있다.

별궁 옆쪽의 진막 안이다.

황제를 호위해 온 근위군 대장 위천산이 부장(副將) 양균과 곰 발바닥 안주로 술을 마시고 있다.

요리와 술은 황제가 보낸 것이다.

"술맛도 꿀맛이오."

양균이 입맛을 다시면서 말했다.

"인삼에다 꿀을 넣어 담근 술입니다."

"그렇군. 이 술은 처음 먹는다."

위천산이 쓴웃음을 지었다.

"도대체 술이 몇 가지나 있단 말인가?"

"마차 1대에 술을 싣고 왔으니 스무 항아리는 될 것입니다."

위천산이 고개를 끄덕였다.

안주는 2대로 운반해왔다.

진귀한 음식 재료까지 10여 대의 마차로 실어온 것이다.

그 덕분에 근위대장 위천산과 부장은 오늘 밤 포식한다.

황제가 음식과 술을 보내주었기 때문이다.

"기녀까지 보내주면 더 바랄 것이 없겠는데."

술잔을 든 위천산이 쓴웃음을 짓고 말했다.

도위 장현은 별궁 남쪽의 경비 책임자로 깐깐한 성품이다.

휘하에 2백 명의 근위군을 거느리고 있었는데 해시(오후 10시) 무렵이 되었을 때 순찰을 나갔다.

근위대장 위천산의 진막에 불이 환하게 켜져 있는 것이 보였다.

대장도 오늘 밤 술을 마시고 있는 모양이다.

내일 오전에는 돌아간다.

장현이 바위 모퉁이를 지난 순간이다.

앞쪽에서 검은 그림자가 어른거렸기 때문에 장현이 물었다.

"누구냐?"

순찰병이 수시로 돌기 때문이다.

그때 그림자가 움직였다.

짙은 어둠 속이어서 말없이 다가오는 그림자의 윤곽이 다섯 걸음쯤 앞에서야 드러났다.

"아니."

그 순간 장현이 입을 딱 벌렸다.

근위군이 아니다.

이복기가 기습당해 죽은 지 두 달밖에 되지 않았다.

군사 셋은 아직 앞쪽 괴한을 확인하지 못했다.

그때다.

미처 장현이 칼을 뽑기도 전에 검광(劍光)이 번쩍였다.

"아악!"

비명 소리는 뒤쪽에서 났다.

군사들도 당한 것이다.

진막의 젖혀져 있는 문으로 사내들이 들어섰기 때문에 위천산이 고개를 들었다.

"엇!"

놀란 외침은 부장 양균이 뱉었다.

검정 옷으로 감싼 괴한들이다.

괴한 셋이 한꺼번에 들어섰다.

"누구냐!"

위천산이 벌떡 일어서면서 물었지만 그것이 마지막 말이다.

앞장선 괴한이 던진 단검이 목에 박혔기 때문이다.

단검은 자루 끝까지 박혔고 칼끝이 뒤쪽으로 빠져나왔다.

위천산이 앞으로 쓰러지기도 전에 부장 양균의 머리통이 먼저 땅바닥으로 떨어졌다.

괴한들이 바람처럼 덮친 것이다.

"웬 소리냐?"

미녀의 허리를 안고 있던 이자성이 흐린 눈을 들었다.

그러나 옆쪽 대신들은 듣지 못한 것 같다.

안쪽 무대에서 악공들이 연주했고 무희 10여 명이 춤을 추는 중이다. 이곳저곳에서 주고받는 말소리까지 섞여 청 안은 활기에 차 있다.

고개를 기울였던 이자성이 앞을 지나는 시녀에게 말했다.

"나가서 보고 오너라."

그때다.

갑자기 비명 소리가 들렸다.

놀란 이자성이 고개를 들었을 때 연회장 안으로 사내들이 쏟아져 들어왔다.

모두 칼을 쥐었다.

"기습이다!"

누군가 소리쳤고 이어서 비명과 신음이 한꺼번에 터졌다.

괴한들이 살육을 시작했기 때문이다.

무희, 악공, 자리에 앉은 대신들까지 가리지 않고 베어 죽이는 것이다. 대신들의 옆에 앉아있던 미녀들도 마찬가지다.

연회장은 순식간에 도살장으로 변했다.

이자성은 벌떡 일어섰지만 더 이상 움직이지 못했다.

사방이 괴한들로 가득 찼기 때문이다.

그때 이자성 앞으로 괴한 둘이 다가왔다.

둘 다 칼을 치켜들고 있다.

"네 이놈들!"

이자성이 악을 썼다.

"네놈들은 누구냐!"

옆쪽의 비명 소리에 묻혀 목소리는 잘 들리지 않는다.

이자성이 다시 입을 벌렸을 때다.

그때 옆자리의 시중 고영춘이 처절한 비명을 지르면서 엎어졌다.

괴한 하나가 어깨에서 반대쪽 옆구리까지를 베어 버린 것이다.

피가 뿜어져 이자성의 얼굴에 튀었다.

이자성은 이제 반쯤 정신이 나갔다.

"대원(大元)의 재물을 다 주겠다!"

이자성이 소리쳤다.

"금덩이를 마차로 실어주마!"

그때 다가선 사내가 이를 드러내고 웃었다.

"네 머리만 주면 돼."

사내가 칼을 치켜들었을 때 이자성이 두 손을 모았다.

눈이 흐려져 있다.

"다 내놓고 갈 테니 목숨만은……."

"네 머리만 가져간다니까."

다음 순간 이자성의 머리통이 몸에서 떼어졌다.

다음 날 오전.

대원(大元)의 도성인 신장성의 내성 안이다.

이전이 앞에 놓인 이자성의 머리통에 시선을 주었다.

상 위에 놓인 이자성의 얼굴은 깨끗하게 씻겼고 머리도 잘 빗겨 놓았다.

그래서 두 눈을 치켜뜨고 있는 것이 산 사람 같다.

"황제 노릇을 두 달 했군."

이전이 말했을 때 이자성의 머리 뒤에 앉아있던 임상이 대답했다.

"폐하, 청에서 대신들이 기다리고 있습니다."

고개를 끄덕인 이전이 옆에 앉은 차명에게 말했다.

"이 머리를 치우도록 하게."

"예, 폐하."

차명의 얼굴에 쓴웃음이 번졌다.

"육신은 없어졌지만 이름만은 길게 남을 테니 여한은 없을 것입니다."

이자성은 이전의 암습을 받아 육신이 소멸되었다.

이번 이자성 제거의 일등 공신은 심복 임상이다.

임상이 차명에게 설득당한 것이다.

이제 이전이 후금(後金)과 대원(大元)을 통합한 서방 제1의 유적단 황제가 되었다.

유성현 별궁에서 대원(大元)의 최고위층 전원이 몰사했기 때문에 모두 새 면모를 갖췄다.

청에 나온 이전이 대신들의 하례를 받고 나서 말했다.

"나는 전(前) 황제 이자성 이름을 그대로 쓴다. 내가 지금부터 이자성이다."

이전이 웃음 띤 얼굴로 대신들을 보았다.

"전(前) 황제 두 분이 계속해서 명(明)의 암살대에 당했다. 나는 대원(大元)을 후금과 통합 후 명을 멸망시킬 것이다."

그때 이부상서 벼슬에 오른 임상이 두 손을 번쩍 들고 소리쳤다.

"만세! 천세!"

백관들이 일제히 따라 외쳤을 때 임상이 다시 소리쳤다.

"황제 폐하 만세!"

청 안이 만세 소리로 뒤덮였다.

"이자성(李自成)이라."

아바가이가 눈을 가늘게 뜨고 앞에 선 강천석을 보았다.

"이전이 이자성을 죽이고 그 이름으로 개명했단 말인가?"

"예, 폐하."

강천석이 말을 이었다.

"이자성은 명(明)의 암살대의 기습을 받아 죽은 것으로 소문을 냈습니다. 그래서 이자성의 유업을 계승하겠다는 것입니다."

그때 옆에 앉아있던 이산이 고개를 끄덕였다.

"이전의 주변에서 그렇게 부추긴 모양이군."

아바가이의 시선을 받은 이산이 말을 이었다.

"대원(大元)의 황제 이전으로 나서기에는 아무래도 청(淸)이 걸릴 테니까요."

"이전의 역심(逆心)이 굳어진 것일까요?"

"그것은 알 수 없습니다."

이산이 말을 이었다.

"이전이 조선인 이괄의 아들이라는 것이 다 알려졌을 테니 이자성의 이름으로 한인들의 감정을 누그러뜨리려고 차용했을 수도 있지요."

아바가이는 입을 다물었다.

이전을 동생으로 대우했던 아바가이다.

이제 서쪽의 거대한 유적단 황제가 되어서 이름까지 이자성으로 바꾼 것에 감회가 일어났을 것이다.

이산은 그 소식을 들은 닷새 후에 청(淸)의 도성을 떠났다.

황제 아바가이가 이산을 따라 2백 리(100킬로)나 남진했다가 마침내 작별했다.

"아버님, 제가 조선으로 찾아가 뵙겠습니다."

수행원들이 보고 있는데도 아바가이가 이산의 손을 잡고 말했다.

"부디 몸 보중하시옵소서."

"난 이제 다 이루었다."

이산이 아바가이의 손을 마주 쥐었다.

주름진 눈에 눈물이 고였고 입술이 떨렸다.

"치야."

아바가이의 태어났을 때 이름이 치(治)이다.

"예, 아버님."

둘은 조선어로 말하고 있다.

"네 친모의 묘소를 잊지 말아라."

"예, 아버님."

아바가이가 충혈된 눈으로 이산을 보았다.

"친모, 그리고 두 분 어머님까지 다 잘 모시겠습니다."

친모는 홍기선의 딸 홍화진이며, 양모는 차연, 그리고 이산의 부인이며 누르하치의 동생인 차드나까지 셋이다.

이제는 모두 이 세상을 떠났다.

갑자기 세 어머니를 떠올린 아바가이의 눈에서 눈물이 흘러내렸다.

다시 생부(生父)까지 떠나는 것이다.

이산이 위로했다.

"너는 세자까지 정했으니 외로울 것 없다. 내가 자주 서신이라도 보낼 것이다."

이렇게 부자가 작별했다.

"이 왕(李王)께서 언제 도착하시는가?"

인조가 묻자 영의정 김류가 대답했다.

"한 달쯤 걸릴 것입니다."

창경궁의 청 안이다.

대신들이 둘러서 있어서 인조는 이산 이름을 함부로 내놓지 못했다.

이 왕(李王)이라고 불러야 했다.

서열도 조선 왕보다 몇 계단이나 높은 존재다.

그때 인조가 다시 물었다.

"내가 마중 나가지 않아도 될까?"

"이 왕 전하께서 금지시켰습니다."

이번에는 좌의정 김자점이 나섰다.

"강화도의 궁(宮)까지 오시는 동안 지방관이나 주민들이 마중을 나온다면 문책하겠다는 공문을 보냈습니다."

"허어!"

인조가 쓴웃음을 지었다.

"별일이 다 많군. 숙소는 어떻게 하신다는 건가?"

"말에 진막을 싣고 온다는 것입니다."

그때 도원수 전황이 말을 이었다.

"수행원이 3백여 명인데 그들이 먹을 양곡이나 부식도 현지에서 구입한다고 했습니다."

마침내 인조가 입맛을 다시고 의자에 등을 붙였다.

조금도 융통성이 없는 처신인 것이다.

이쪽이 접근할 여유를 주지 않는다.

그렇게 이산 일행은 강화도의 궁(宮)으로 내려가 폐왕 광해를 모시고 함께 산다는 것이다.

폐왕 광해가 오두막의 방에서 앞에 앉은 윤병한을 보았다.

유시(오후 6시) 무렵.

기둥에 달린 기름등 불꽃이 흔들렸다.

"그럼 열흘 후에 오시는군."

"예, 전하."

윤병한이 말을 이었다.

"왕께선 곧장 이곳으로 오셔서 전하와 함께 궁(宮)으로 가실 예정입니다. 그러니 전하께서도 준비를 해주십시오."

"내가 준비할 것이 뭐가 있나?"

광해가 쓴웃음을 지었다.

이때 광해의 나이가 65세다.

윤병한이 방을 둘러보는 시늉을 했다.

"제가 왕께서 오실 때까지 이곳에서 전하를 모시겠습니다."

윤병한은 이산이 보낸 사신이다.

이산이 광해가 새 궁(宮)으로 떠나도록 준비를 시키려고 보냈다.

"이제는 좀 편안할까 했더니 안방으로 호랑이가 기어든 꼴이로군."

김자점이 혼잣소리처럼 말했을 때 김류가 쓴웃음을 지었다.

"광해가 말년에 호강하겠어. 어쨌든 명이 긴 인간이야."

"과연 그렇군."

김자점이 고개를 끄덕였다.

"강화도 궁(宮)은 이산이 광해를 위해 지었다는 말이 맞아."

"안채에 광해를 모시고 이산은 바깥채에 거주한다지? 충신이야."

"두 노인이 얼마나 살까?"

눈을 가늘게 떴던 김자점이 말을 이었다.

"이전이 이자성으로 개명해서 대륙 서쪽에 자리 잡다니, 조선에서 나산 놈들이 다 출세했구나."

# 6장
# 대업을 이루다

이산이 강화도에 도착했을 때는 열흘 후다.

개성유수와 황해병사가 수십 척의 배를 모아놓고 있었기 때문에 이산 일행은 단숨에 한강을 건너 강화도에 닿았다.

포구에는 강화부사가 엎드려 이산을 맞는다.

배를 탈 적에 개성유수와 황해병사에게는 고개만 끄덕였던 이산이 강화부사를 보더니 입을 열었다.

"네가 왕 전하를 모시느라 고생이 많다."

"아니옵니다."

당황한 강화부사 임문길의 얼굴이 붉어졌다.

이때 임문길은 42세. 정3품 고관이다.

국법에 어긋나지만 임문길이 자주 광해에게 인사를 갔고 비가 새는 지붕을 서둘러 고치는 등 신경을 써주었다.

이산이 다가가 말을 이었다.

"나까지 왔으니 더 힘들겠구나."

"모시게 되어서 영광입니다."

임문길이 고개를 들고 이산을 보았다.

"언제라도 불러주소서."

유배소에서 떠날 수가 없었기 때문에 집 밖에 나와서 서 있던 광해가 이산을 맞는다.

광해의 10보 거리로 다가갔을 때 이산이 말에서 내리더니 땅바닥에 엎드려 절을 했다.

미시(오후 2시) 무렵.

5월 중순의 화창한 날씨다.

"전하를 뵙습니다."

이산의 목소리가 울렸다.

모두 숨을 죽이고 있었기 때문이다.

이산이 엎드리자 수행해 온 강화부사, 도사, 종사관, 그리고 이산을 모시고 온 일행까지 모두 엎드렸다.

"오오, 이 왕 전하."

놀란 광해가 두 손을 내밀고 허둥지둥 다가오더니 이산을 일으켰다.

"전하께서 왜 이러십니까?"

끌려 일어난 이산이 광해의 팔을 잡았다.

"이제 이곳에서 모시려고 왔습니다."

"고맙소. 기다리고 있었습니다."

"가시지요."

이산의 눈은 어느새 충혈되어 있다.

두 노인이 서로 팔을 낀 채 몸을 돌렸을 때, 강화부사 임문길이 허리를 굽혔다.

"제가 안내하겠습니다."

새로 지은 궁(宮)으로 가는 것이다.

이자성으로 이름을 바꾼 이전은 약진했다.

쓰촨(四川)을 장악한 후에 산시(陝西)를 평정하고 허난(河南)의 명군을 격파했다.

그러고 나서 산시(山西)의 남쪽을 점령했으니 대륙의 서북면의 지배자가 되었다.

이자성은 군사 차명에 이어서 책사 이암을 기용, 백성들의 폭발적인 인심을 모았다.

그것은 백성들에게 오년부징(五年不徵)법을 선포하여 5년 동안 조세를 받지 않는다고 했으며 빈부균전법을 내걸어 전토를 균등 분배한다고 선전했기 때문이다.

이자성은 후베이(湖北)까지 진출하여 양양으로 도읍을 옮겨 스스로 신순왕(新順王)으로 칭했다.

"전하, 대륙 정벌이 눈앞으로 다가왔습니다."

차명이 말했을 때 이전이 빙그레 웃었다.

"너무 갑자기 비대해진 것 같지 않으냐?"

"전하, 명(明)의 태조 주원장은 거지 중이었다가 어찌어찌하다 보니까 황제가 되었습니다."

그때 책사 이암이 쓴웃음을 지었다.

"주원장의 기괴한 용모가 크게 도움이 되었지요. 결국 황제는 하늘이 내리는 것입니다. 천운이 따라야 되는 것이지요."

이암은 천문과 지리, 그리고 관상에도 조예가 깊은 인물이다.

그것을 알기 때문에 차명이 삼고초려를 해서 이전의 책사로 모셔 왔다.

양양 도성의 청 안이다.

청에는 이전과 차명, 이암까지 셋이 둘러앉아 있었는데, 최고위층 회의다.

그때 이전이 이암을 보았다.

이암은 이때 48세.

이전은 39세다.

이전이 대륙에 발을 딛은 지 17년째다.

"이 공(李公), 내 운세를 보았는가?"

이전이 정색하고 이암에게 물었다.

"나에게 처음 온 날, 내 얼굴을 유심히 본 기억이 난다. 내 관상을 보았으리라고 생각한다. 그렇지 않은가?"

"예, 전하."

이암이 고개를 들고 이전을 마주 보았다.

"보았습니다."

"어떻더냐?"

"역상(逆相)은 아니십니다."

그때 차명이 정색하고 이암을 보았다.

"이보게, 이 공(李公). 전하는 곧은 성품이시네. 무엄하네."

"아니오, 차 공."

이암이 고개를 저었다.

"전하께선 이미 제왕의 반열에 드신 분입니다. 범인(凡人)의 척도는 벗어나신 분이시지요. 하지만 항상 두 분을 염두에 두고 계시기 때문에 그렇게 말씀드린 것입니다."

"그 두 분이 누군가 말해보라."

이전이 말하자 이암은 숨을 골랐다.

"동쪽에 계신 두 분 이 씨입니다."

순간 이전은 물론이고 차명도 숨을 들이켰다.

이산과 이치 즉, 아바가이다.

이암이 말을 이었다.

"전하께선 제국을 멸망시키고 새 제국을 일으키시는 영웅이 되십니다. 그러나 그 두 분 이 씨한테는 절대로 역신(逆臣)이 되지 않으실 테니 심려하지 마시옵소서."

그때 이전이 얼굴을 펴고 웃었다.

"그대는 내 마음을 다 읽는구나."


"이자성 아니, 이전이 대륙의 절반 이상을 차지했구나."

아바가이가 웃음 띤 얼굴로 말을 이었다.

"곧 동진(東進)한다니 자금성도 깨뜨리겠군."

"그렇게 쉽게 무너지지는 않습니다."

아무라디가 말했다.

"허베이(河北), 산둥(山東) 지역의 명군이 40만이 넘습니다. 거기에다 산해관 오삼계의 40만 군사까지 모으면 1백만이 됩니다."

그때 병부상서 겸 근위군 총사령이 된 바이탄이 말했다.

"오삼계의 군사는 우리 때문에 움직이지 못할 것 아니오? 이전은 허베이군(軍)만 상대하면 될 것이오."

"그건 그렇습니다."

의외로 순순히 대답한 아무라디가 아바가이를 보았다.

"우리 청군(淸軍)이 오삼계군(軍)을 묶어둔다면 이자성이 자금성을 함락하고 명 황제를 잡게 되겠지요."

"허, 그대는 이제 이전을 이자성으로 부르는구나."

아바가이가 웃음 띤 얼굴로 말했다.

"이전이라고 부르지 않는가?"

"이제는 이자성이 익숙해졌습니다, 폐하."

아무라디가 정색하고 아바가이를 보았다.

"이전, 그놈은 역신(逆臣)입니다. 이름자를 입에 올리기도 싫습니다."

그때 아바가이가 쓴웃음을 지었다.

방으로 들어선 아바가이가 자리에서 일어서는 강천석을 보았다.

이곳은 내궁 안쪽의 접견실이다.

강천석은 이제 황제 직속의 감찰태수다.

감찰부는 말 그대로 청(淸) 제국의 모든 기관을 감찰하는 부서다.

그러나 외부에 드러내놓고 행동하지 않기 때문에 대신 회의에도 참석하지 않고 황제가 부를 때만 얼굴을 비친다.

강천석이 입을 열었다.

"이전은 자금성 내부의 환관들을 매수해놓고 있습니다. 자금성을 경비하는 근위군은 약 7만여 명. 성 밖의 6개 기지에 20여 만이 주둔하고 있지만 모두 환관의 지휘를 받습니다."

고개를 든 강천석의 눈이 번들거렸다.

"이제 자금성 함락은 이전에게 쉬운 일이 되었습니다."

"그런가?"

아바가이의 얼굴에 쓴웃음이 번졌다.

"이전이 나보다 빠르구나."

"대륙 안으로 들어왔기 때문입니다. 그곳에서 유적(流賊)단을 규합한 것이 빨랐습니다. 하지만."

강천석이 말을 이었다.

"환관 놈들이야 제 부귀영화만 쥐면 부모도 팔아먹을 놈들입니다. 그러나 자금성을 탈취하고 명 황제를 잡아도 그 후가 문제입니다."

"그렇지."

"아직도 사방의 유적(流賊)단이 수십만이며 명군(明軍)은 산해관의 오삼계가 이끄는 40만과 각 지방의 군벌들이 연합하면 수백만이 되기 때문이지요."

아바가이가 고개를 끄덕였다.

그때는 모든 유적단, 명군의 집중 공격을 받게 될 것이다.

자금성 탈취는 아무 의미가 없다.

명 황제를 잡았다고 대륙을 정복하는 것이 아니다.

유적단, 명군, 모두를 굴복시켜야 한다.

더구나 요동의 청(淸)은 가장 강력한 신흥 세력이다.

그때 아바가이가 물었다.

"청(淸)에 대한 이전의 생각은 어떻다고 생각하느냐?"

"제2비 하린, 차명이 적극적으로 이전을 부추기고 있습니다. 이미 이전은 청(淸)을 배신했습니다."

강천석이 단정하듯 말했다.

"이전은 이제 이자성으로 이름까지 바꿨습니다. 그것은 내가 '이전'이 아니라는 것을 청(淸)에 보여주는 시위이기도 합니다."

아바가이가 고개를 끄덕였다.

강천석은 이전의 정보를 모아온 것이다.


"이 공(李公), 부탁이 있소."

겨울.

광해가 불쑥 말했기 때문에 이산이 고개를 들었다.

강화도 궁(宮)에서 함께 살면서 이산과 광해는 거의 매일 만났다.

광해가 지난가을부터 외부 출입을 안 하고 안채에서만 지냈기 때문에 이산이 자주 문안차 간 것이다.

이제 광해는 66세가 되었다.

"말씀하시지요."

이산이 정색하고 광해를 보았다.

광해가 부탁이 있다고 말한 적이 없기 때문이다.

그때 광해가 희미하게 웃었다.

"내가 요즘 몸이 좋지 않소."

"이런, 의원을 부르시지요."

놀란 이산이 말하자 광해는 고개를 저었다.

"기름등의 기름이 떨어진 것 같은 현상이오. 백약이 무효입니다."

"전하, 인삼이 특효입니다. 앞으로 10년은 더 버티실 수 있습니다."

"내가 내 몸은 압니다."

광해가 허리를 펴고 이산을 보았다.

이미 머리는 백발이 되었고 흰 수염에 덮인 얼굴은 주름으로 가득 찼다.

광해의 시선을 받은 이산의 눈이 흐려졌다.

이산은 이미 70이 넘었지만 아직 말도 탄다.

'이래서 전하가 바깥출입을 안 하고 방에서만 지냈구나.'

그것이 서너 달 된 것 같다.

그때 광해가 말을 이었다.

"조선 왕을 만나야겠습니다. 그러니 이 공께서 손을 써주시오."

"능양군 이종 말입니까?"

저도 모르게 이산의 입에서 인조의 이름이 나와 버렸다.

인조는 능양군으로 이름이 이종이었다.

광해가 고개를 끄덕였다.

"그렇소. 떠나기 전에 할 말이 있소."

"떠나시다니요?"

눈을 치켜떴던 이산이 곧 어깨를 늘어뜨렸다.

폐위된 지 벌써 18년이다.

"당장에 자리를 마련하지요. 그러나 떠나시겠다는 말씀은 하지 마십시오."


"무엇이? 나를?"

펄쩍 뛰듯이 놀란 인조가 앞에 선 김자점을 보았다.

"선, 선왕(先王)이 나를?"

"예, 강화부사 임문길의 급서가 왔습니다. 이산 왕(王) 전하가 임문길을 불러 선왕(先王) 전하께서 주상을 만나겠다고 하셨다는 것입니다."

공식 석상에서는 이제 광해를 폐왕이라고 부르지 못한다.

그랬다가는 큰일 난다.

대신이건 임금이건 선왕(先王)이라고 불러야 한다.

지금 인조는 내실에서 김자점, 김류, 최명길까지 넷이 둘러앉아 있다.

김자점이 긴급한 보고를 하기 때문이다.

그때 김류가 물었다.

"무슨 일이라고 합니까?"

"선왕(先王)께서 하실 말씀이 있다는 것입니다."

"이제는 상왕(上王)으로 정사에 간여하겠다는 것인가?"

투덜거린 김류의 시선이 최명길에게 옮겨졌다.

"그대의 생각은 어떻소?"

"선왕(先王)께서 조선에 해가 될 말씀을 하시겠습니까?"

최명길의 말에 방 안이 조용해졌다.

맞는 말이기 때문이다.

모두 잊고 있었다는 표정을 지었다가 곧 시선을 돌렸다.

불편한 손님이 왔을 때의 표정이 이럴 것이다.

그때 최명길이 말을 이었다.

"그러니 전하께서 찾아가 뵙는 것이 나을 것 같습니다."

모두 입을 다문 것은 그럴 수밖에 없다는 시늉이다.

사흘 후에 강화궁의 청 안에 여섯이 마주 보고 앉았다.

상석에는 광해와 이산이 나란히 앉았고 앞쪽에 인조와 세 대신이 자리 잡았다.

외인의 출입을 금했기 때문에 주위는 조용하다.

모두 숨을 죽이고 있을 것이다.

그때 광해가 고개를 들고 인조를 보았다.

"종아, 잘 들어라."

광해의 시선을 받은 인조가 숨을 들이켰다.

인조가 된 능양군 이종은 광해의 조카다.

인조의 생부인 정원군은 광해의 이복동생이다.

이때 광해는 66세.

인조는 47세다.

인조가 대답했다.

"예, 전하."

"내가 너한테 박절했다. 용서해라."

순간 인조가 숨을 멈췄고, 김류, 김자점, 최명길까지 몸을 굳혔다.

광해가 말을 이었다.

"이제 너도 군주가 된 지 어언 20년이 되었구나"

"예, 18년이 되었습니다."

인조의 입에서 저절로 대답이 나왔다.

광해가 고개를 끄덕였다.

"일어나지 않아도 되었을 호란(胡亂)이 두 번이나 일어났구나. 이제는 너도 깨달은 것이 있을 것이다."

인조가 시선을 내렸고 광해의 말이 이어졌다.

"대륙에서는 한동안 난리가 계속되겠지만 그동안 너는 마음 놓고 내치(內治)에 힘쓰면 된다. 이것이 조선에는 기회가 될 것이다. 청(淸)을 이용하거라."

"예, 전하."

"동인, 서인 구분하지 말고 골고루 기용해라. 조선의 가장 고질병이 파당이다. 밖으로는 나가지 못하고 좁은 땅에만 박혀 있다 보니까 저희끼리 싸우는 병이 들었다."

광해가 말을 이었다.

"파당만 없애면 조선은 세상의 지배자가 될 것이다."

이산이 소리 죽여 숨을 뱉었다.

그게 가능할까?

그때 인조가 물었다.

"전하께서 저를 용서한다고 하셨는데, 진심이십니까?"

그 순간 모두 긴장했다.

이산까지 고개를 들고 인조와 광해를 번갈아 보았다.

그때 광해가 정색했고 인조에게 말했다.

"내 아들 질과 며느리, 그리고 비 유 씨가 자살했다. 그것이 한(恨)이 되었지만 인과응보다. 나도 네 동생 능창을 죽이지 않았느냐?"

광해의 눈이 흐려졌지만 목소리는 담담했다.

"그렇게 18년이 지났구나. 한 많은 내 인생이 이제 끝나려는 마당에 너를 만나 용서를 구하려는 것이다."

"전하."

인조가 두 손을 방바닥에 짚었다.

"저도 얼마나 후회했는지 모릅니다."

인조의 눈도 흐려졌다.

목소리는 떨렸다.

"정사를 어떻게 운영해야겠다는 대안도 없이 왕권을 잡으려는 욕심만 앞섰습니다. 그것이 결국 백성들에게 화(禍)로 돌아왔습니다."

김류, 김자점이 외면하고 있다.

최명길은 붉어진 눈을 부릅뜨고 벽을 노려보는 중이다.

인조가 말을 잇는다.

"제가 성품이 가볍고 참을성이 없으며 분을 참지 못합니다. 어떻게 하면 되겠습니까?"

"파당을 없애거라."

"예, 숙부님."

인조가 이제는 광해를 숙부로 불렀다.

"노력하겠습니다."

"소현세자가 청(淸)에서 잘하고 있는 것 같다. 신하들에게 흔들리지 말고 소현에게 대를 잇게 해라."

"예, 명심하겠습니다."

"이제 후련하다."

광해의 얼굴에 웃음이 떠올랐다.

환해진 표정이다.


인조 일행이 돌아갔을 때, 이산이 광해에게 말했다.

"전하, 조선 왕이 감복한 것 같습니다."

그때 광해가 쓴웃음을 지었다.

"진정은 보였지만 걱정입니다."

"왜 그러십니까?"

"능양군이 바탕 성품은 착하지만 제 말마따나 가볍고 쉽게 변합니다. 아직도 청(淸)에 대한 분이 풀리지 않아서 소현세자를 받아들일지 걱정입니다."

청(淸)에 인질로 잡혀있는 소현세자는 아바가이한테서도 인정을 받고 있다. 그것을 인조는 탐탁지 않게 생각하고 있다.

이산의 시선을 받은 광해가 길게 숨을 뱉었다.

"나는 이제 할 일은 다 한 것 같소."

"전하, 더 지켜보셔야지요."

"이렇게 이 왕(李王) 전하와 함께 있게 되다니, 하늘이 나에게 복을 주신 것이 아니겠습니까?"

"제가 복(福)이올시다."

결국 둘이 덕담을 주고받았다.

그로부터 사흘 후에 이산은 하인이 부르는 소리에 방문을 열었다.

진시(오전 8시) 무렵이다.

안채의 광해 처소 집사가 마당에 서서 이산을 보았다.

"전하, 선왕(先王) 전하께서 돌아가셨습니다. 아침에 일어나지 않으시기에……."

이산이 몸을 일으켰다.

예상했기 때문에 놀라지는 않았다.

광해는 누워서 자는 것처럼 보였다.

평온한 표정이다.

이산이 손을 뻗어 광해의 손을 쥐었다.

방에는 아무도 들이지 않았기 때문에 둘이다.

"전하, 먼저 떠나셨군요."

그때 이산의 눈에서 눈물이 흘러내렸다.

"제가 마지막까지 지켜드리지요."

광해의 손이 아직 따뜻했기 때문에 이산이 힘주어 쥐었다.

"이제 한(恨)을 다 버리셨으니 저승에서 비 마마, 세자 부부를 만나시옵소서."

인조 18년이다.

34세에 조선 15대 왕이 되어서 15년 동안 재위하다가 49세에 인조에게 왕위를 빼앗기고 18년을 더 살았다.

67세다.

이산의 목소리가 방 안에 울렸다.

"전하, 이제 편히 쉬소서."


명(明)은 대혼란기에 수습 기능도 상실한 상태다.

거의 죽어가는 코끼리 주변에서 늑대들이 날뛰는 세상이 된 것이다.

특히 만리장성 서쪽의 대륙이 그렇다.

이자성, 장헌충의 유적단이 이제 명 제국을 뜯어먹는 두 마리의 호랑이로 성장했다.

다른 유적단들을 모두 흡수, 궤멸시킨 후에 두 마리로 줄어든 셈이다.

아바가이가 청으로 도르곤을 불러들였을 때는 유시(오후 6시) 무렵이다.

"복림(福臨)이는 너를 잘 따르느냐?"

아바가이가 묻자 도르곤이 고개를 들었다.

도르곤은 세자 복림의 후견인이다.

이제 여섯 살이 된 복림에게 도르곤이 말 타는 법을 가르치고 있다.

"예, 폐하. 어제는 말고삐를 잡는 법을 배웠습니다."

"오, 그런가?"

아바가이가 건성으로 고개를 끄덕였다.

"그놈이 고분고분 네 말을 들어?"

"조금 고집이 세십니다만 제 말은 들으십니다."

"유모의 말은 듣지 않는다고 한다."

아바가이가 지그시 도르곤을 보았다.

"도르곤, 너는 내 생부께서 선택한 세자의 후견인이다."

"알고 있습니다, 폐하."

"그것은 네가 신의(信義)를 지키고 충직한 성품인 것을 간파하셨기 때문이다."

도르곤이 고개를 숙였다.

그에게 섭정 이산은 하늘 같은 존재다.

아버지 누르하치의 의형제로 팔기군(八旗軍)의 기틀을 잡아놓은 영웅이다.

그때 아바가이가 말을 이었다.

"세자를 부탁한다."

"예, 폐하."

도르곤이 다시 납작 엎드렸다.

광해의 묘 앞에 앉아있던 이산이 아래쪽에서 달려오는 2기의 기마인을 보았다.

이쪽을 향해 전속력으로 달려오고 있다.

화창한 가을 날씨다.

미시(오후 2시) 무렵.

단풍이 산마루까지 뻗어 있어서 산은 물감을 입힌 것 같다.

광해가 세상을 떠난 지 2년.

이산은 틈만 나면 옛 주군 광해의 묘소를 찾는다. 벌써 70대 중반의 나이가 되었어도 이산은 말을 타고 이곳 산에 오른다.

자리에서 일어선 이산이 이제는 말에서 내려 산을 오르는 두 사내를 보았다.

거리가 좁혀지면서 앞에 선 사내가 강화궁(宮)의 위사장 조관인 것을 보았다.

조관은 전(前) 황해병사를 지낸 무장이다.

조관 뒤를 평복 차림의 사내가 따르고 있었는데, 무장(武將) 같다.

그때 다가온 둘이 일제히 무릎을 꿇었다.

조관이 소리쳐 말했다.

"전하, 봉천 황성에서 온 전령입니다."

그때 옆에 꿇어앉은 사내가 소리쳐 말을 잇는다.

조선어다.

"위사장 파갈이 보낸 1천인장 방춘입니다, 전하."

"무슨 일이냐?"

심상치 않은 분위기를 느낀 이산이 소리쳐 물었다.

머리 위로 산비둘기가 날갯짓 소리를 내며 날아갔다.

그때 방춘이 소리쳤다.

"전하, 폐하께서 붕어하셨습니다!"

"무슨 말이냐?"

이산이 눈을 치켜떴다.

잘못 들은 표정을 짓고 한 걸음 다가섰다.

"누가 붕어해?"

"폐하께서 사냥을 하시다가 쓰러지셨습니다!"

방춘이 울음 섞인 목소리로 소리쳤다.

"머릿속 피가 터졌다고 합니다!"

"머릿속이?"

"예, 어의가 말했습니다. 머릿속 피가 터졌기 때문에 급사하셨다고……."

"……"

"근위군 사령관 바이탄과 위사장 파갈 사령관이 급히 전하를 모시고 오라고 했습니다."

그때 이산이 발을 떼었다.

비틀거리고 있다.


청(淸)의 초대 황제이며 누르하치의 후계자인 아바가이, 홍타이지 황제가 재위 17년 만에 급사했다.

향년 52세에 뇌출혈로 급사한 것이다.

1643년이다. 광해가 사망한 지 2년 후. 후계자로 삼은 복림(福臨)이 6살 때다.


황성 안.

황궁의 접견실에서 대신들이 둘러앉아 있다.

아바가이의 장례식은 조용히 치러졌다.

대신들만 알도록 은밀하게 장례식을 치른 것이다.

난세(亂世)다.

황제의 유고를 떠들어댈 상황이 아니다.

그때 먼저 근위군 총사령관이며 3개 기장(旗將)을 지휘하는 바이탄이 입을 열었다.

"곧 섭정께서 오실 것이니 지휘를 받읍시다."

바이탄은 카린의 남편이며 이산의 사위다.

한때 변방의 지휘관이었다가 아바가이의 인정을 받아 군(軍)의 실세가 되어 있다.

그때 대신들을 대신해서 도르곤이 말했다.

"폐하께서 이미 세자를 정해놓으셨으니 비록 어리시더라도 황제로 추대해야 옳습니다."

대신들이 고개를 끄덕였다.

누르하치는 16남 8녀를 낳았으며 아바가이는 누르하치의 친자(親子)도 아니었다.

조선인 이산의 아들을 양자로 데려온 것이다.

이제 아바가이가 세자를 옹립했다고 해도 남은 누르하치의 자식들이 가만 있을 리가 없다.

그래서 서둘러 이산에게 연락한 것이다.

왕자들이 움직이기 시작했다.

홍타이지에게 눌려있던 왕자들이 섭정 이산도 없는 터라 서둘러 나선 것이다.

황제가 공석인 상황이다.

그중 7명이 공동연합 세력을 모으기 시작했는데 모두 무력(武力)을 배후에 두고 있다.

초대 황제 누르하치의 아들 4명, 누르하치 동생의 아들, 손자, 그리고 홍타이지의 장남 호격까지 포함되었다.

도르곤이 당황해서 왕자들을 설득했지만 먹히지 않는다.

도르곤도 누르하치의 14번째 아들인 것이다.

홍타이지가 8번째 아들로 황제가 되었으니 세자 복림보다 순위가 빠르다.

여진족 전통으로 후계자는 부족장, 친족들의 합의에 의해서 결정되어야 한다. 미리 세자로 정한 적이 없다.

황제가 정했어도 아직 관습으로 굳어지지 않았다.

"조선인으로 대를 이어야 한단 말인가?"

마침내 왕자 회의에서 이런 말이 나왔을 때는 장례를 치른 사흘 후다.

누르하치의 차남이며 아바가이의 이복형뻘인 예친왕 대선이 말한 것이다.

"맞습니다. 이제는 여진인도 여진의 피를 받은 황제가 다스려야 합니다."

맞장구를 친 왕자는 7인 유력자 중 하나인 대선의 손자 아다리다.

7명 중 둘이 단숨에 결합했다.

유시(오후 6시) 무렵.

아바가이가 사망한 지 오늘로 열흘째다.

그때 도르곤이 말했다.

"여진은 이제 황제가 통치하는 제국이 되어 있소. 예전 부족일 때의 관습을 주장하는 건 옳지 않소."

"그렇다면 여진인 핏줄은 무시한단 말인가?"

대선이 버럭 소리쳤다.

대선은 62세.

적기장(赤旗將)으로 가리반 부족장을 겸하고 있다.

가리반 부족은 황제의 부족이다.

도르곤이 어금니를 물었다.

아바가이 시절에는 감히 청에 나오지도 못했던 대선이다.

대선은 물욕이 많아서 은밀히 부족을 보내 약탈 행위를 해왔기 때문이다.

파문을 시키려다가 아바가이는 여러 번 참았다.

그때 대선의 손자 아다리가 말했다.

"그렇습니다. 복림(福臨)은 아직 6살인 데다가 조선인이오! 부모가 모두 조선인이란 말입니다! 이젠 여진으로 돌아갑시다!"

그때 청 안으로 1백인장 하나가 들어와 말했다.

"섭정께서 오셨습니다."

순간 청 안에서 숨소리도 나지 않았다.

그러다가 먼저 입을 연 것이 27세짜리 명군왕 아다리다.

"누구라고?"

"섭정 전하이시오."

1백인장이 어깨를 펴고 아다리를 보았다.

"조선에서 달려오셨소."

그러고는 목소리를 높였다.

"모두 맞을 준비를 하시오!"

섭정 이산은 왕자들보다 서열이 위다.

황제의 친부(親父)는 차치하더라도 누르하치의 의형제였다.

청으로 이산이 들어섰다.

백발에 머리띠만 매었고 흰색 겉옷에 장검을 찼는데 허리도 곧다.

왕자들이 일제히 허리를 숙였지만, 이산이 시선도 주지 않고 지나쳐 상석에 앉는다.

조금 전까지 대선이 앉았던 자리다.

이산의 뒤로 총사령관 바이탄과 위사대장 파갈이 따라와 좌우에 시립하고 섰다.

황제의 위엄이 돋아났다.

7왕자가 아래쪽에서 갈라서서 아직 허리를 펴지 않는 것이 그 증거다.

황제가 허리를 펴라고 해야 편다.

그때 이산의 시선이 대선에게로 옮겨졌다.

"너, 대선."

"예, 왕 전하."

놀란 대선의 말끝이 떨렸다.

"지금 무슨 회의를 했느냐?"

"예, 세자 저하를 모시고 청(淸) 제국을 다시 일으켜야 한다는 이야기를 하는 중이었습니다."

대선이 흐려진 눈으로 이산을 보았다.

평소에도 대선은 이산을 무서워해서 근처에 얼씬거리지 않았다.

아바가이가 여러 번 죽이려고 했지만, 이산이 만류했다는 것도 안다.

그래서 2, 3년 동안 근신하고 있다가 뛰쳐나온 것이다.

그때 이산이 쓴웃음을 지었다.

"내가 여기 오다가 네 소문을 들었다. 네가 저기 있는 네 손자 아다리하고 조선인들을 몰아내야 한다고 했지?"

"그럴 리가 없습니다."

정색한 대선이 머리까지 저었다.

"천지신명께 맹세합니다, 모함입니다. 저는 오직 충성을 바쳐……"

"네 목을 내놓겠느냐? 아니면 몽골 땅으로 추방될 테냐?"

"예, 추방으로 하겠습니다."

대선이 바로 말했다.

"식구만 데리고 떠나지요."

"20명으로 제한한다. 말은 30필. 그 이상이면 죽인다."

"예, 전하."

"그리고 너."

이산이 손으로 대선의 손자 아다리를 가리켰다.

"너는 오늘 여기서 죽어라."

추상같다.

아다리가 끌려나갔고 대선은 허둥지둥 밖으로 나갔는데 내려놓았던 칼도 잊고 집지 못했다.

그때 이산이 왕자들을 둘러보았다.

눈길이 칼날 같다.

청 안이 순식간에 조용해졌고 이산의 목소리가 울렸다.

"가소롭다."

모두 숨도 쉬지 않았을 때 이산의 목소리가 이어졌다.

"고양이가 보이지 않으니까 쥐들이 나와서 설치는 꼴이구나."

이산의 시선이 도르곤에게 멈췄다.

"도르곤."

"예, 전하."

도르곤의 목소리도 떨렸다.

이때 도르곤은 만 31세.

혈기왕성한 시기였으나 이산 앞에서는 시선도 들지 못한다.

이산이 말을 이었다.

"네가 섭정으로 세자를 보좌하라. 이것이 죽은 홍타이지 황제 폐하의 유언이셨지 않으냐?"

"예, 전하."

"알겠느냐?"

"충심으로 세자를 보좌하겠습니다."

그때 이산의 시선이 복림(福臨)의 배다른 형이며 아바가이의 장남인 호격에게 옮겨졌다.

호격은 한윤의 아들이다.

"너, 호격."

"예, 전하."

조부인 이산의 시선을 받자 호격이 청 바닥에 두 손을 짚고 엎드렸다.

그때 이산이 말을 이었다.

"너도 함께 섭정이 되어서 네 동생을 보좌해라."

"예, 전하."

두말 할 필요가 없다.

고개를 든 이산이 옆에 선 바이탄과 파갈에게 말했다.

"이제 황제의 붕어를 알리고 새 황제의 즉위를 선포해라."


홍타이지 황제의 장례와 새 황제의 즉위는 일사불란하게 진행되었다. 각 기군의 기장(旗將)과 대신들이 빠짐없이 모였기 때문에 도성은 8개 깃발로 가득 찼다.

장례의 임숙함이 즉위식의 성대함에 압도되었다.

그것이 정상이다.

각 기장(旗將)과 대신들은 3대 황제인 복림(福臨)에게 충성을 맹세했고 곧 사흘 동안 잔치를 벌였다.

내궁의 내실 안.
유시(오후 6시) 무렵.
이산이 복림(福臨)을 만나고 있다.
아바가이와 함께 여러 번 복림을 만난 터라 이산은 낯이 익다.
복림은 어머니 오정과 함께 나왔는데 6살이었지만 영민했다.
"할아버님 오셨습니까?"
오정한테서 아이 때부터 조선말을 배운 터라 복림이 두 손을 모으고 조선말로 인사를 했다.
"오, 폐하."
복림의 인사를 들은 이산이 갑자기 목이 메었다.
방 안에는 이산과 오정, 복림까지 셋이 둘러앉았다.
그때 이산이 복림에게 물었다.
"폐하, 내가 누군지 아시오?"
"제 할아버지이십니다."
복림이 바로 대답했다.
이산은 조선으로 떠나기 전에 복림을 보았으니 그때는 4년 전이다.
복림은 기억하지 못할 것이다.
이번 즉위식에서도 행사가 복잡해서 얼굴을 볼 여유가 없었다.
이산이 다시 물었다.
"돌아가신 황제 폐하께서 내 이야기를 하시던가요?"
"예, 할아버지."

"뭐라고 하셨습니까?"

"아버지의 아버지라고 하셨습니다."

"오, 그렇지요. 다른 말씀은 없으셨고요?"

"말씀 잘 들으라고 하셨습니다."

이산이 흐려진 눈으로 복림을 보았다.

"이젠 어머니 말씀을 잘 들으셔야 합니다."

"예, 할아버지."

"공부도 게을리 하면 안 됩니다."

"예, 할아버지."

이산이 손을 뻗어 복림의 머리를 쓰다듬었다.

그때 잠자코 옆에 앉아있던 오정이 고개를 들고 이산을 보았다.

"아버님, 도와주셔서 고맙습니다."

오정의 눈에 눈물이 가득 고여 있다.

이산이 오기 전까지 오정은 가슴을 졸이고 있었다.

사촌 언니이며 아바가이의 1비인 한윤은 작년부터 병석에 누워있는 상황이다.

오정이 말을 이었다.

"아버님, 복림이를 지켜주시기 바랍니다."

오정이 간절한 표정으로 말했기 때문에 이산의 얼굴도 일그러졌다.

"허어, 내가 떠날 때가 아직 안 되었단 말인가?"

이산의 목소리도 떨렸다.

아바가이는 52세의 나이로 떠난 것이다.


이전에게 청(淸) 황제 홍타이지의 급사는 충격이었다.

이곳은 신순왕(新順王)의 도성인 양양성 안.

이자성이 된 이전이 군사 차명에게 물었다.

"6살짜리 세자가 대를 이었다는데 후계 분란이 없을까?"

"이산 노인이 살아있으니까요."

차명이 고개를 들고 이전을 보았다.

"조선에서 귀국해 수습했을 것입니다."

"……"

"하지만 노인이 죽었을 때는 상황이 달라지겠지요. 청(淸)은 내부 반란으로 붕괴될 가능성도 있습니다."

"……"

"우리가 반란을 조장할 수도 있지요."

이전이 고개를 끄덕였다.

"그럴 수도 있겠군."

"이제는 전하께서 청(淸)에 대한 미련을 버리셔도 됩니다."

차명이 웃음 띤 얼굴로 이전을 보았다.

차명은 이전의 심중(心中)을 읽고 있다.

이전이 잠자코 외면했기 때문에 차명은 입을 다물었다.

밤.

옆에 누워있던 하린이 몸을 돌려 이전에게 물었다.

"주무세요?"

침전의 불은 꺼놓았지만 하린의 얼굴 윤곽은 드러났다.

자시(밤 12시)가 넘는 시간이어서 주위는 조용하다.

이전이 대답하지 않았지만 하린이 말을 이었다.

"청(淸) 황제의 유고에 조문사를 보내셨다고 들었습니다. 잘하셨습니다."

"……."

"이것으로 청(淸)과의 인연은 끊어진 셈이 되었습니다. 6살짜리 어린애는 아무것도 모를 테니까요."

"……."

"이산 노인도 곧 죽을 것이 아닙니까? 이젠 대륙에 전하 한 분이 남으셨습니다."

"……."

"청(淸)은 이산이 있는 동안에는 억눌려 있겠지만 곧 내란이 일어날 것입니다. 왕자가 수십 명 아닙니까?"

그때 이전이 입을 열었다.

"그렇군. 이제 내가 나설 차례다."


장곡 태수 겸 주둔군 사령관으로 있던 백돌이 양양성에 왔을 때는 그로부터 사흘 후다.

위사대장을 따라 내실로 들어선 백돌이 이전을 향해 절을 했다.

"전하를 뵙습니다."

백돌이 누구인가?

조선 북방군 출신으로 이곳까지 이전의 측근 장수로 파견된 조선인이다.

지금은 대륙 서쪽 신순왕(新順王) 휘하의 장수가 되었다.

"오, 왔나?"

위사대장이 나가고 방에 둘만 남았기 때문에 이전이 조선어로 말했다.

"이게 얼마 만인가?"

"1년 반이 되었지요."

백돌이 상기된 얼굴로 이전을 보았다.

"전하께선 여위셨습니다."

"자네 처는 잘 있지?"

"예, 전하."

금세 눈이 흐려진 백돌이 이전을 보았다.

백돌이 처 종성도 기구한 사연이 있다.

조선에서 10살 때 여진에 납치되었다.

시장에서 기녀로 팔린 후 장이현에서 관기로 있다가 백돌의 처가 된 것이다.

고향을 잊지 않는다고 이름을 종성으로 바꾼 조선녀다.

백돌이 말을 이었다.

"벌써 자식을 셋 낳았습니다."

"어이구. 벌써 셋이야? 나는 둘인데."

이전은 씨종이었다가 만리타향인 이곳까지 찾아온 복금을 제1부인으로 맞아 자식을 둘 낳았다.

그때 이전이 가라앉은 표정으로 백돌을 보았다.

"자네가 내 근위군 사령관을 맡아야겠어. 그래서 자네를 부른 것이네."

"아니, 전하."

백돌이 정색했다.

"지금 황윤이 맡고 있지 않습니까?"

"황윤은 서부군 사령관으로 보낼 거네."

이전이 말을 이었다.

"자네는 후금분국(後金分國)의 개국공신이나 같아. 지금 군사인 차명, 대신들 따위가 나서기도 전에 나와 함께 나라를 건설했던 장수지. 내일 당장 자네를 근위군 사령관으로 임명할 테니 기다리게."

결연하게 말한 이전이 번들거리는 눈으로 백돌을 보았다.

"신순왕국(新順王國)을 한인 세력에서 여진과 조선 세력으로 돌려놓겠다는 의도네."

백돌이 숨을 들이켰다.

이제 의도를 안 것이다.

지금까지 이전은 차명과 제2부인 하린에 의해 휘둘려왔다.

그래서 개국공신들인 여진 장수들이 도태되었고 암살당한 의혹까지 일어났다.

얼마 되지 않은 조선군 출신들도 변방으로 밀려나거나 도태되었다.

백돌이 그 경우다.

이윽고 백돌이 이전을 보았다.

백돌도 산전수전 다 겪은 용장이다.

"따르지요."

다음 날 미시(오후 2시) 무렵.

양양성의 정청에서 이전이 대신들을 둘러보았다.

방금 대신들이 보고를 마친 후다.

"근위군 사령관으로 장곡 주둔군 사령관인 백돌을 임명한다."

순간 모두 숨을 들이켰고 시선이 현(現) 근위군 사령관 황윤에게로 옮겨졌다.

그때 이전이 말을 이었다.

"황윤은 서부군 사령관으로 직이 바뀌었다. 자리를 비울 수 없으니 즉시 근무지로 떠나도록."

그때 차명이 헛기침을 했다.

차명은 군사(軍師)다. 군의 총수나 같다.

"전하, 갑자기 그렇게 말씀하시니 신(臣)이 당황스럽습니다. 근위군 사령관은 가장 중요한 위치인 데다……."

그때 이전이 손을 들어 차명을 가리켰다.

"이자를 잡아라!"

그때다.

청 안으로 군사들이 쏟아져 들어왔는데 그 선두에 백돌이 섰다.

백돌이 이끌고 온 군사들이다.

백돌이 차명에게 다가가더니 군사들에게 소리쳤다.

"묶어라!"

차명이 입만 딱 벌렸고 군사들이 거칠게 묶었다.

그때 이전이 대신들을 둘러보며 말했다.

"차명이 분수를 모르고 월권했다. 제 세력을 모아 요직에 앉히고 나를 무시했다. 그렇지 않으냐?"

"아니오! 나는 단지……."

차명이 소리쳤을 때다.

백돌이 허리에 찬 칼을 빼들자마자 차명의 목을 쳤다.

차명이 비명도 지르지 못하고 머리가 떨어진 시체가 되어 쓰러졌다.

그때 이전이 소리쳤다.

"내가 분수를 알아야 한다고 했다! 이놈이 언제부터 천하를 제 뜻대로 움직이려고 한단 말인가?"

벌떡 일어선 이전이 대신들을 훑어보았다.

청 안은 숨소리도 들리지 않는다.

"천하를 정복하는 목적이 무엇이냐! 황제가 되기 위해서냐? 아니면 백성을 위해 세상을 안돈시키기 위해서냐!"

이전의 목소리가 청을 울렸다.

"나는 대의(大義)를 따른다! 차명은 나를 허수아비 황제로 만들고 뒤에서 조종하려고 했다! 죽어 마땅한 놈이다!"

단숨에 조정이 바뀌었다.

이것은 왕의 거사다.

백돌이 데려온 3백여 명의 군사로도 가능했던 거사다.

근위사령관이 된 백돌은 차명의 무리를 일거에 제거했다.

소외되었던 구세력들이 다시 중용되었고 책사 이암은 오히려 시중으로 직위가 올라 국사를 맡았다.

차명의 무리란 한인 중심의 관리, 군(軍) 세력을 말한다.

이복기, 곽천이 이끌었던 유적(流賊) 세력도 소외시켰기 때문에 이전의 거사는 절대적인 호응을 받았다.

그래서 닷새가 지났을 때는 이전을 중심으로 한 강력한 집권 체제가 성립되었다.

다시 여진, 유적단 세력이 신순왕(新順王) 이전을 중심으로 신순국(新順國)을 장악했으며 그 중심에 조선인이 자리 잡았다.

"지금 어디 계신가?"

제2비 하린이 묻자 위사대 1백인장이 고개를 기울였다가 대답했다.

"알 수 없습니다."

"전하 위사대가 알지 못하면 누가 아는가?"

하린이 목소리를 높였다.

지금까지 이런 경우는 처음이다.

하린은 왕의 부인일 뿐만 아니라 내정(內政)을 장악해서 위사대 인사도 간여해 왔다.

그런데 이번에 근위대뿐만 아니라 위사대 간부도 모두 바뀌었다.

더구나 이전은 엿새간 하린 앞에 나타나지도 않았다.

지금 전하가 어디 계신가를 물었는데 위사대 간부가 모른다고 하는 것이다.

내궁의 청 안이다.

술시(오후 8시) 무렵.

하린이 어금니를 물었다.

1백인장은 하린이 더 묻지 않았더니 몸을 돌려 청을 나갔다.

가라고 하지 않았는데도 저 혼자 나간 것이다. 무엄한 짓이다.

다른 때 같으면 있을 수 없는 일이다.

군사 차명이 청 안에서 살육을 당한 상황이다.

왕국의 개국공신이나 같은 군사(軍師) 차명을 백관들 앞에서 목을 베어 죽였다. 그것도 조선인 장수를 시켰다.

이것은 무엇을 의미하는가?

그리고 엿새 동안 왕은 나타나지 않은 것이다.


이암은 한인으로 이전을 도와 신순국(新順國)의 기반을 굳히는 데 지대한 공을 세웠다.

이전이 백성들의 신망을 받은 이유도 모두 이암 덕분이다.

이암은 52세.

군사 차명과는 달리 백성만을 생각하는 사람이다.

누가 왕이건 상관하지 않는다.

이전은 이암과 둘이 마주 앉아 있었는데, 이곳은 근위군 사령부의 청 안이다.

백돌의 권고로 당분간 이곳을 숙소로 삼고 있다.

둘 앞에는 작은 술상이 놓여 있다.

군왕의 술상으로는 초라하다.

이전이 고개를 들고 이암을 보았다.

"시중, 내가 먼저 명(明)을 멸망시킬 수 있을 것 같소."

이전이 정색하고 이암을 보았다.

"그래서 사전에 주변 정리를 한 것이오."

이전이 보낸 사신 양광이 청(淸)에 도착한 것은 그로부터 한 달 후다.

양광은 조선인으로 신순국(新順國)의 근위군 부장(副將)이었는데, 조선에서는 정주에서 정8품 별장을 지냈다고 했다.

변복하고 만릿길을 온 때문에 남루한 행색이다.

이전의 사신임을 확인한 이산이 도르곤과 호격을 불러 입회시키고는 양광을 불렀다.

청에 들어선 양광이 절을 하더니 여진어로 말했다.

"신순왕께서 이산 섭정께 직접 전하라고 하셨습니다."

"말하라."

이산이 직접 대답했다.

고개를 든 양광이 이산을 보았다.

"신순왕께서는 이산 섭정께 대한 충심이 변하지 않았다고 하셨습니다."

양광의 목소리가 청을 울렸다.

"주변의 역신(逆臣)들이 반역을 도모했지만 이번에 모두 처단했다고 하셨습니다. 여기 밀서를 가져왔습니다."

그러더니 품에서 붉은색 비단보자기를 꺼내 두 손으로 내밀었다.

그때 옆쪽에 서 있던 궁내부 관리가 보자기를 받았다.

이산이 관리에게 지시했다.

"읽어라."

관리가 보자기에서 꺼낸 밀서를 읽는다.

"전하, 홍타이지 황제 폐하의 붕어에 소신은 애통한 마음을 금치 못하고 있습니다. 함께 대륙을 정복하자고 말씀하신 목소리가 지금도 생생합니다."

관리가 다시 읽는다.

"전하, 그동안 제가 측근의 농간에 빠져 변심한 것으로 오해하셨을 것입니다. 그러나 제 충심은 변치 않았습니다. 측근의 힘을 이용하려고 했던 것입니다. 제가 저를 받아주신 두 분의 은혜를 어찌 잊겠습니까? 이괄의 아들로서 버려진 저에게 부친 이괄의 명예까지 회복해주신 두 분입니다."

고개를 든 관리가 다시 밀서를 읽었다.

"그래서 이번에 반역을 충동질했던 측근을 모조리 소탕하고 제2비였던 하린도 추방했습니다. 그리고 신순국(新順國)을 청(淸)의 선봉으로 삼아 명(明)을 정복하려고 합니다."

이제는 관리의 목소리도 떨렸다.

"제가 먼저 자금성을 함락할 테니 전하께서는 청(淸)군을 이끌고 오삼계와 함께 서진(西進)해오시기 바랍니다."

고개를 들었던 관리가 다시 마지막을 읽었다.

"제가 자금성을 함락하면 오삼계는 순순히 청(淸)과 연합할 것입니다."

"이전이 명(明)을 멸망시키겠구나."

밀서를 다 읽었을 때 이산이 도르곤에게 말했다.

얼굴이 상기되었고 목소리도 떨렸다.

"이전이 이자성이 되어 역사에 남는 대업(大業)을 이룰 것 같다."

도르곤이 고개를 끄덕였다.

격정이 치민 도르곤의 눈은 번들거리고 있다.

"이자성의 무력(武力)이면 가능합니다. 그리고 산해관의 오삼계도 우리 때문에 움직이지 못할 테니까요."

이산이 고개를 돌려 양광을 보았다.

"너는 쉬었다가 내가 보낸 사신하고 함께 돌아가거라."

이전은 이미 자금성의 환관 무리하고 결탁해놓은 상태다.

환관 무리는 제 목숨과 지위만 유지되면 원숭이가 황제 자리에 앉아도 상관하지 않을 족속이다.

수백 년간 명 황실의 환관은 그렇게 지내왔기 때문이다.

이전이 이자성으로 청(淸)에 복속되는 것이 확인된 상황이다.

청(淸)은 급속하게 군(軍)을 재정비했다.

6살짜리 새 황제가 대를 이었지만 섭정 이산과 2대 섭정 도르곤, 호격이 단단히 보좌해서 체제는 더 굳건해졌다.

명(明)은 환관에 의해 기반이 세워졌고 결국 환관에 의해 멸망한 것이나 같다.

태조 주원장, 건문제에 이어 명(明)의 기반을 굳힌 영락제가 바로 그 환관 정치를 시작한 주역이니 2백여 년간 환관 조직의 기반이 굳혀진 것이다.

영락제는 동창(東廠)이란 비밀경찰을 만들었다.

황제 직속의 첩보, 감찰 기관이다.

환관을 동창 수장으로 임명해서 관리는 물론이고 백성들까지 감시했다. 또 다른 비밀경찰인 금의위(錦衣衛)와 함께 철저한 통제를 했는데 모두 환관이 지휘했다.

 군대에도 환관이 감군(監軍)으로 지휘했으며 사신까지 환관이 맡았다. 이 환관이 결국 황제를 손아귀에 넣고 제국을 멸망시키게 된다.

 자금성의 내궁 안.
 명 제국의 심장부에 황국진이 앉아있다.
 황국진은 누구인가?
 신순국(新順國) 왕 이자성이 보낸 밀사다.
 지금 황국진은 자금성 황제의 환관 수장인 태감 진대현을 만나고 있다.
 붉은 기둥에 걸린 팔뚝만 한 대황초가 방을 밝히고 있다.
 진대현의 옆에는 금포위 수장 형비가 서 있었는데 숨소리도 내지 않는다.
 그때 진대현이 입을 열었다.
 "우리가 군(軍)을 장악하고 있으니 시일만 말해주시면 성문을 열겠습니다."
 진대현은 55세였지만 티 한 점 없는 피부는 윤기가 났고 목소리는 소녀 같다. 그러나 눈빛이 강하고 붉은 입술은 마치 금방 피를 삼킨 것 같다. 거기에다 볼에는 분칠을 했다.
 진대현이 말을 이었다.
 "서문과 남문에 근위군이 각각 10만씩 배치되어 있는데 감군(監軍)을 시켜서 동쪽의 과문성으로 보내지요. 그러면 성문이 빌 테니 진입해오시면 됩니다."
 "알겠습니다."
 "그럼 약속대로 시행하는 것으로 믿고 있겠습니다."
 진대현이 번들거리는 눈으로 황국진을 보았다.
 "여기 있는 금포위 수장이 절차를 말씀드릴 것입니다."
 그때 형비가 고개를 들었다.

"저희들이 각 부대에 감군(監軍)을 보내 인도해 드리겠습니다."

형비도 환관인 것이다.

형비가 말을 잇는다.

"자금성은 넓어서 지리도 모르실 테니 감군을 앞세우면 성안 근위군도 대항하지 못할 것입니다."

"맡기겠습니다."

황국진이 고개를 끄덕였다.

"곧 일자를 말씀드리지요."

각 부대에 파견된 감군 역할인 환관들이 안내까지 해준다는데 이것은 거저 먹는 것이다.

명(明)의 토대를 세운 영락제가 초기에는 환관을 이용해서 권력 기반을 굳혔지만 이제는 그 반대가 되었다.


고개를 든 하린이 조박을 보았다.

"곧장 말을 달리면 나흘이면 관소성에 닿을 거야. 가서 중랑장 백전을 찾아."

"신순국 제2비 하린 님이 보낸 밀사라고 하면 만나줍니까?"

조박이 묻자 하린이 고개를 끄덕였다.

"바로 만나줄 거다. 백전은 서부군 부사령으로 명(明)에서 몇 명 남지 않은 충신이다."

주위를 둘러본 하린이 탁자 밑에서 검은색 보자기에 싼 밀서를 넘겨주었다.

"가슴에 품고 가거라."

"예, 마님."

"주고 돌아오면 너에게 금자 1백 냥을 주마. 그것뿐이냐?"

숨을 고른 하린이 말을 이었다.

"명(明)에서 너한테 고을 하나를 맡겨줄 것이다. 내가 보장해주마."

"제가 고을 현령이 된다고요?"

"그뿐이냐? 장차 태수가 될 수도 있어."

"태수까지는 바라지 않습니다."

보자기를 가슴속에 넣은 조박이 자리에서 일어섰다.

술시(오후 8시) 무렵.

이곳은 하린이 유폐된 양양성 밖 5칸 초가다.

마을에서 10리(5킬로)쯤 떨어진 외진 산골짜기였는데 주변에는 경비병도 없다.

유폐되었지만 하인 10여 명을 거느렸고 의식주는 대갓집 수준으로 공급되었기 때문에 자유로운 분위기다.

"마님, 다녀오겠습니다."

장이현에서부터 데려온 씨종 조박이다.

눈치가 빠르고 몸도 날랜 데다 어깨너머로 배운 지식도 만만치가 않은 사내다.

하린이 제2비로 떵떵거렸을 때 조박은 내궁 물자 담당으로 호의호식하다가 이번에 같이 유폐된 신세가 되었다.

몸을 일으킨 조박에게 하린이 당부했다.

"조심해라. 너는 대업(大業)을 맡고 있다는 것을 잊지 말고."

"예, 마님."

결연한 표정으로 허리를 굽혀 보인 조박이 방을 나갔다.


이곳에서 2백 리(100킬로) 떨어진 관소성에는 명(明)의 서부군이 주둔하고 있다.

모두 14만 대군으로 기마군 4만, 보군 10만 규모인데, 정예다.

하린은 중랑장 백전에게 신순국의 군 체제와 약점 등을 자세히 기록한 밀서를 보낸 것이다.

명군(明軍)이 그것을 보면 신순국은 치명상을 입게 될 것이다.

자시(밤 12시)가 되었을 때 이전은 눈을 떴다.

내전의 침실 안이다.

밖에서 위사장 종무가 불렀기 때문이다.

드문 일이어서 긴장한 이전이 몸을 일으켰다.

"무슨 일인가?"

혼자여서 이전이 다시 말했다.

"들어오게."

종무가 방으로 들어섰다.

등을 꺼놓았기 때문에 복도의 빛에 종무의 윤곽만 드러났다.

그때 종무가 말했다.

"하린의 종이 찾아와 자수했습니다."

이전이 숨을 들이켰다.

종무가 '하린'이라고 이름을 불렀기 때문이다.

그때 종무가 말을 이었다.

"하린이 준 밀서를 품고 있었습니다."

"……."

"하린이 명(明)의 서부군 중랑장 백전에게 갖다 주라고 했답니다."

"……."

"밀서 내용을 보니 아군의 배치도, 숫자, 장수 이름에다 약점, 심지어는 전하의 동향까지 상세히 기록되어 있었습니다."

"……"

"공격하기 좋은 시기와 장소, 전하께서 정기적으로 순시하는 동선까지 적어놓았습니다."

"……"

"청(淸)과 다시 연합해서 명(明)을 공격할 것이며 전하께서 먼저 자금성을 함락시키고 나면 청(淸)이 오삼계를 회유할 계획이라는 것까지 써놓았습니다."

종무의 목소리가 떨렸다.

"읽다 보니까 제가 치가 떨렸습니다."

"……"

"전하, 밀서를 보여드릴까요?"

종무가 마침내 물었기 때문에 이전이 자리에서 일어섰다.

그때까지 침상에 앉아서 몸을 굳히고만 있었다.


산해관은 요동으로 들어가는 관문이다.

만리장성의 끝부분에 위치해서 이곳만 지키면 요동의 군사는 대륙으로 들어오지 못한다.

산해관은 수백 년간 지켜온 동서(東西)의 관문인 것이다.

산해관의 수비장 오삼계는 명(明)의 명장이다.

이름만 명장인 것이 아니라 실제로 수십 번 전공을 세운 용장인 것이다.

명장 밑에 약졸이 없는 법이다.

휘하에 27만 대군이 모여 있었는데 기마군 8만에 보군 19만이다.

더구나 감군(監軍)인 환관이 오삼계에게 심복하고 있어서 산해관은 철옹성이 되어있다.

"장군, 자금성이 위험합니다."

부장(副將) 정공이 말했을 때는 이자성군이 산시(山西)성 대부분을 점령했을 때다.

자금성이 위치한 허베이(河北)성 바로 옆이 산시(山西)성이다.

그때 오삼계가 쓴웃음을 짓고 말했다.

"내가 산해관을 비우고 서쪽으로 가란 말이냐? 놔둬라."

"자금성의 황제는 어떻게 합니까?"

"환관들이 알아서 하겠지."

맞는 말이다.

환관들이 알아서 황제를 찾아 세우면 된다.

황제 후보자가 수십 명이다.

지금 황제 숭정제는 천계제 아들로 16세 때 즉위해서 17년째다.

그러나 오삼계는 황제 얼굴도 못 보았다.

오삼계가 말을 이었다.

"황제가 어느 놈이 됐건 내가 힘이 있는 한, 명의 명줄은 끊어지지 않는다."

그렇다.

이것이 오삼계의 전략이다.

힘이 있는 곳에 권력이 모이는 것이다.

그것을 휘하 장수들도 아는 것이다.

그래서 오삼계를 중심으로 뭉쳐있다.

이것이 난세 장수들의 처세술이다.


태감 진대현은 황궁의 지배자다.

황제는 청에 안 나간 지 오래되었고 모든 공무는 진대현이 처리한다. 황제의 이름으로 처리하는 것이다.

오늘도 황제의 인장이 찍힌 명령서가 수십 장 나갔고 대신 둘이 파직되었다.

숭정제는 알지도 못하는 사이에 일어나는 일이다.

진대현이 앞에 앉은 금포위 수장 형비를 보았다.

"이자성 같은 무식한 놈이 자금성에 오면 젓가락 드는 방법부터 배워야 하는 거야. 우리가 그놈들의 눈, 코, 입, 손발 노릇까지 다 해줘야 할 테니 우리를 의지할 수밖에 없어."

황궁의 내실 안.

한 아름이 넘는 붉은색 기둥이 기괴했고 향냄새가 짙게 풍겼지만, 그들은 냄새에 중독되어 맡지도 못한다.

진대현이 말을 이었다.

"감군(監軍)은 다 보냈느냐?"

"예, 보냈습니다."

형비가 번들거리는 눈으로 진대현을 보았다.

"이자성이 순순히 받아들였습니다."

"우리가 자금성 주인이 되게 해주는데 감지덕지해야지."

진대현이 붉은 입안을 보이면서 웃었다.

"우리는 말만 갈아타는 거다."

"오삼계가 우리를 주시하고 있을 것입니다."

"그놈은 청(淸) 대비용이야. 이쪽으로는 한 발짝도 뗄 수가 없어."

진대현이 다시 웃었다.

"뒤쪽 여진 놈들은 발을 동동 구르고 있을 것이다."

"이자성이 자금성을 접수하고 난 후의 상황도 대비해야 합니다, 태감 전하."

"그때 오삼계를 끌어들이는 것이지."

금세 정색한 진대현이 말을 이었다.

"오삼계를 요동 왕으로 봉해주면 만족할 것이다. 그러면 여진족 담당 요동 왕으로 박혀 있게 될 것이다."

그때 형비가 고개를 끄덕였다.

"과연 천리안이십니다."

진대현의 별명이 천리안이다.

앞날을 예측한다고 해서 지어진 별명이다.


"이전군(李田軍)이 움직였어?"

이산이 묻자 도르곤이 고개를 들었다.

"예, 41만 대군입니다."

"많구나."

"예, 기마군 18만, 보군 23만입니다."

도르곤이 제 일처럼 상기된 표정으로 말을 이었다.

"단숨에 산시(山西)성을 벗어나 허베이(河北)성으로 진입했습니다."

이자성의 대군이 명 제국의 도성인 자금성을 향해 진군하고 있다.

이전(李田)의 대군이다.


"무엇이? 진(陣)을 옮기라고?"

대장군 왕준이 버럭 소리쳤다.

"그게 무슨 말이오?"

"폐하의 지시오!"

감군(監軍) 윤차가 여자 목소리로 소리쳤다.

대장군의 진막 안이다.

둘러선 장군들은 숨을 죽이고 있다.

그때 왕준이 윤차를 노려보았다.

"어디로?"

"아래쪽 송화로 옮기시오. 서둘러야 합니다!"

"송화라고? 아니, 이자성군(軍)을 이곳에서 막지 못하면 자금성이……."

"이곳은 남봉천군(軍)이 오기로 했습니다. 서둘러야 합니다!"

"도대체 무슨 일인지……."

"폐하의 지시니 늦으면 안 됩니다!"

윤차의 목소리가 진막을 울렸다.

마침내 왕준이 장수들에게 지시했다.

"진(陣)을 송화로 옮긴다!"

이자성군(軍)이 이쪽으로 맹진해 오고 있다.

이곳, 샤오우타이산(小五台山)에 주둔한 왕준의 부대는 15만.

자금성을 수비하는 서쪽의 요충지다.

그런데 갑자기 진(陣)을 남쪽으로 1백 리(50킬로)나 떨어진 송화로 옮기라는 것이다.


"앞이 뚫렸습니다."

위사장 종무가 얼굴을 찌푸리며 웃었다. 괴상한 웃음이다.

진막 안.

진시(오전 8시).

이전은 막 출진 준비를 마친 참이다.

"앞쪽 샤오우타이산(小五台山)의 명군(明軍)이 남쪽으로 이동하고 있습니다."

우리에게 길을 터준 것이지요."

"환관의 말이 맞군."

이전이 쓴웃음을 지었다.

이곳 이전의 본진에도 환관이 와 있는 것이다.

대장군 우청순이 바짝 다가가 말했다.

"황제 폐하를 뵈어야겠어."

"잠깐 기다리시오."

내궁의 도위 홍곤이 당황해서 주위를 두리번거렸다.

술시(오후 8시) 무렵.

황궁 내궁의 안천문 앞이다.

이 문은 조정의 대신들만 출입이 가능한 문이다.

그리고 들어가려면 태감의 허락이 있어야 된다.

홍곤이 목소리를 낮추고 말했다.

"대장군, 갑자기 왜 이러십니까? 폐하를 뵈려면 사흘 전에 내궁부에 신청을 하셔야 되지 않습니까?"

홍곤이 더듬대며 말하자 우청순이 눈을 부릅떴다.

"이 사람아, 나는 자네가 당번일 때를 기다렸다가 온 것이네. 날 좀 황제 폐하를 만나게 해주게. 큰일 났네."

"안 됩니다. 환관부에서 알면 제 목이 잘립니다."

도위 홍곤은 우청순의 부하로 근무했던 인연이 있다.

그때 우청순이 헛웃음을 웃었다.

"이사성군(軍)이 1백 리(50킬로) 밖까지 쳐들어왔는데 자네 목이 온전할 것 같은가? 환관 놈들이 이자성과 내통해서 길을 다 뚫어주고 있어."

숨을 들이켠 홍곤을 향해 우청순이 말을 이었다.

"이틀이면 이곳 자금성은 피바다가 될 것이네. 어제 샤오우타이산(小五台山)의 명군이 환관의 지시로 아래쪽 송화로 이동했고, 오늘은 자금성의 마지막 방위선인 전헌상의 황군도 북쪽으로 이동시켰어. 이젠 자금성 서쪽은 텅 비었단 말이야!"

우청순의 목소리가 떨렸다.

해시(오후 10시) 무렵이 되었을 때, 대장군 우청순이 내궁 깊숙한 황제의 침전에서 황제 주유검을 만난다.

이때 황제 주유검은 34세.

16세 때 황제가 되고 나서 18년째다.

도위 홍곤이 환관들을 피해 이곳까지 안내해온 터라 주유검은 눈만 껌벅이고 우청순을 보았다.

침전에는 뒤쪽의 시녀 둘까지 다섯이다.

주유검은 침상 옆 의자에 앉았고 우청순은 다섯 발짝 앞에 엎드려 있다.

도위 홍곤은 그 뒤에 두 손을 모으고 서 있다.

홍곤이 말했다.

"폐하, 대장군 우청순이 급히 아뢸 말씀이 있다고 해서 데려왔습니다."

주유검은 홍곤의 얼굴은 안다.

시선을 든 주유검이 우청순을 보았다.

"네가 대장군이냐?"

"예, 폐하."

우청순이 고개를 들고 주유검을 보았다.

"관동대장군 우청순입니다."

"몇 살이냐?"

"54세입니다, 폐하."

"나보다 스무 살이나 위구나."

"황공하옵니다."

"환관은 왜 안 오나?"

문득 생각이 난 듯이 주유검이 주위를 둘러보면서 홍곤에게 물었다.

그때 홍곤이 머리를 조아리며 대답했다.

"환관을 피해 들어왔습니다, 폐하."

"뭐? 피해 들어와? 왜?"

"대장군이 은밀하게 드릴 말씀이 있다고 했습니다."

"그럴 수도 있나?"

그때 우청순이 주유검을 보았다.

"폐하, 환관들이 이자성과 내통하고 있습니다. 지금 이자성군(軍)이 자금성에서 50여 리 거리로 가까워지고 있는데도 환관들은 오히려 수비군을 철수시켜 반란군을 끌어들이고 있습니다."

"무엇이?"

주유검이 고개를 들더니 뒤에 선 시녀들을 보았다.

"여봐라, 태감을 불러라."

"폐하."

우청순이 주유검을 불렀다.

얼굴이 일그러져 있다.

"그 반역도에게 확인하시렵니까?"

그때 주유검이 손짓으로 시녀들을 만류하더니 우청순을 보았다.

"그럼 어떻게 하란 말인가?"

"우선 피하셔야 합니다. 제가 곧 군사를 이끌고 올 테니 준비하소서."
"알았네."
허리를 굽혀 보인 우청순이 자리에서 일어섰다.

다음 날 오후.
미시(오후 2시) 무렵이 되었을 때, 마상에서 이전이 앞쪽을 응시하면서 물었다.
"저것이 자금성인가?"
이전의 눈앞에 자금성이 펼쳐져 있는 것이다.
5리(2.5킬로)쯤 거리인데도 거대한 성문과 성벽 윤곽이 선명하게 드러났다.
"전하, 감개가 무량합니다."
옆에서 종무가 떨리는 목소리로 말했다.
눈앞이 탁 틔어있는 데다 자금성의 거대한 성문이 활짝 열려 있는 것이다.
화창한 날씨다.
그래서 전쟁이 일어난 것 같지 않다.
이쪽은 35만 대군이 늘어서 있다.
이미 선봉군 2만이 자금성의 성문을 향해 다가가고 있지만 성은 평온하다.
성벽에서 깃발만 한가롭게 펄럭일 뿐 군사도 보이지 않는다.

내궁 앞으로 다가간 우청순이 대문 앞에 서 있는 장수에게 물었다.
"홍곤 도위는 어디 있나?"
"왜 묻습니까?"
중랑장 관복을 입은 장수가 되물었다.
우청순이 주위를 둘러보았다.

"오늘 오후에 이곳 당직이 아닌가?"

"바뀌었소."

"그대는 처음 보는데, 누군가?"

"황궁 경비대로 온 중랑장 변광이오."

"내가 폐하를 뵈올 일이 있어."

"환관부의 허가증이 있소?"

"없다. 황제의 명을 받았다."

그러자 중랑장이 눈썹을 모았다.

"허가증도 없이 군사를 데리고 들어가려고 하다니."

그러면서 중랑장이 우청순 뒤에 늘어선 군사들을 둘러보았다.

"반란군이군."

우청순의 뒤에 1백여 명의 군사가 늘어서 있었다.

황제를 호위하고 갈 군사들이다.

그때 우청순이 숨을 들이켰다.

내궁의 문이 열리면서 군사들이 쏟아져 나온 것이다.

내실에 앉아있던 주유검이 안으로 들어서는 태감 진대현을 보았다.

진대현은 환관 둘을 뒤에 달고 거침없이 다가와 주유검을 보았다.

"폐하, 옷을 벗으셔도 됩니다."

"무슨 말이야?"

주유검이 이맛살을 찌푸렸지만 곧 외면했다.

우청순이 오면 같이 나가려고 옷을 차려입고 있었다.

자금성을 빠져나가려고 했다.

그때 진대현이 말했다.

"폐하, 조금 전에 내궁으로 들어오려던 대장군 우청순을 반역범으로 현장에서 처단했습니다."

"……."

"그 일당인 도위 홍곤도 베어 죽였습니다. 그놈들은 폐하를 납치해서 자금성을 빠져나갈 작정이었습니다."

"……."

"그러니 옷 갈아입고 쉬시지요."

그때 주유검이 흐려진 눈으로 진대현을 보았다.

"이자성군(軍)은 언제 오느냐?"

"내일 오후에는 성에 진입할 것 같습니다."

진대현이 이를 드러내고 웃었다.

"그저 제가 시키는 대로만 하시지요."

하린이 고개를 들었다.

이곳은 양양성 안의 저택.

저택이지만 감옥이나 같다.

조박을 보낸 다음 날 저녁에 위사대가 진입했을 때 이미 짐작은 했다.

위사대에 잡혀 이곳에 갇힌 지 어언 15일.

그동안 저택 마당으로도 나가지 못하고 집 안에서만 생활했다.

하인도 없었기 때문에 군사들이 가져온 식사를 했고, 누구하고 말을 한 적도 없다.

한번은 마당에 나갔다가 군사한테 뺨을 맞고 집 안으로 내동댕이쳐졌다.

그 후로는 마루에도 나오지 못했다.

마당에서 이쪽으로 다가오는 발소리가 점점 커지더니 방문 앞에서 멈추고 사내의 목소리가 울렸다.

"반역자 하린은 목을 벨 것이나 이 시간부터 석방이다. 이것은 신순왕 전하의 어명이다!"

사내의 목소리가 이어졌다.

"마루에 금자 100냥을 둔다. 이것을 가지고 떠나라!"

그러더니 덧붙였다.

"앞으로 관리들의 눈에 띄거나 행적이 드러나면 가차 없이 베어 죽인다! 명심하라!"

그러고는 말이 끊겼기 때문에 하린이 어깨를 늘어뜨렸다.

그 순간 자신이 꿈에서 깨어난 느낌을 받았다.

짧은 잠.

지난 일들이 잠깐 동안의 꿈인 것만 같다.

이제 꿈에서 깨었으니 무엇을 해야 하나?

마루 위에 놓았다는 1백 냥.


밤.

황궁 안은 여전히 불야성을 이루고 있다.

그러나 조용하다.

그것은 근위군이 다 빠져나갔기 때문이다.

도망을 친 것이다.

내궁에 남아있는 것은 환관 시위대다.

환관들은 전혀 동요하지 않았기 때문에 궁인(宮人), 내궁 시위대도 남아있다.

나만 외곽을 지키던 근위군만 도망쳤다.

이자성군(軍)은 성 밖에 진을 치고 있었는데, 자금성 4개 대문이 다 열려 있는데도 들어오지 않았다.

내일 입성한다는 것이다.


"저곳이 태자궁이냐?"

주유검이 손으로 아래쪽을 가리켰다.

불빛이 유난히 밝은 건물이다.

넓은 마당도 드러났다.

그때 옆에 선 시녀가 대답했다.

"아닙니다. 황비궁입니다. 그 왼쪽이 태자궁입니다."

"그렇군. 탑을 보니까 알겠다."

주유검이 고개를 끄덕였다.

이곳은 황궁 위쪽의 매산(煤山)이다.

주유검은 시녀들을 데리고 매산에서 황궁을 내려다보는 중이다.

그때 주유검이 웃음 띤 얼굴로 시녀들을 보았다.

"저 아래에서 혼령들이 떠도는 것 같지 않으냐?"

시녀는 셋이다.

모두 황제를 측근에서 모시는 시녀들이라 익숙해져 있다.

그러나 얼굴을 굳히고는 대답하지 않는다.

주유검이 이제는 혼잣말을 했다.

"대명(大明)이 건국된 지 올해로 276년이다. 태조 황제께서 제위에 오르시고 나서 내가 17대다."

주유검이 손으로 아래를 가리켰다.

"16명의 황제가 아래에서 떠도는구나."

그러고는 주유검이 시녀들을 보았다.

"잠시 아래쪽에 가 있거라."

다음 날 오전.

이전이 자금성으로 입성 준비를 하고 있을 때, 선봉장 강린이 보낸 전령이 달려왔다.

선봉군은 이미 자금성에 무혈입성한 후다.

이전 앞에 엎드린 전령이 소리쳐 말했다.

"전하, 어젯밤 명 황제가 황궁 뒤쪽 매산의 소나무에 목을 매고 자살했습니다!"

이전은 시선만 주었고 전령의 목소리가 진막을 울렸다.

"그래서 선봉장은 명 황제의 시신을 눕혀놓은 침전만 봉쇄하고 그대로 항복 절차를 진행하겠다고 합니다!"

이로써 명(明)은 태조 주원장이 건국한 지 276년 만인 1644년,

제17대 황제 주유검, 숭정제가 자살함으로써 멸망했다.

이자성에 의해 멸망된 것이다.

산해관의 오삼계가 그 소식을 들은 것은 사흘 후다.

황제의 자살 소식을 들은 것이다.

명 제국이 멸망했다는 말이나 같은데도 오삼계는 담담한 표정이다. 이미 이자성군(軍)이 서진(西進)해 올 때부터 예상했다.

환관들이 길을 터주고 있었다는 것도 안다.

"내가 있는 한 끝난 것이 아니다."

오삼계가 둘러앉은 장수들에게 말했다.

"제국의 이름이 무슨 소용이냐? 황제가 있고 없고가 뭐가 중요하단 말이냐? 내가 있고 여러분이 있고 37만 군사가 있지 않으냐?"

오삼계의 목소리가 커졌고 주위는 숙연해졌다.

오삼계가 소리쳤다.

"우리가 다시 만들면 된다!"

자금성 함락과 숭정제의 자살 소식을 들은 이산이 도르곤에게 말했다.

"이전이 기다리고 있을 테니 강천석을 보내도록 해라."

"예, 전하."

도르곤의 얼굴에 웃음이 떠올랐다.

"오삼계가 저울질을 하고 있을 것입니다."

이산의 얼굴에도 쓴웃음이 번졌다.

오삼계는 이전과 청(淸)이 다시 결속하고 있다는 것을 모르고 있다. 이자성이 이괄의 아들 이전이라는 것을 모른다.

그날 밤에 이산과 도르곤이 강천석을 불렀다.

강천석이 떠나기 전날 밤이다.

이산이 먼저 입을 열었다.

"너만큼 명(明) 황실 내부의 폐해를 아는 사람이 없을 것이다. 명은 환관 정치 때문에 망했다."

이산이 말을 이었다.

"우리가 환관을 이용해서 명을 멸망시켰지만 이대로 환관을 놔둘 수는 없지 않겠느냐?"

그때 강천석이 고개를 들었다.

얼굴에 웃음이 떠올라 있다.

"제가 처리하겠습니다."

옆에 앉아있던 도르곤이 말을 받는다.

"네가 이 왕(李王)을 도와 청(淸)의 기반을 굳혀주기 바란다."

강천석의 역할이 막중하다.

"네 생각은 어떠냐?"

오삼계가 묻자 부장(副將) 정공이 고개를 들었다.

"이자성이 천하는 장악하지 못했지만 기선을 쥐었습니다."

"그렇지."

오삼계가 순순히 시인했다.

산해관의 청 안이다.

총사령 오삼계와 부장 정공이 밀담을 나누고 있다.

대륙은 이제 대변혁의 순간을 맞았다.

황제는 황궁 뒷산에서 목을 매어 자결했고, 유적(流賊) 괴수였던 이자성이 자금성의 주인이 되었다.

이제 천하는 삼분(三分)되었다고 봐도 될 것이다.

명을 멸망시킨 이자성과 명(明)의 주력군을 장악하고 있는 오삼계, 그리고 동쪽 요동에서 발흥한 청(淸)이다.

그때 정공이 말했다.

"우리가 독자적으로 이자성을 깨고 다시 청(淸)을 멸망시키기는 어렵습니다."

오삼계가 고개만 끄덕였을 때 정공이 말을 이었다.

"이자성과 연합하여 대륙의 주인이 되고 나서 청(淸)을 멸망시키는 것이 이로울 것 같습니다."

"내 생각도 그렇다."

오삼계가 얼굴을 펴고 웃었다.

이심전심이다.

청(淸)은 여진 부족의 집합체로 단결력이 강하다.

더구나 8기군(八旗軍)은 잘 훈련된 군 집단이다.

청(淸)과 연합하면 오삼계는 대번에 수하로 전락하게 될 것이다.

그러나 이자성군(軍)은 유적(流賊)단을 모았을 뿐이다.

오삼계군(軍)이 주도권을 장악할 가능성이 있다.


이전이 들어서자 강천석이 자리에서 일어섰다.

자금성 내궁의 위사장 숙소 안.

강천석은 위사장 종무의 숙소를 사용하고 있다.

미시(오후 2시) 무렵이다.

자리에 앉은 이전이 강천석을 보았다.

"저녁때 태감 진대현과 이번에 공을 세운 환관 30여 명을 포상할 예정이야. 그래서 내궁의 청에 환관 3천여 명이 다 모일 거네."

이전의 얼굴에 웃음이 떠올랐다.

"그래서 내궁에는 잡인의 출입을 금한 터라 위사대만 참석시켜 성대한 잔치를 벌이기로 했다."

"경사가 날 것입니다."

이제는 이전과 익숙해진 강천석의 얼굴에도 웃음이 번졌다.

이번 명(明)의 멸망에는 환관의 공이 1등이다.

"흥, 다시 환관 세상이 되었군."

오늘 밤 내궁에서 신순왕 이자성의 주관으로 환관에 대한 포상과 잔치가 벌어진다는 소문은 다 퍼졌다.

장진공이 투덜거렸지만 연광은 대답하지 않았다.

그러나 장진공이 말을 이었다.

"오히려 명(明)보다 더 환관에 의지하게 될 것 같구만."

연광이 고개를 끄덕였다.

장진공과 연광은 투항한 명(明)의 관리다.

둘은 호부의 도위와 징세관이어서 국가 조직에 없어서는 안 될 인재이기는 하다. 그래서 새 나라가 들어섰어도 그대로 임용된 것이다.

연광이 입을 열었다.

"하지만 이자성이 명(明) 황제보다는 낫겠지."

"그런가?"

장진공의 얼굴에 쓴웃음이 번졌다.

"하지만 오늘 밤부터 환관들에게 둘러싸여 있는 꼴을 생각하면 싹수가 노란 것 같네."

술시(오후 8시)가 되었을 때 내궁의 잔치는 절정에 이르렀다.

태감 진대현은 새롭게 내궁 시중의 벼슬을 받았고 정1품 충정왕 시호까지 받았다.

황제 다음 서열이다.

그리고 이번에 공을 세운 환관들은 각각 직급이 2등씩 올랐고 상금으로 금 1천 냥씩을 받았다.

환관 150명에게는 금 1백 냥, 나머지 2,500여 명은 금 10냥씩 상금이 지급되었으니 축제다.

수천 명의 여자가 떠들어대고 있는 것 같다.

목소리가 모두 여자이기 때문이다.

술잔을 든 진대현이 고개를 들었다가 옆에 앉은 태수 황선에게 물었다.

"신왕(新王) 폐하는 어디 가셨나?"

뒤쪽에 앉은 이자성이 보이지 않았기 때문이다.

조금 전까지 이자성은 위사장 종무와 이야기 중이었다.

"곧 돌아오시겠지요."

간다면 간다고 말할 것이었다.

그때다.

갑자기 외침이 울렸기 때문에 진대현이 고개를 들었다.

"쳐라!"

옆쪽 문으로 칼을 치켜든 위사대장 하나가 소리치며 달려들었다.

그러고는 단칼에 환관 하나의 머리통을 내려쳤다.

"아악!"

머리통이 깨진 환관이 째지는 것 같은 비명을 질렀고 그것이 시작이었다.

사방의 문으로 위사들이 쏟아져 들어왔다.

"아뿔싸!"

진대현이 벌떡 일어섰지만 이미 늦었다.

이쪽을 노리고 달려온 장수 하나가 장검을 내려쳤다.

빗나갈 리가 없다.

어깨에서 반대쪽 허리까지 갈라진 진대현의 입에서 목이 터질 것 같은 비명이 쏟아져 나왔다.

기괴하게 여자의 비명이다.

"으아악!"

그때는 이미 수백 평이 넘는 청 안은 도살장이 되었다.

위사들은 기녀들까지 가리지 않고 살아있는 생물은 다 죽였다.

한 식경쯤이 지났을 때 비명과 외침이 그쳤다.

신음도 들리지 않았다.

대신 넓은 청 안은 시체로 가득 덮였다.

피비린내가 진동했다.

청 바닥의 시체들 사이로 붉은 피가 흘렀다.

대살육이다.

오직 시체 위를 위사들이 돌아다닐 뿐이다.

"황궁 안의 환관을 찾아내 다 죽여라!"

다시 종무가 소리쳤다.

내궁에 남아있는 환관들까지 찾아내어 죽이려는 것이다.

위사들이 쏟아져 나갔을 때 종무가 조금 전에 충정왕 시호를 받은 진대현에게 다가갔다.

진대현의 머리 앞으로 다가간 것이다.

위사 하나가 진대현의 목을 베어 머리통만 상 위에 올려놓았기 때문이다.

"이것으로 명(明) 제국의 제사상을 차린 셈이 되겠군."

종무가 혼잣소리처럼 말하더니 고개를 돌려 옆에 선 강천석을 보았다.

"목을 매어 죽은 숭정제 혼령이 위안을 받았겠소."

강천석이 피가 묻은 칼을 환관 시체에 문질러 닦으면서 쓴웃음만 지었다.

강천석도 청 안으로 뛰어들어 환관 20여 명은 베어 죽였을 것이다.

해시(오후 10시)가 되었을 때, 해선은 고개를 들었다.

밖이 소란했기 때문이다.

하녀들의 목소리에 섞여 사내들의 꾸짖는 소리도 울린다.

그러다 곧 마당으로 어지러운 발소리가 들렸다.

"마님! 마님!"

하녀의 외침에 해선은 문을 열었다.

"무슨 일이냐?"

남자들은 이자성군(軍)이다.

밤이었지만 기둥에 매단 등불에 사내들의 윤곽이 선명했다.

해선이 사내들에게 물었다.

"누구요?"

"우리는 신순국 유귀 대장군의 수하올시다."

그중 장수로 보이는 사내가 한 걸음 나서서 소리쳤다.

"아씨를 모시러 왔소!"

"나를? 왜?"

"왜라니?"

사내가 어둠 속에서 이를 드러내고 웃었다.

"아씨를 부인으로 삼는다고 하셨소"

"뭐라고?"

그때 장수가 뒤에 선 군사들에게 소리쳤다.

"들어가서 모시고 나와라!"

"옛!"

군사들이 신발을 신은 채로 마루로 뛰어올랐다.

뒤에 선 하녀들이 비명을 질렀지만 눈 한번 깜빡이지 않는다.

"놓아라!"

팔을 잡은 군사들의 손을 뿌리친 해선이 장수에게 소리쳤다.

"그대는 내가 누군지 아는가?"

"산해관의 명군(明軍) 총사령 오삼계의 애첩 아니냐?"

장수가 맞받아 소리쳤다.

"너를 우리 대장군이 부인으로 삼겠다는 것이니 잠자코 따르라!"

그때 다시 군사들이 해선의 팔다리를 번쩍 안아 들었다.

자시(밤 12시)가 넘었을 때 용준이 청으로 들어섰다.

위사장 종무의 사랑채를 강천석이 사용하고 있다.

용준이 강천석의 앞에 앉으면서 말했다.

"나리, 처리하고 왔습니다."

강천석의 시선을 받은 용준이 숨을 골랐다.

용준은 강천석의 휘하 장수다.

38세.

본래 명(明)의 금부도사였다가 청(淸)에 투신, 이번에 강천석과 함께 자금성에 온 것이다.

"성 밖 개울가로 데려가 베어 죽이고 개울가 산기슭에 묻었습니다."

용준이 말을 이었다.

"깊게 묻어서 안장했습니다."

"난세에 태어나 비명에 갔지만 극락으로 올랐을 것이다."

강천석이 흐린 눈으로 용준을 보았다.

용준이 이자성의 대장군 유귀의 부하로 위장하고 오삼계의 애첩 해선을 데려간 것이다.

그러고는 해선을 죽여 산기슭에 묻었다.

강천석이 말을 이었다.

"이것으로 오삼계의 진로가 결정될 것이다."

환관을 몰살시킨 것은 이전의 최대 업적이다.

명(明)의 영락제 이후로 250년간 번성해온 환관이 한 시진 만에 몰살당한 것이다. 무려 3천여 명이다.

자금성 내궁이 환관 시체로 덮였고 시체 치우는 데 마차 수백 대가 동원되었다.

"이런, 세상에."

하루 전만 해도 신순국을 비난하던 호부 관리 장진공이 고개를 절레절레 흔들었다.

"신순국은 천년을 이어갈 것 같다."

오늘도 장진공은 연광과 호조부서에 나와 있다.

지금 청 내는 환관이 몰살당한 사건으로 떠들썩하다.

모두 놀라면서도 해방된 표정이다.

그것이 신순국에 대한 호의로 바뀌고 있다.

그때 연광이 말했다.

"자네 말이 맞네. 신순국이 곧 오삼계를 끌어안고 청(淸)을 멸망시킬 것 같네."

자금성 안의 주민들까지 그런 생각을 하고 있다.

이번 환관을 몰살한 것으로 이자성은 단숨에 권위를 세웠다.

"허어, 이자성이 환관들을 몰살했다니."

오삼계도 눈을 크게 뜨고 감동했다.

제대로 된 관리라면 같은 생각일 것이었다.

고개를 든 오삼계가 정공을 보았다.

"이자성이 연합하자는 제의가 오면 받아들이기로 하지."

"예, 보낸다는 소문이 있으니 곧 도착할 것입니다."

이미 이자성과 연합하는 것이 이롭다는 결정을 내린 상태인 것이다.

"대장군께 아룁니다. 자금성에서 손님이 오셨습니다."

밖에서 하녀가 말했기 때문에 오삼계가 침상에서 몸을 일으켰다.

해시(오후 10시)가 넘은 시간이다.

조금 전에 정공과 이야기한 대로 이자성이 사신을 보낸 모양이다.

"신순왕이 보낸 사신이냐?"

오삼계가 묻자 하녀가 조금 당황한 목소리로 대답했다.

"자금성 부인 댁에서 오셨습니다."

애첩 해선이다.

오삼계가 서두르듯 말했다.

"들라고 해라."

잠시 후.

오삼계가 눈을 치켜뜨고 앞에 꿇어앉은 사내에게 물었다.

"확실하냐?"

"예, 나리."

오삼계의 시선을 받은 사내가 한마디씩 분명하게 말했다.

"신순국 유귀 대장군이라고 말했습니다. 그리고 마님을 부인으로 데려가겠다고 소리쳤습니다."

어깨를 부풀린 사내는 해선 저택의 집사다.

사내가 말을 이었다.

"마님한테 산해관의 명군 총사령의 부인이 아니냐고 확인까지 했습니다."

다음 날 아침.

정공을 부른 오삼계가 정색하고 말했다.

"청(淸)에 사신을 보내도록 하라."

오삼계가 말을 이었다.

"산해관의 명군(明軍)과 청(淸)이 연합해서 자금성을 회복하고 천하를 안정시키자는 사신이야."

"……."

"청(淸)은 받아들일 것이다. 서둘러라."

"예, 대장군. 하오나……."

"그대는 유적단과 손을 잡고 천하를 더 어지럽힐 생각이냐?"

"그것은 아닙니다만."

"청(淸)과 연합하는 것이 명(明)의 장수로서 명분이 서지 않겠느냐?"

오삼계의 목소리가 높아졌다.

"황제를 자살토록 만든 유적단과 명(明)의 장수인 내가 제휴를 한단 말이냐!"

정공이 서둘러 몸을 일으켰다.

열흘 후.

내궁에 앉아있던 이전이 들어서는 강천석을 보았다.

이전은 위사장 종무와 둘이서 기다리고 있다.

앞에 앉은 강천석이 이전을 보았다.

"전하, 청군(淸軍)과 오삼계군이 산해관에 집결했습니다."

강천석의 시선을 받은 이전이 빙그레 웃었다.

"이제 돌아갈 때가 되었는가?"

그때 종무가 말했다.

"그럼 제가 비 마마와 왕자들을 모시고 먼저 떠나겠습니다."

이전이 고개를 끄덕였다.

"폐하께 신순군(新順軍)이 투항하면 그대로 고향으로 돌려보내 주시라고 하게."

"여부가 있습니까?"

인사를 한 종무가 몸을 돌렸을 때, 강천석이 이전을 보았다.

"제가 전하께서 귀국하실 때까지 모시겠습니다."

그렇게 하기로 계획이 된 것이다.

열흘 후에 이전이 지휘하는 신순군 41만은 산해관 앞 진석벌에서 명(明), 청(淸) 연합군을 만나 패퇴한다.

그리고 나서 신순왕 이자성은 자금성으로 돌아와 황제에 올랐지만, 그것은 위장용이다.

바로 며칠 후에 자금성을 탈출하여 시안으로 철수한 것이다.

그리고 나서 이자성은 종적을 감췄다.

시신을 찾았다는 설이 많았지만 근거는 없다.

이전은 청(淸)으로 돌아온 후에 이산이 임종할 때 옆을 지켰던 친족 중의 하나가 되었다.

그리고 그 자손은 청(淸)의 왕족으로 대를 이어갔다.

이괄의 후손이다.

<끝>

# 대야망 3권

초판1쇄 인쇄 | 2025년 9월 4일
초판1쇄 발행 | 2025년 9월 10일

지은이 | 이원호
펴낸이 | 박연
펴낸곳 | 한결미디어

등록 | 2006년 7월 24일(제313-2006-000152호)
주소 | 서울시 마포구 모래내로 83 한올빌딩 6층
전화 | 02-704-3331
팩스 | 02-704-3360
이메일 | okpk@hanmail.net

ISBN 979-11-5916-232-9(04810) 979-11-5916-229-9 (세트)

ⓒ한결미디어

• 책값은 뒤표지에 있습니다. 잘못 만들어진 책은 구입처나 본사에서 교환해드립니다.
• 이 책은 저작권법에 의해 보호받는 저작물이므로 무단전재와 복제를 금합니다.